回首向来萧瑟处

——23首帝王诗词背后的历史与悲情

薛　刚/著

山西出版传媒集团　山西教育出版社

图书在版编目（CIP）数据

回首向来萧瑟处：23首帝王诗词背后的历史与悲情 / 薛刚著. —太原：山西教育出版社，2023.9
ISBN 978-7-5703-3553-4

Ⅰ. ①回… Ⅱ. ①薛… Ⅲ. ①古典诗歌—诗歌研究—中国 Ⅳ. ①I207.22

中国国家版本馆CIP数据核字（2023）第161029号

回首向来萧瑟处：23首帝王诗词背后的历史与悲情
HUISHOU XIANGLAI XIAOSE CHU: 23 SHOU DIWANG SHICI BEIHOU DE LISHI YU BEIQING

责任编辑	邓吉忠
复　　审	任小明
终　　审	康　健
装帧设计	张　瑜
印装监制	蔡　洁

出版发行	山西出版传媒集团·山西教育出版社
	（太原市水西门街馒头巷7号　电话：0351-4729801　邮编：030002）
印　　装	山西万佳印业有限公司
开　　本	720×1020　1/16
印　　张	13.5
字　　数	220千字
版　　次	2023年10月第1版　2023年10月山西第1次印刷
书　　号	ISBN 978-7-5703-3553-4
定　　价	32.00元

如发现印装质量问题，影响阅读，请与出版社联系调换。电话：0351-4729718

序　言

在我国的文学宝库中，古代诗词一直是璀璨夺目的明珠，历代都把"诗"作为稚童启蒙的重要学习内容。进入现代，古诗词更是进入千家万户，无论稚童还是老叟皆能咏诵。然而，古代帝王创作的诗词却始终未能得到重视。纵观历代文学史，洋洋大观，绝口不提历代帝王君侯的诗词，偶有涉猎也仅仅是历史上有数的那么几位帝王。

所谓千古帝王，帝王千古，从古代到近代，伴随着人类文明的发展，那张默默安放在金銮殿上的龙椅宝座始终散发着诱人、妖艳的光芒。为了安然地坐上它，一幕幕的龙争虎斗、风起云涌、刀光剑影便司空见惯。然而在一将功成万骨枯之后，胜利加冕坐上去的那一位，从此便无法一世安枕无忧，所谓"欲戴皇冠，必承其重"就是这个道理。

都道帝王是天下的至尊，都道帝王享受着万人之上的快意，但是却很少有人回过头来从另一个角度去感受帝王那高处不胜寒的、无人倾诉的难言之苦。皇宫又何尝不是一个由琉璃珍宝编织而成的金碧辉煌的金丝笼子！笼中囚禁的不是珍禽异兽，而是那个受万人叩拜，据说离上天最近的"天的儿子"。自古帝王也是孤独的。当他坐上那个椅子的时候，似乎凡人的一切正常情感都要离他而去。所以自古帝王们常常自称为"孤"。然而帝王并不是真的"神子"，他们也有自己的喜、怒、哀、怨。《百年孤独》中有这么一句："生命中曾经所有的灿烂，终将用寂寞来偿还，孤独之前是迷茫，孤独之后是成长。"所以很多时候，帝王君侯们会把自己的喜怒哀怨寄赋于诗词中，而这些帝王诗词其实也是中国文学宝库里的重要组成部分。

一、帝王诗词促进了中国诗词繁荣发展

中国古代帝王君皇作诗，其实是有着悠久传统的，甚至可以说古代帝王君侯的诗词影响非常大，直接促进了中国的古诗词创作走向繁荣发展。在一些先秦文献典籍中，记录并保留了许多上古时期的歌谣，其中不少就是华夏民族上古时期的帝王、君侯写的，如尧的《神人畅》，舜的《卿云歌》《南风歌》，还有西周时期周文王的《拘幽操》《文王操》和周武王的《克商操》，以及周成王的《神凤操》等等。至于诸侯会盟朝聘等场合的赋诗吟诵活动更是不胜枚举。当然，上古帝王君侯的歌谣有可能是官员采集、君侯署名的，有的甚至可以说是赝作，是后人加工仿作的。但这些诗歌却可以被认为是中国帝王诗的源头，也是我国古诗词创作得到鼓励发展的基础。

最早的真正算是帝王诗的，应该是汉高祖刘邦的《大风歌》。这首诗最早记载于司马迁《史记·高祖本纪》。从记载来看，这首诗其实与上古帝王所作古歌谣有着类似情况，都是帝王信口即兴而歌。孔子曾说过："《诗》，可以兴，可以观，可以群，可以怨；迩之事父，远之事君；多识于鸟兽草木之名。"（《论语·阳货》）因而，最早的诗其实也是信口即兴而歌的歌谣，而《大风歌》可以说是我国古代帝王诗词中最早脱离歌谣而成为诗的诗词作品。

汉朝其实是我国诗词创作发展的重要时期。汉武帝本人非常注重诗歌的规范发展。他在国家机构中始设专门官署——乐府，掌管宫廷、巡行、祭祀所用的音乐，兼采民歌并配以乐曲。他以文学为"经国之大业，不朽之盛世"，对诗歌发展的影响是非常深远的。同时，汉武帝自己也参与诗歌创作，一生大约写了近二十首诗。其中有六首是郊庙祭歌，为皇帝亲制祭祀诗的开端，为《诗经》雅颂之遗；《柏梁诗》为联句之祖，七言古体之权舆；另外，汉武帝还以诗记录他一生中的重大事件，这也可以被认为是皇帝写史诗之始。至于《瓠子歌》二首、《秋风辞》和《悼李夫人赋》等诗，则标志着古代帝王诗由信口即兴而歌向自觉以"诗言志"过渡。

再就是魏晋南北朝时期。魏晋以风骨始，南北朝以宫体终，风骨以正汉末之偏，宫体以矫建安之正。风骨不可少，宫体不可无。风骨多为政事所感，宫体多为人情所驱。前者以魏武帝父子为首，史称"魏晋风骨"。后者以梁武帝父子垂

范,各开一代诗风。而到了隋朝时期,则二者兼而有之,尤其隋炀帝的诗歌为魏晋南北朝诗歌之终结,唐宋之序幕。沈德潜说:"隋炀帝艳情篇什,同符后主,而边塞诸作,铿然独异,剥极将复之候也。"(《说诗晬语》卷上)应该承认,沈德潜对隋炀帝诗歌的评论是很中肯的,但与其说风气"将复之候",毋宁说已"复之候"更为确切。

诗至唐朝得到了有史以来空前的繁荣发展,其中一部分要归功于唐太宗、武则天、唐玄宗、唐文宗、唐宣宗及唐德宗等唐朝历代帝王的推波助澜。首先,这些帝王重视招纳文学之士,提倡大臣写诗,"倡于上而效于下",因此大臣既以作诗为雅趣,又以作诗为政事之余。其次,唐高宗"以诗赋取士",使文学之士趋之若鹜,因而出现唐诗繁荣。不仅唐朝名臣皆诗人,而且像李白、杜甫等诗史上最著名的诗人也与"以诗赋取士"有密切关系。康熙皇帝尝论及之,可谓有识之见。再次,唐朝诸帝皆能赋诗,甚至以赋诗为雅,经常在宴会等场合赋诗命和,既以诗约己,又以诗律人。如《全唐诗》编者在谈到唐太宗时写道:"既即位,殿左置弘文馆,悉引内学士,番宿更休,听朝之间,则与讨论典籍,杂以文咏,或日昃夜艾,未尝少怠,诗笔草隶,卓越前古,至于天文秀发,沉丽高朗,有唐三百年风雅之盛,帝实有以启之焉。"因此,诗歌在唐朝的繁荣发展离不开唐朝诸帝的倡导。

到了宋朝,帝王诗词对诗词创作发展的影响更加明显。宋朝立国后沿用唐制,在科举方面"以诗赋取士"和"以经义取士"交错进行。如同唐朝"以诗赋取士"奠定了唐诗繁荣的基础一样,"以诗赋取士"的科举制度也使得诗词创作在经历了百年战乱后再次出现高峰,而繁荣的经济也使得宋代诗人及作品数量远远多逾唐代,而宋代诗词的质量亦不在唐诗之下。

宋朝诸帝喜欢诗,特别是宋太宗、宋仁宗等又喜欢在官方大型宴会时(如进士及第赐闻喜宴)"常作诗赠之",并"因以为故事"(阮阅《诗话总龟》卷之一),这对宋诗创作无疑有很大的鼓舞作用。还有一点需要提及,宋朝提倡官宦富起来后歌舞相伴以终天年,而皇帝又热衷其中,同时宋诸帝也喜欢填词作赋,这对"词以宋称"亦有推波助澜的作用。

进入明朝时期,因科举提倡"以八股取士",广大士人的兴趣也逐渐由诗词转移到八股文上,因而明代的散文创作胜于诗词。不过,由于明太祖和其他几位皇帝皆擅诗，赋诗赓和以为常，又由于当时士人皆有作诗的传统，诗词歌赋又是他们为官出仕的必修科目，常以能诗为一大乐事，所以明代诗词虽远不及唐宋，但也有相当成就。朱彝尊谈及明太祖等皇帝的诗歌创作时甚至说"宜其开创之初，遂见文明之治。江左则高、杨、张、徐，中朝则詹、吴、乐、宋，五先生蜚声岭表，十才子奋起闽中，而三百年诗教之盛，遂超轶前代矣"（《静志居诗话》卷一）。

中国古代帝王诗词创作的最高潮不在唐宋而在清朝。清朝诸帝虽为少数民族满族人，但在入主中原大地后，为了适应统治，他们完全继承了汉文化传统。在清代皇家子女教育中，对汉文化的学习甚至多于满蒙文化，其中对皇子女的古诗词教育也尤为重视，所聘之师皆为当世鸿儒硕学。而皇子女们也以师为尊，虚己好学，以能文工诗得父皇青睐为目标。毫不夸张地说，在清代，对古诗词及汉文化的学习程度甚至成为皇位继承人必备条件之一。如雍正《禁苑秋霁应制序》所云："康熙庚辰秋七月十九日，时雨初晴，风日清朗，新凉入座，林沼澄鲜。皇父听政之暇，亲洒宸翰，制《禁苑秋霁》诗一章，命诸昆弟分赋应制。臣未及与，向晚趋庭，荷蒙颁示，天籁琳琅，云章绚烂，回环捧诵，莫测高深。又命臣补赋。伏念臣才学弇浅，初研声律，未涉藩篱，恭睹圣藻昭垂，目夺神移，益深愧悚，仰承恩谕，君父之前，讵敢自藏其丑。谨呈芜句，用博天颜一笑云尔。"

老师的谆谆教诲，皇家的严格要求，使清朝诸帝皇子皆成才。清代自顺治始有十帝，九位有诗传世，七位有御制诗集，一位有御制诗稿本，而清代的乾隆、嘉庆二帝更可以说是中国诗史上最高产的诗人。乾隆存诗44608首，嘉庆存诗15760首。清代诸帝以诗纪事，以诗写史，以诗谈理，以诗寄情，以诗考据，以诗咏物，等等，凡文所写，无不入诗。清人叶燮说："自开辟以来，天地之大，古今之变，万汇之赜，日星河岳，赋物象形，兵刑礼乐，饮食男女，于以发为文章，形为诗赋，其道万千。余得以三语蔽之：曰理、曰事、曰情，不出乎此而已。然则，诗文一道，岂有定法哉？先揆乎其理，揆之于理而不谬，则理得。次征诸事，征之于事而不悖，则事得。终絜诸情，絜之于情而可通，则情得。三者得而不可易，则自然之法立。故法者，当乎理，确乎事，酌乎情，为三者之平准，而无所自为法也。"（《原诗·内篇》）

清代帝王们以自己所创之法而写自己之诗。嘉庆甲戌科状元桐城龙汝言曾将康熙、乾隆二帝诗句集成一首百韵长诗，清仁宗读后说："南方士子往往不屑于读先皇的作品，此人却熟读到这个地步，足见其对君王的忠爱。"（周腊生《清代状元奇谈·清代状元谱》）显而易见，清朝帝王的诗词已经广泛传颂于民间，上行下效，而这也间接地促进了诗词创作在清朝的蓬勃发展。

如果说清代以前的帝王们只是把作诗赋词当作业余爱好或野趣的话，那么，清朝诸帝作诗则是政务活动的重要组成部分。因而，清代朝臣极为关注，并以得到皇帝赐诗为最高奖赏。乾隆皇帝在坚持前朝"以八股取士"的同时，又恢复"以诗赋取士"这一旧例，并亲自为各类考试拟题，同时将赋诗作为科举程式。如果说唐代"以诗赋取士"直接影响诗歌之繁荣，那么，清代恢复"以诗赋取士"则推动了中国古代诗词创作的最后一个高潮。可以说，清代帝王诗词是中国帝王诗创作的高潮，清代尊唐、宗宋、神韵、性灵、格调、肌理等诗派的众多杰出诗人所作辉煌诗篇是中国古代诗歌创作的最完美的终结。

再说说词与曲。词与曲是在乐府诗母体内诞生的一对雅俗孪生姊妹，雅者为词，俗者为曲，前者为文人所作，后者为民间所写。中国古代帝王君侯身居九五之尊，自然属于雅者之流，只写词不写曲。中国古代帝王词起源于唐宋时期。唐玄宗、唐昭宗有词，为试笔之作。后唐庄宗所写之词应视为中国古代帝王词创作的发端，而南唐后主李煜则为集大成。他继承花间派的词风，"而眼界始大，感慨遂深，遂变伶工之词而为士大夫之词"（王国维《人间词话》）。五代词以描写悲欢离合、男女情恋之意与感伤哀怨、缠绵悱恻之情为其所常，清切婉丽，后人以为词之正宗。宋代不仅继承了五代词传统，并且还有了自己的创造和发明，因而在创作上取得多方面成就，出现婉约与豪放两派并驱的局面，故中国古代"词以宋称"，与汉赋、唐诗、元曲、明清小说并称"一代之胜"。宋代帝王词的创作始于宋仁宗，盛于哲宗及徽宗两朝。这期间社会由凋敝而繁荣，政通人和，边陲无大事，大都市人口集中，商业经济蓬勃发展，官商日趋豪奢，挥霍享受。宋人孟元老《东京梦华录序》有如下描写："仆从先人宦游南北，崇宁癸未到京师……正当辇毂之下，太平日久，人物繁阜。垂髫之童，但习鼓舞，班白之老，不识干戈。时节相次，各有观赏。灯宵月夕，雪际花时，乞巧登高，教池游苑。举目则青楼画阁，绣户珠帘，雕车竞驻于天街，宝马争驰于御路。金翠耀目，罗绮飘香，新声巧笑于柳陌花衢，按管调弦于茶坊酒肆。八荒争凑，万国咸通。集四海之珍奇，皆归市易；会寰区之异味，悉在庖厨。花光满路，何限春游；箫鼓喧空，几家夜宴。伎巧则惊人耳目，侈奢则长人精神。"

与宋词繁荣相呼应的，是出现了崇尚浮靡的倾向，在崇宁与大观间（1102—1110）达到顶峰，首当其冲的便是宋徽宗。第一，他创立大晟府，以周邦彦为提举，会集词人乐师创作慢、引、近等新调，按调填词，形成北宋词创作高潮。第二，他所创作升平词，实为柳永、万俟咏等人所不及，因而使词坛上崇尚侈靡之风恶性发展。宋徽宗这位"诗人皇帝"及当朝官吏、城乡豪富多是在变态的享乐中讨生活，直到金人的铁蹄渡江而来，他们的迷梦方被惊醒（陆侃如、冯沅君《中国诗史》）。随着徽宗、钦宗二帝被押解五国城，车铃声在风雪中消逝，而歌咏升平之词才销声匿迹。

中国是诗词的王国，而这与中国古代帝王率先作诗有密不可分的关系。如果说中国古代杰出诗人群星璀璨，那么，著名"皇帝诗人"和"诗人皇帝"则是群星中的明珠。如果把中国古代诗歌比喻成一条大河，那么，中国帝王诗歌则是这条大河极重要的支流。它的文学成就是相当大的，中国古人予以很高的评价。以明人胡应麟所评为例："唐、虞以下，帝王诗歌之美者，尧《卿云》，舜《南风》，穆《东夏》，项《垓下》，高《大风》，武《秋风》，昭《黄鹄》，孟德《对酒》，子桓《杂诗》，文皇《帝京》，玄宗《晓发》，皆非当时臣下所及。"（《诗薮》外编卷一）毋庸讳言，由于古代帝王本人的文学素质及其生活环境的限制，他们所作的诗有的在内容上很不健康，艺术水平也不高，因而遭到后人贬斥。但总的来说，中国古代帝王诗词是古代帝王文治武功的产物，是帝王们丰富感情世界的结晶，是可歌可泣的民族精神的精华，也是民族历史发展的实录。中国古代帝王诗词是中华民族宝贵的精神财富和优秀的文学遗产，我们不应该忽略它，而应该给予重视并研究。

二、帝王诗词是诗词发展史上的重要一环

在我国诗词发展史上，一些帝王诗人是占有重要地位的。汉高祖刘邦过沛县时所作的《大风歌》，对戚夫人唱的《鸿鹄歌》，是汉代初年保留下来的少有诗篇。《汉书·艺文志》载，当时还有陆贾的三篇赋，朱建的两篇赋，赵幽王的一篇赋，可惜原文已佚，未存片言只字，这就愈显得《大风歌》《鸿鹄歌》的可贵

了。《大风歌》短短三句,既抒发了刘邦战胜项羽,登上皇帝宝座后荣归故里,面对父老乡亲踌躇满志的感情,又表现了江山得来匪易、要教育子孙后代善于守成的思想。语言雄浑,不事雕凿,虽出自帝王之口,却是典型的平民文学。朱熹在《楚辞集注·后语卷一》中说:"自千载以来,人主之词,亦未有若是其壮丽而奇伟者也。"朱熹这番话亦全非溢美之词。历代一些帝王如北周明帝宇文毓《过故里》,唐太宗李世民《幸武功庆善宫》,唐玄宗李隆基《巡省途次上党旧宫赋》,也都以《大风歌》比喻自己的胸怀。诗人李白在《胡无人》中热情赞扬守边将士英勇杀敌、不怕牺牲的精神时说"但歌大风云飞扬,安用猛士兮守四方",显然是受了《大风歌》的影响。可以看出,刘邦的诗篇,不仅在汉初是佼佼者,而且对后世也产生了深远的影响。汉武帝刘彻是一位有雄才大略的皇帝,也是一位大诗人。他重视才士,礼遇枚乘、司马相如等人,并设立乐府机关,采集全国各地民歌,为新词谱曲,对当时诗歌的发展起了积极促进作用。他所作的《李夫人歌》:"是邪?非邪?立而望之,翩何姗姗其来迟?"《秋风辞》:"秋风起兮白云飞,草木黄落兮雁南归。兰有秀兮菊有芳,怀佳人兮不能忘。"都是真情实感的流露,十分哀婉隽美。曹操虽未登帝座,但挟天子以令诸侯,权势远在皇帝之上,死后追谥为魏武帝。他有许多名篇传世,其四言诗《短歌行》《龟虽寿》等都是脍炙人口的力作。"对酒当歌,人生几何?譬如朝露,去日苦多。""月明星稀,乌鹊南飞。绕树三匝,何枝可依?"哀叹人生之短促,状写景物之真切,抒发建功立业之豪情,跃然纸上。曹操虽然多愁善感,但在悲戚中却透露一股英气,具有自己独特的风格。博览经史,"雅好艺文"的宋文帝刘义隆,在位30年,社会安定,经济繁荣,史称元嘉之治。他一生图谋恢复中原,解民倒悬。其《北伐》诗云:"不睹南云阴,但见胡尘起。乱极治方形,涂泰由积否。方欲涤遗氛,矧乃秽边鄙。眷言悼斯民,纳隍良在己。"情辞慷慨,浩气充沛,读来有曹公古直悲凉之风。虽然北伐失败了,但这一名篇和刘宋诗坛的盛况一起将永载我国文学史册。

因帝王的身份特殊,所以他们的思维情感也往往与国家命运的兴盛衰败紧密联系。在他们的诗词中有着朝代国家的兴衰更替。如明太祖朱元璋《咏菊》:"百花发时我不发,我若发时都吓杀。要与西风战一场,遍身穿就黄金甲。"深受黄巢《菊花》诗的影响,充分表现了他力图荡平群雄、推翻元朝统治、建立新王朝的决心和凌厉气概。而宋太祖赵匡胤的《咏初日》："太阳出来光赫赫，千山万山如火发。一轮顷刻上天衢，逐退群星与残月。"则是通过用日月星辰来作比喻，语言明白如话，而理想壮志却异常宏伟，表现了他结束当时分崩离析的列国战乱局面，意图重新统一山河，创建新王朝的宏伟志向。一代雄主唐太宗李世民在《还陕述怀》中也有如此的诗句："慨然抚长剑，济世岂邀名。星旌纷电举，日羽肃天行。""登山麾武节，背水纵神兵。在昔戎戈动，今来宇宙平。"虽然诗为平定天下时所写，但描绘出他率领雄师四处征伐、所向披靡的气概，充分流露出他济世安民的博大胸怀以及建立新世界的雄心壮志。当然，帝王的诗篇中不光有建立新王朝的壮志，也有着亡国的哀怨忧伤。如陈叔宝的《玉树后庭花歌》："玉树后庭花，花开不复久。"语意凄怆，乃亡国之音。再如唐昭宗李晔被迫出走华州，遥望长安，亟盼有人相救的《菩萨蛮·题华州齐云楼》："登楼遥望秦宫殿，茫茫只见双飞燕。""安得有英雄，迎归大内中。"日暮途穷，期盼奇迹。至于南唐后主李煜的一些词如《虞美人》《浪淘沙》更是啼血悲鸣，悲中带泪。

　　帝王诗词中还有一些记载了当时社会的重大事件。如魏文帝曹丕《至广陵于马上作》："猛将怀暴怒，胆气正纵横。谁云江水广，一苇可以航。"描写了他在黄初六年（225年）领兵伐吴时旌旗如林、士气高昂的情景。曹丕当时为军威所鼓舞，有渡江之意，显示了他继承父业、统一华夏的壮志。曹丕的诗篇，多纤细哀婉之作，而这一篇却独具沉雄气韵。明嘉靖帝朱厚熜《送毛伯温》一诗记载毛伯温受命督师讨伐安南叛乱的景况："天上麒麟原有种，穴中蝼蚁岂能逃。太平待诏归来日，朕与先生解战袍。"表现了诗人靖乱安边的政治抱负以及稳操胜券的信心。清圣祖爱新觉罗·玄烨《瀚海》说："战伐因声罪，驰驱为息兵。"记载了康熙三十五年诗人第二次亲征噶尔丹叛乱的情况，气象雄浑，极富文采。以上这些帝王诗不仅有着极高的文学价值，而且对研究我国历史也有极其重要的作用。

　　文学是社会生活的反映。自古以来，一些帝王诗人通过他们的诗词在不同程度上再现了当时的社会景况，表现了人民的苦难和个人的不幸遭遇。如曹操的《蒿里行》真实记载了东汉末年在讨伐董卓过程中战乱给人民带来的痛苦："白骨露于野，千里无鸡鸣。生民百遗一，念之断人肠。"形象勾绘出一幅战乱图。曹丕的《上留田行》云："富人食稻与粱，贫子食糟与糠。"被称为开七言体之先河的《燕歌行》语言清美,音调和谐:"贱妾茕茕守空房,忧来思君不敢忘。……星汉西流夜未央,牵牛织女遥相望,尔独何辜限河梁。"其诗哀婉动人,如泣如诉,通过缠绵婉转、回环反复地描写妇人对长久分离的征夫的思念之情,从小角度表现了当时战乱动荡的社会现象。再如元顺帝的《赠吴王》:"金陵使者过江来,漠漠风烟一道开。王气有时还自息,皇恩无处不周回。"虽元顺帝已逃亡大漠,但也表现出那股黄金家族子孙不甘的倔强,同时还充分记录了元末明初,明军追击元朝皇室,逐入大漠的历史。宋徽宗的《燕山亭·北行见杏花》:"怎不思量,除梦里有时曾去。无据。和梦也新来不做。"悲苦无告,词极凄婉,切实记录了那段金灭北宋后,被掳宋朝君臣千里北上的血淋淋的历史。还有光绪帝的《画舫斋》也从侧面记录了戊戌变法失败后自己被囚瀛台的悲惨生活,尤其是诗尾"浮家千百辈,民瘼念江淮"虽透露着诗人忧国忧民的思想,但也表现了清朝末年列强欺辱、百姓流离的社会景况。

由于各自社会情况不同,历代帝王诗歌的艺术风格也相去各异。比如建安风骨的曹操和曹丕两父子。曹操诗歌的特点是沉郁雄健,不失政治家的风度。而曹丕则恰恰相反,身居要位,酷爱文学,其诗歌的特点却是情思婉约悱恻,能移人意。再比如"宫体诗"的创始人梁简文帝萧纲身处太子之位多年,其诗艳情丽句,绮靡轻浮。隋朝二世隋炀帝四处征伐,好大喜功,溺于淫乐,酷爱和提倡南朝文学,其诗奢靡而淫逸。最后还有南唐后主李煜的词,前期虽然艳丽,但后期则哀怨悲悯。

综上我们可以看出,帝王诗词其实是一份宝贵的中国古代文学遗产。我们决不能忽视这些古代帝王的创作成就,更不能因为他们是封建统治者而忽视他们在中国诗词发展史上的贡献。

三、关于本书的撰写

关于选题。2017 年,我在山西岚县下乡时,发现当地有许多诸如皇姑岭等带有"皇"字的地名。在考察当地人讲述的一些故事后,我开始思考写一些古代帝王背后隐藏的故事。当时《百家讲坛》里,中国人民大学文学院文学博士、硕士研究生导师朱子辉教授讲了一节《赠汪伦》的诗词研究课。他通过人物关系、当时时局等多方面探究《赠汪伦》这首诗,给了我很大的启发,于是便有了解析帝王诗词以及挖掘诗词背后帝王悲欢的冲动。但由于种种原因，一直没有成册，只是陆陆续续地写了一些结合当时时政解析帝王诗词悲慨的文章。2019年春天，我和当时吕梁教育学院科研处负责人温智新探讨一些古代诗词。温智新提出了一个建议：为什么不把自己喜爱的古代帝王诗词编撰成书呢？这个提议深深吸引了我。2020年，我和太原师范学院的薛亚玲副教授进行探讨，得到了她的鼓励，更坚定了我编辑成书的想法。

当时的想法有两个：一是撰写一部古代帝王诗选注，二是将"帝王诗人"的诗词写一组研究论文汇编成册。当时我已经陆续发表了许多篇解析帝王诗词中蕴含的悲韵的论文。仔细翻阅之下发现还真不少。鉴于这种情况，我决定把这本书定位为通过一系列研究论文解析中国帝王诗词之悲慨的书籍。

据二十六史统计记录，从秦始皇至清代宣统皇帝，中国封建王朝历史上有皇帝之称的共320多位（其中含追谥皇帝）。根据目前搜集到的资料，迄今有诗传世的有90位，其中有"皇帝诗人"和"诗人皇帝"之称的有20余位。本书在选篇上争取做到每个朝代都有代表诗词，而又不忘深挖帝王诗词之中以及背后的那丝丝悲韵。入选本书的古代皇帝，有创立一代规模的开国之君，有文治武功卓著的英明之帝，亦有力挽狂澜的中兴之主，他们的诗词往往带有壮志未酬的遗憾。还有生不逢时的亡国之君，亦有施暴乱道身死国灭的昏庸之主，他们的诗是悲剧命运的挽歌。入选本书的23位皇帝中，有几位可称"诗人皇帝"，古人所谓"可怜薄命做君王，做个才人真绝代"，但历史错误地让他们坐在帝王的宝座上。虽说他们在政治上是不折不扣的庸人，但在文学上堪称天才。他们失去天下，却得到绝代才人的王冠，以自己的血泪谱写一支支生命之歌。总之，虽然帝王诗词有不少对成功的颂歌，但本书着重记录并解析他们的失败的挽歌，以及啼血的千古绝唱。

关于撰写体例。千古帝王，也是有悲欢喜怒的。在撰写体例上，本书既介绍帝王的生卒年、在位时间、对文学的贡献以及主要文学作品，其中夹杂有历代文人对其作品以及人物的史评，也对其代表作给予文学分析。在分析时，结合文辞研究逐字逐句解析，探究诗词本义，从而引出诗词之中隐约的悲情。诗词本来源于生活，自古"诗以咏志"。不同的社会时代背景以及诗人的不同遭遇也造就了不同的情感抒发。对诗词的解析在一定程度上需要结合诗人的生平以及时代背景。只有完整地把诗人的生活融入作品之中，才能真正感受到诗人在诗词中蕴含的复杂情感，也才能体会到诗人的酸苦。

最后再谈谈自己在撰写本书时的一些感受。

1. **选文方面**。一是注重历史传承。本书注重选取历史流传下来的作品，而非后世之仿篇。二是注重朝代的更替，没有过多偏袒个别朝代，而争取做到历朝皆有。中国历史上注重诗词的朝代有很多，但也有些朝代对诗词没有过多重视。本书在选取时，没有因为某朝代对诗词的贡献大小就专注或跳过，而尽量平等对待，这也造就本书在一些朝代是欲语还休，而另一些朝代则有失所望。三是更突出了"诗人皇帝"的作品。在历朝之中，有明君，也有昏君，有仁君，也有暴君。本书跳开历史评价，单从对中国诗坛的贡献程度入手，尽量选取历史上的诗人皇帝的作品来展示帝王的悲鸣。

2. **帝王的作品**。在漫长的历史长河之中，许多优秀的帝王诗词作品并没有得到流传。同时，不同帝王对诗歌的喜好程度亦不同。有的皇帝一生创作上万首诗，而有的只有唯一一首得到流传。本书在选取时，一方面是为了更切合本书的主题，解析帝王深藏于诗词之中的悲哀，另一方面也是为了平衡各朝代的原则，不得不在一些帝王作品中精中选精，放弃了许多更好、更优秀的作品，而对于另一些帝王，只能选取小众甚至是许多人闻所未闻的作品。

3. **史评方面**。虽然帝王诗词在一定程度上促进了中国诗词的发展，可是由于一些帝王的诗词作品相对粗糙，且历史上各朝代都有意封杀前朝帝王作品，导致目前流传下来的帝王诗作以清朝最多。同时，后人因种种原因对帝王诗词缺乏重视，导致对帝王诗作鲜有研究性文章和评论。本书在编撰时也遇上了这种无力的困惑，在对许多帝王诗词的翻译和理解时只能自行探索。所幸有一些作品，历史上也有名家给予注释解析。但由于本书着重解析挖掘帝王诗词中的悲悯情怀，所以并没有过多参考历史名家的意见，而更多地加入了自己对内容意境及审美方面的个人理解。当然，对于许多诗词中的重要词语，也尽量寻找名家名句为旁证。

最后，本人才薄学浅，又是第一次撰书，在解读分析上一定有不足之处，疏漏错讹一定很多，请各位读者多多指正。

薛　刚

2023 年 5 月

目 录

序言 ··· 1

1. 借酒悲咏述忧苦
　　——叹汉高祖刘邦潜藏在《大风歌》中的悲歌情蕴 ·············· 1
2. 因景伤怀叹时光
　　——述汉武帝潜藏在《秋风辞》中的不甘悲韵 ·················· 6
3. 绝望屈辱歌凄悲
　　——从《悲歌》探究政治斗争牺牲品汉少帝刘辩的悲苦 ········ 13
4. 壮心不已叹时光
　　——感魏武帝曹操在《短歌行》中深藏的悲韵 ················ 23
5. 弃尽彷徨终证道
　　——悲《燕歌行（其一）》中潜藏的魏文帝曹丕夺嫡路上心中的凄苦 ····· 31
6. 拼得玉碎证丹心
　　——抒魏高贵乡公曹髦潜藏在《潜龙诗》中绝望的不屈 ········ 39
7. 藏巧于拙隐壮志
　　——在《宴饮诗》中挖掘晋宣帝司马懿"藏"字诀的不甘悲韵 ······ 50
8. 啼血赋诗述悲悯
　　——析梁简文帝萧纲在《被幽述志诗》中的绝望的悲痛 ········ 57
9. 岁月消逝如流沙
　　——从隋文帝杨坚的诗谶《宴秦孝王于并州作》看英雄迟暮的悲叹 ····· 65

1

10. 大志未成空留恨
     ——析隋炀帝杨广在诗谶《迷楼歌》中的悲郁 ························ 74

11. 豪情盛世愤不甘
     ——感唐太宗李世民深藏在《入潼关》中的悲叹 ···················· 85

12. 潜心蛰伏得始终
     ——悲唐宣宗李忱隐藏在《百丈山》中的凄苦 ························ 91

13. 奈何期盼憾终身
     ——从《菩萨蛮·题华州齐云楼》中探究唐昭宗李晔的悲愤 ······· 99

14. 血泪凝成春水流
     ——在《浪淘沙令》(帘外雨潺潺)中探析南唐后主李煜绝望的悲愁 ··· 106

15. 啼血悲鸣悲自饮
     ——从《燕山亭·北行见杏花》中探究宋徽宗赵佶的悲苦 ········ 114

16. 苦命悲情老终殁
     ——结合《在燕京作》看宋恭帝赵㬎一生的悲歌 ···················· 125

17. 隐忍守拙叹野望
     ——析元文宗图帖睦尔在《登金山》中深藏的对皇权渴望的苦涩 ····· 135

18. 鹿走大漠仍倔强
     ——感《赠吴王》中元顺帝妥懽帖睦尔不甘屈辱的悲愤 ·········· 142

19. 萧萧华发悲故国
     ——叹《逊国后赋诗》中明建文帝朱允炆的无奈悲愤 ·············· 151

20. 以诚待得春风起
     ——从《蝶恋花·题九月海棠》看明仁宗朱高炽在太子位上的悲苦 ····· 160

21. 依依杨柳诉悲愁
     ——感明睿宗朱祐杬在《杨柳·金丝缕缕是谁搓》中的悲诉 ········ 172

22. 可叹帝王生涯短
     ——在《夏日勤政殿观新月》中探析雍正帝勤苦的无奈 ············ 179

23. 瀛台明月照幽恨
     ——从《画舫斋》中探究悲情皇帝光绪的心高命薄 ·················· 187

后记 ·· 198

1. 借酒悲咏述忧苦

——叹汉高祖刘邦潜藏在《大风歌》中的悲歌情蕴

大风歌

汉高祖刘邦

大风起兮云飞扬。

威加海内兮归故乡。

安得猛士兮守四方!

秦亡汉兴之际,曾经产生了一首震烁古今的楚声短歌。这首短歌气势雄浑慷慨,千百年来一直传唱于华夏大地,成为中华文学史上不可忽视的一颗明珠。它就是汉高祖刘邦的《大风歌》(汉朝人称为《三侯之章》,唐代欧阳询《艺文类聚》将其题为《大风歌》)。《大风歌》被赞誉为开汉代楚辞体诗歌的先河。

《大风歌》是刘邦流传最广的一首楚辞短歌。全诗浑然一体,语言质朴,大气磅礴。短短三句话,却像是概括了刘邦一生的传奇。世人皆认为这首短歌表现了刘邦当时的慷慨激昂与豪情壮志,以及安邦定国后的欣慰,是一首张皇功业之歌。然而全篇在慷慨之中始终隐约有一丝苦涩。结合历史背景,从语言修辞和心态分析两个方面来解析《大风歌》,我们可以探究刘邦在诗中深藏的悲情意绪。

一、从全篇文辞方面去解析

《大风歌》作于刘邦入关立为汉王后的第十二年(前 195 年)(《史记·高祖本纪》),也就是他打败项羽后开朝立宗成为汉高祖后的第七年。他讨伐叛臣后,率大军回长安,路过沛县,在故乡父老面前饮酒击筑,咏唱了这首诗。这首诗写得气势轩昂，笔力雄健。他赞叹大业的荣耀，期盼贤臣良将巩固大业，表达了开朝立宗"威加海内"的喜悦，同时又将开朝帝王奋发图强、积极向上的广阔胸襟与扶摇直上的风云意蕴相交融。然而结合历史背景，从语言修辞和心态分析来看，《大风歌》的情感内蕴却是喜中含悲，以悲为全篇主基调的。与其说这首诗表达了刘邦开朝立宗后的志得意满，不如说表达了他回顾一生时的浓浓悲哀。

首句"大风起兮云飞扬"使用了起兴和象征手法。一开始便展现了一幅极富动感的广阔的风云场面，高度浓缩了刘邦扫除群雄、建功立业的不凡历史，也生动描绘了他开朝立宗后衣锦还乡的愉悦心理。同时这一句又和以言志为目的的第二句"威加海内兮归故乡"虚实交融，表现出一个开国君王对创业初定的踌躇满志，以及衣锦还乡的自信，雄浑博大，非同凡响。这一句把第二句原本非常抽象的一个"威"字赋予具象化的丰富内涵。同时，这一句又把"风"和"云"特有的清冷的自然属性隐隐注入，一扬一挫，便有了一种悲凉的情调。必须要说的是句中含有楚辞特有的"兮"字。"兮"起到了咏叹的作用，于是全篇顿时语壮而意悲，也就使前两句具有了一种内含悲慨的特有美感，既有大风起云飞扬的豪迈，又有风起云涌的冷冷悲韵。

其实，通过《史记》对刘邦"自为歌"，"乃起舞，慷慨伤怀，泣数行下"的描写，我们可以看到全诗并非在抒发得意、张皇功业，更多的是诗人抒发其伤怀之感以及隐隐的悲绪。

首句中的"风"和"云"除了起兴烘托外，还有隐喻暗示之意。唐代李周翰在评鉴该诗时曾曰："风自喻，云喻乱也。"他表示"风"是刘邦对自己的比喻象征，而"云"则比喻象征秦末汉初群雄崛起、反抗暴秦的盛况。"大风起"是借助"云飞扬"的视觉效果，用虚实结合的方法渲染出来的，因此"风""云"是不可分割的意象整体。风借云而直上青天，云因风而涌动无常，既表达了刘邦开朝立宗的豪迈，同时也隐喻象征了他在秦末汉初群雄中迅奋拔起、结束天下动荡的威势。但古代诗词的隐喻暗示往往有多种指向，如风起云飞可以表现刘邦一路崛起的威势，但也容易令人联想到他晚年到处征伐叛乱的悲哀。

如果说这种悲慨情调在前两句中还显得比较隐晦的话，那么到了末句就彻底弥散开来，成为全篇情感的主流。"安得猛士兮守四方"，怎么才能得到英勇的将士啊！这既是一种期盼，也是一种感叹。刘邦原本只是沛县小吏，在群雄的夹缝中从小变大、从弱变强。作为一个庶民皇帝，他深深懂得夺取政权的艰辛和进一步巩固政权的重要。面对开朝之后手下亲信功僚多叛的现实情况，他满怀忧虑悲哀。但中外很多学者却认为末句表达的是一种安不忘危，并非心态的悲哀。比如唐代李善就曾说，这是刘邦"安不忘危，故思猛士以镇之"（《文选·杂歌》李善注）。唐代李周翰也说："风自喻，云喻乱也。言已平乱而归故乡，故思贤才共守之。"（《文选·杂歌》李周翰注）更有日本学者吉川幸次郎在《汉高祖的〈大风歌〉》（《中国诗史》）中说这是刘邦的一种"感极而悲"，"乐极生悲"，他指出这是一首感慨于环境突然变得幸福了的歌，所以反过来也就会忧虑幸福的丧失。其实，结合全篇以及写作时代，我们可以清楚地看到，末句既非表达对"共守之"的贤才、猛士的渴求之心，也非一种"感极而悲"或"乐极生悲"，而是一个因叛乱频起而身心疲惫的老人对新生王朝前途命运的忧虑悲慨，所以发出了"安得"的呼唤与叹息。

二、从成诗时间以及当时的历史背景去解析

1. 成诗时间

《大风歌》是刘邦在特定背景下怀着复杂心绪所作的。该诗最早见于《史记·高祖本纪》，其中记载当时的背景是："十二年，十月，高祖已击布军会甀，布走，令别将追之。高祖还归，过沛，留。置酒沛宫，悉召故人父老子弟纵酒，发沛中儿得百二十人，教之歌。酒酣，高祖击筑，自为歌诗曰：'大风起兮云飞扬……'令儿皆和习之。高祖乃起舞，慷慨伤怀，泣数行下。"

2. 高祖晚年的悲苦

根据《史记·高祖本纪》，刘邦在公元前209年至前202年间，以一介布衣起兵于沛县，立克诸强，"拨乱诛暴，平定海内，卒践帝祚"（《史记·秦楚之际月表序》），成就伟业，似乎是被上天眷顾的幸运儿。然而从公元前202年开朝到病逝的七年里，他却活得并不舒心。新朝初立，国内错综复杂的矛盾、事端纷涌而至，其中最让刘邦痛心的是一些亲信功僚在分封之后相继叛乱。"诸侯数反，兵连不决。"（《史记·韩信卢绾列传》）在这七年当中，那个曾经从容不迫地与项羽对阵的刘邦，最终被纷至沓来的异姓诸侯王叛乱所严重困扰，心力交瘁，直至病逝。《史记》记载，十一年秋七月以后，刘邦患重病，不愿见人，心情极坏，

经常深居在皇宫之中，也很少诏见群臣。史载"恶见人，卧禁中，诏户者无得入群臣"（《史记·樊郦滕灌列传》），神志萎靡到让因事朝见他的大臣们痛呼"何惫也"（《史记·樊郦滕灌列传》）的地步。当英布叛乱的消息传来时，刘邦不愿再次披甲出征，打算让太子带兵讨伐，最后在吕后的一再哭谏下才抱病亲征。次年初（即十二年十月。按：汉初沿用秦历，以阴历十月为岁首，仍称"十月"），他击溃了最后一个叛乱的诸侯英布。之后，他率军返回长安，途经家乡沛县，举行宴会招待父老乡亲，为家乡父老悲歌咏唱了这首《大风歌》。随后在返回长安的路上，刘邦因旧病一直未愈，再加上讨伐英布时所中流矢导致的创伤发作，而卧病不起，数月后病逝。

3. 不断地征伐平叛让高祖心神俱衰

细细阅读《高祖本纪》，最惹人注目的不是刘邦灭项羽、除群雄的经历，而是他在称帝后七年内不断平定各地异姓诸侯王叛乱及惩处叛臣的记载。这类记载占据了《高祖本纪》中的大部分内容。这些反叛者不同于昔日在战场上厮杀的宿敌，而都是帮他夺江山的亲信功臣。这种背叛也让刘邦异常恼怒，往往"自将兵击之"。这七年间，各地叛乱此起彼伏，刘邦马不停蹄，几乎一直往返奔波在征讨各地叛乱的路上。他先后讨伐和惩处了故临江王马骧、燕王臧荼、颍川侯利几、韩王信、赵王张敖和赵相贯高、代相陈豨、由齐王徙为楚王又贬为淮阴侯的韩信以及梁王彭越、淮南王英布、燕王卢绾等十余位异姓诸侯王及权臣，平均每年近两起。不仅如此，刘邦还曾被匈奴大军围困七日，在路过赵地时还险遭暗杀，讨伐英布时还为流箭所伤。通过七年的平叛，刘邦固然为新王朝扫清了一切外在或潜在的危险，但他也一直深受亲信叛乱的精神煎熬和奔波劳顿之苦，最终心力交瘁，匆匆走向生命终点。

《大风歌》是刘邦在特定环境中主观内心与客观现实猛烈撞击下的真情的抒发，也是他多年来一直压抑的情绪不能自已的宣泄。它既浓缩了他对非凡一生的回顾，也弥散出了对眼前处境的隐忧与对新王朝未来的迷茫和困惑。我们在研究《大风歌》时，必须要结合刘邦晚年这七年的经历和遭遇，这样才能感受到诗中看似意气飞扬、志得意满的语句下隐藏着的浓浓的困惑和悲哀。

平定叛乱，一般来说是为了稳定、巩固新王朝。但是刘邦的悲剧却在于他耗尽心力所诛灭的反叛者当中，多数并没有造反，或者只是因为被罗织罪状、横遭诬陷而被迫造反的。刘邦平定反叛，虽然对初立的新王朝起到了巩固作用，然而最终也给他的精神和肉体带来了严重的伤痛。《高祖本纪》记载，汉十一年秋七月以后，刘邦恶见大臣，形萎神靡，拒绝就医。

4. 借酒述悲，成就诗篇

沛县既是刘邦的故乡，也是他起兵反抗暴秦，与群雄逐鹿天下的起点。所以当他以帝王之尊回到阔别十四年的家乡时，父老子弟以极大的热情为他举行欢宴，"日乐饮极欢，道旧故为笑乐"，而且"固请留高祖"。通读《高祖本纪》中对高祖还乡的描述，会发觉字里行间弥漫着沛县父老对刘邦的深情。报之以桃，刘邦深知大军每日的耗费高昂，不愿给父老乡亲增添负担，便执意离去。沛县人再次献出牛羊美酒为他送行挽留。刘邦深情眷恋故土，而故土又以真情感动了他。大凡酒酣耳热之际最易动真情，特别是在沛县这个对刘邦有特殊意义的地方，于是长期压抑在他心里的深层意识的悲情意绪，便借助酒意打开了宣泄的阀门。咏诗后，刘邦的心绪久久不能平复，乃至达到忘情的地步。"酒酣，高祖击筑"，"乃起舞，慷慨伤怀，泣数行下"。开朝帝王在百姓面前的尊严，荣归故里的喜悦，都被多年来一直压抑的强烈悲情所淹没。

如果说《大风歌》是刘邦慷慨悲歌的情感载体，那么起舞、伤怀、泣下乃是诗歌情感的自然延伸。所谓"咏歌之不足，不知手之舞之，足之蹈之也"（《毛诗序》）。因而《大风歌》的情感基调只能是悲而非喜。

通过对刘邦晚年心态以及社会背景多层次的解析判断，《大风歌》是刘邦晚年为了强化新王朝统治秩序而酿成的人生、事业双悲剧的心灵折射，其情感是以悲忧、困惑为特征的。

三、结语

刘邦虽然推翻强秦，开朝立宗，但为了巩固新王朝统治，为不确定因素而四处讨伐，不得不悲咏着《大风歌》走向生命的终点。《大风歌》凝缩着刘邦的人生和事业悲剧，也留给后人无尽的回味和思索。

2. 因景伤怀叹时光

——述汉武帝潜藏在《秋风辞》中的不甘悲韵

秋风辞

汉武帝刘彻

秋风起兮白云飞，草木黄落兮雁南归。
兰有秀兮菊有芳，怀佳人兮不能忘。
泛楼船兮济汾河，横中流兮扬素波。
箫鼓鸣兮发棹歌。
欢乐极兮哀情多，少壮几时兮奈老何！

汉武帝刘彻一生雄才伟略，其丰功伟绩可与始皇帝媲美，故而史书常称"秦皇汉武"。世人皆云他内兴制度，外事四夷，为千古名帝。然而汉武帝不光是伟大的政治家、军事家，还是卓越的文学家、诗人。武帝提倡辞赋，还乐于诗赋创作。其所作诗篇《瓠子歌》《天马歌》《李夫人歌》被赞为"壮丽宏奇"（徐祯卿《谈艺录》），而《悼李夫人赋》更是被明人王世贞以为成就在"长卿下、子云上"（《艺苑卮言》卷二）。

最能代表汉武帝诗歌风貌的就是这首清丽隽永、笔调流畅的《秋风辞》。它是汉武帝晚年的一首名作。该诗比兴并用，情景互融，因秋景而感怀，乐极而生悲，文笔曲折缠绵，感情细腻丰富，是中国诗词文化中"悲秋"的名作，一直为古今文人墨客所推崇。清代沈德潜称赞该诗是"《离骚》遗响"（沈德潜《古诗源》卷二）。诗人看似写景实写意，似感秋实感心，以此慨叹生命的无常。然而，我们却能感受到诗人积极进取、锐意拼搏的精神以及深藏的壮志难酬的不甘悲韵。

　　这首诗的主旨在历史上一直有争议。世人在解析探究这首诗时，有着几种不同的论点。有人认为这首诗"有感秋摇落，系念求仙意。'怀佳人'句，一篇之骨"（张玉榖《古诗赏析》卷三），并认为"怀佳人兮不能忘"一句即暗指求仙之意，"以佳人为仙人……于时事始合，而章义亦前后一线穿去"（张玉榖《古诗赏析》卷三）。另一种观点同样结合了武帝晚年求长生慕神仙的行为，但认为该诗仅仅为求长生不得而"乐极哀来，惊心老至"。然而笔者结合诗人生平以及特定的时代背景，却认为应该有第三种说法，那就是感秋摇落，惊心老至，虽欲积极进取，然哀生命苦短、壮志难酬。

一、从全诗的文辞字词方面进行解析

　　《秋风辞》共九句，根据文辞手法可分作四解。前面写景铺垫，后面抒情言志。

　　第一解，原文为"秋风起兮白云飞，草木黄落兮雁南归"。开篇首句就气势不凡，宛如汉高祖刘邦的《大风歌》，描绘出了一个苍茫大地秋风袭来的宏大场面，予人以不断的遐想。明人谢榛也认为"汉武帝'秋风起兮白云飞'，出自'大风起兮云飞扬'"（《四溟诗话》卷一）。仅从字面上看，两首诗确实相类同，但从境界和情韵上看，却颇为异趣。两首诗虽然都以风起云涌来开篇起兴，但《大风歌》中的"大风起兮云飞扬"却更显得苍莽辽阔，有力地表现出诗人在风云际会中崛起的豪情壮志；而结合全篇看，尤其结合下两句"兰有秀兮菊有芳，怀佳人兮不能忘"，《秋风辞》中的"秋风起兮白云飞"则显得清新明丽，在韵味上更像《九歌·湘夫人》中的"袅袅兮秋风，洞庭波兮木叶下"，少了一些刚硬，多了一些如泛舟荡漾、俯仰观赏的缠绵欢情，多了一些浮靡的色彩。

　　为什么《秋风辞》的起首之句要类同《大风歌》的"大风起兮云飞扬"，而在诗的境界和情韵上却互有差异？笔者认为汉武帝做这首诗的本意是认为自己和高祖皇帝一样都为一代雄主，自己的功绩足够和高祖相提并论。汉高祖为风云之际崛起的开国雄主，汉武帝则是中华民族发展史上和平年代的一代雄主。汉武帝罢黜百家，独尊儒术，开疆拓土，奠定版图，创立太学，加强中央集权，功绩杰出，确实堪称一代雄主。所以，《秋风辞》开篇便有了类同于《大风歌》的那种豪迈气势。

回到诗的文辞分析上来看，启篇两句短短15个字，却清远流丽地点出了秋天季节的特点。这两句写景状物，句子结构紧密干练。使用了"起""飞""落""归"四个动词便将风高气清、草木枯黄、树木凋零、大雁南归四个场景勾连在一起，既有色彩形象，又有流动韵感，描绘出一幅斑斓美丽的深秋画卷。后世很多诗词在写秋景时都受到这两句的启示影响，如"秋风萧瑟天气凉，草木摇落露为霜，群燕辞归雁南翔"（曹丕《燕歌行》二首其一）等等。

明代诗论家胡应麟也非常推崇启篇两句。他认为："'秋风'百代情致之宗。"（胡应麟《诗薮·内编》卷三）正是因为秋风、秋日惹人思情，所以枯黄凋零的草木、归雁鸣声这一幅深秋萧瑟之景才勾起汉武帝对"佳人"不尽的思念之情。张玉榖也高度赞誉了这两句，他称为"一篇之骨"（张玉榖《古诗赏析》卷三）。然而，从全篇分析来看，笔者却认为启篇的这两句是用比兴手法烘托全篇哀情的点睛之笔，暗指人到老年如秋日之萧瑟。

第二解，原文为"兰有秀兮菊有芳，怀佳人兮不能忘"。诗人因景联想并抒发情思。春兰秋菊，春天兰草秀丽，秋天菊花清香，各有千秋，耐人品味。解读这两句时必须联系启篇两句。诗人由观赏秋景到赏析花木，再到因秋景而引发对佳人的思念，一环紧扣一环，结构紧凑，写得缠绵流丽，乃全诗之精华。

虽有春兰幽幽其芳，秋菊争奇斗艳，然百草枯黄、树木凋零、大雁南归哀鸣声声，这才勾起了诗人对"佳人"不尽的思念之情。秋景、花木、思念三者似乎不搭，但就是这种由物到人的移情过渡手法，却层层烘托突出诗人对"佳人"的思念之深切。这种手法的熟练运用，屈原的"日月忽其不淹兮，春与秋其代序。惟草木之零落兮，恐美人之迟暮"（屈原《离骚》)有之一比。

那么汉武帝怀念的心中"佳人"指哪一位？是"一顾倾人城，再顾倾人国"（李延年《北方有佳人》）的北方"佳人"李夫人吗？据史料记载，李夫人死后，武帝思念不已，以至于夜间出现幻觉，唱出了"是邪？非邪？立而望之，翩何姗姗其来迟"（《李夫人歌》）的迷茫悲痛之歌。

但笔者结合全篇，尤其根据类同汉高祖《大风歌》豪迈的启首之句，认为汉武帝和屈原《离骚》一样，是以美人来喻自身理想的高洁。"怀佳人兮不能忘"里的"佳人"一词也不能局限于字面意思认为是佳丽，而应该承载全诗的主旨思想。诗人在"佳人"前用了一个"怀"字,它不是"怀抱"的意思,而应该是"胸怀"。"怀佳人"表达出了汉武帝对自己成就伟大理想、事业的追求,"不能忘"更是表达了诗人成就伟大事业的坚定信念。诗人在感秋伤怀之际,回顾往昔种种功绩,如春兰如秋菊一般美丽炫目,但胸怀理想,对事业的追求却永不停止。

第三解,原文为"泛楼船兮济汾河,横中流兮扬素波。箫鼓鸣兮发棹歌"。"泛"为漂浮。"济"为渡河。"横"为本义,也给全诗赋予了一股王霸的傲气。"中流"字面意思为江河中央,然《荀子·礼论》却赋予了"中流"不同的意思,犹中道,正道。王先谦也称:"中流,犹中道。"(王先谦《荀子集解》)"素波",白色的波浪。前两句本义是描写汉武帝祭祀后土之后,坐着楼船渡过汾河,船上君臣欢宴,船在汾河中间疾速驶过,河水被划出一道白色的波浪的生动景象。然而结合第二解去解读的话,尤其是结合了这个充满霸气的"横"字后,不难看出诗人是在以景喻情,回顾自己往昔功绩,觉得自己的事业还远远未到终止之时,还正如泛舟中流一样正在稳步地进行中。

"箫鼓鸣兮发棹歌","棹"本义为船桨,"棹歌"即指渔民或船工在撑船、划船时唱的渔歌。大凡酒酣耳热之际最易动真情,于是诗人也不禁在箫鼓鸣乐中合着划桨的拍子放声而歌。"箫鼓鸣兮发棹歌"一句生动地勾画出诗人蹒跚着步履,朦胧着醉态和合着节拍悠然而歌之场景。

同时,"箫鼓鸣兮发棹歌"和前两句"泛楼船兮济汾河,横中流兮扬素波"一共三句话,每句都有两个动词,依次为"泛""济""横""扬""鸣""发"六个动词,将诗人乘船渡河时的热闹场景描绘得声情并茂。再结合下一解的第一句"欢乐极兮哀情多",不得不说这六个动词的使用就是烘托反转的点睛之笔。

第四解,原文为"欢乐极兮哀情多,少壮几时兮奈老何"。大凡欢乐之后,总会不免产生哀怨的心绪,这也许就是乐极哀来的深沉感慨吧。诗人同样也不例外,欢乐到了极致之后便会变成哀愁。哀愁什么?青春难复,衰老难逃。结合"横中流兮扬素波",便知"少壮几时兮奈老何"表现的是诗人不服老,觉得自己还处于事业上升阶段的心态。当然这一句其实也有"老骥伏枥"(曹操《步出夏门行》)的意思。

回顾全诗,启篇用类同高祖刘邦《大风歌》方式抒发自己胸怀,随后用清丽如画的写景回顾自己一代伟业功勋，用思念"佳人"来绽放自己的情怀，到楼船上欢乐饮宴随节拍逸兴放怀高歌，然后又急转直下，因物移情伤怀，发出年华不再的幽幽叹息。一系列写景抒情、以物移人、以景言情，将诗人的复杂情思书写得曲折而又缠绵。诗人纵有平南越、斥匈奴、兴太学、崇儒术的文治武功，但也终抵不过岁月的流逝。再加上启篇就定性的"秋"，更使得这份"悲秋"的伤感格外沉重。沈德潜曾评价这首《秋风辞》为"《离骚》遗响"。就文辞而言，沈德潜的评价还是比较切实的。《秋风辞》之所以能以清新流丽之辞，与苍莽雄放的《大风歌》相敌，并流传百世，原因也正在于此。

二、结合成诗时间以及武帝晚年心路历程去解析

1. 成诗时间

关于《秋风辞》的成诗时间，历来众说纷纭。笔者首先在《汉武故事》（又名《汉武帝故事》，共一卷）中发现，汉武帝吟诵《秋风辞》后与群臣展开下面的对话："顾谓群臣曰：'汉有六七之厄，法应再受命……六七四十二，代汉者，当涂高也。'群臣进曰：'汉应天受命，祚逾周殷，子子孙孙，万世不绝……'上曰：'吾醉言耳！然自古以来，不闻一姓遂长王天下者，但使失之非吾父子可矣。'"根据这段记载，《秋风辞》成诗于汉武帝晚年期间。

《汉武故事》还有一段文字，说汉武帝欲"浮海求神仙，海水暴沸涌，大风晦冥，不得御楼船，乃还"，吩咐"自今有妨害百姓费耗天下者，罢之"。从而由田千秋奏请罢方士，后又拜千秋为丞相。根据史料记载，汉武帝最后一次"行幸东莱，临大海"（《汉书·武帝纪》）是在征和四年（前89年）春正月，两年后驾崩。故《秋风辞》当成于征和四年之前。而汉武帝最后一次行幸河东、祠祀后土的时间唯有天汉元年（前100年）三月（徐天麟《西汉会要》），故宋王益之主张《秋风辞》作于此时。

汉武帝在位54年，开创了西汉王朝最鼎盛繁荣的时期。他的雄才大略使汉朝成为当时世界上最强大的国家，他的丰功伟绩也使自己成为与秦始皇相提并论的千古帝王。他在政治上加强中央集权，推行推恩令；在经济上统一铸币权，实行盐铁专营权；在思想文化上，实行罢黜百家、独尊儒术的政策；在军事上派卫青、霍去病反击匈奴；还有两次派张骞出使西域，加强了西域各民族和中原的经

济文化交流，也促使了陆上丝绸之路的开通。汉武帝的丰功伟业可不能简单用"文治武功"四字概括，其卓越的功绩在于承前启后，独具开创性，对后世影响极为深远。

但是汉武帝在统治后期好大喜功，不断开疆扩土，连年征战，使得国库空虚，税赋徭役繁重，也使得百姓大量破产流亡。同时为了追求长生不老，迷信神仙方术，听信谗言，妄用奸佞，致使卫皇后和皇太子都死于奸臣小人之手。到了晚年，汉武帝内心确有感悟，在深刻反省之后颁布《轮台诏》，以罪己的形式检讨过失，同时斥遣术士，取消了劳民伤财之事，实行了休养生息的宽民政策。所以，隋代王通认为："秋风之辞，其悔志之萌乎？盖帝暮年所作也。"（王益之《西汉年纪》注引）而笔者认为《秋风辞》虽成诗于汉武帝晚年，但既非感悟悔志之诗，也不是因秋景乐极生悲、即兴吟咏之作，作者是因秋风、秋景而神之所思，欢尽哀来，惜壮叹老，哀情咏歌。

历史上，步入迟暮之年的汉武帝追求长生不老，信奉谶纬之学，迷信方士之言，听信谗言，其原因在于汉武帝不服老，觉得自己壮志未酬。而这最后一次巡幸河东、祠祀后土，以乐景写哀，其实是汉武帝在醉意中不自觉地抒发内心的情怀。

2. 结合诗人武帝的晚年心态历程去解析

回顾全诗，有这么一句"欢乐极兮哀情多"。汉武帝 7 岁时被册立为太子，16 岁便君临天下，在位 54 年，其作为可以用丰功伟绩来形容，一生如《逸周书·谥法解》所说"威强睿德曰武"。这样一个千古雄帝，本应藐视一世，慨然得意忘形，其诗也应该充满霸气和豪迈之情，但为何会有如此幽情哀音？清人王尧衢的解释比较中肯："乐极悲来，乃人情之常也。然乐事可复，而盛年难再。武帝求长生而慕神仙，正为此一段苦处难遣耳。"（王尧衢《古唐诗合解》卷一）

即便是千古名帝也免不了生老病死。荣华富贵终有尽，而生命的欢宴再精彩也只有一次。人生老之将至，一切都会随着死亡而消散。慕仙是为了求长生，而长生是为了更长久地实现心中壮志。所以汉武帝才会为"少壮几时兮奈老何"而忧伤。纵然心中觉得自己还能"再干五百年"，可在时间面前也只能无奈地说"少壮几时兮奈老何"。

所以汉武帝在《秋风辞》成诗后不久即宣布传位诏命。史载："行幸五柞宫，谓霍光曰：'朕去死矣！可立钩弋子，公善辅之。'时上年六十余……一二年中，惨惨不乐。三月丙寅，上昼卧不觉……明日色渐变，闭目。乃发哀告丧。"（《汉武故事》）成诗两年后帝崩，这也给《秋风辞》蒙上了一层哀伤。

三、结语

综上分析，笔者认为《秋风辞》并非如史上众多文人所言因秋景而乐极生悲，也非是晚年悔志之诗。结合全篇诗歌和汉武帝生平及晚年心路历程的探究，我们发现《秋风辞》中的"悲秋"其实是汉武帝"少壮几时兮奈老何"的忧伤。纵然汉武帝心中壮志依旧，然光阴不在，纵愿纵马江山，然只能徒留不甘的幽情哀音。所以，《秋风辞》是汉武帝心中那不甘的悲韵，也是他慨叹时光的悲歌。

3. 绝望屈辱歌凄悲

——从《悲歌》探究政治斗争牺牲品汉少帝刘辩的悲苦

悲 歌
汉少帝刘辩

天道易兮我何艰，弃万乘兮退守蕃。

逆臣见迫兮命不延，逝将去汝兮适幽玄。

若要评选汉代最悲摧的皇帝，非汉少帝刘辩莫属。他是东汉时期在位时间最短的皇帝。虽身为嫡长子，但他的父亲却很不喜欢他，一出生就被送养，至死都不愿封他为太子。后来好不容易即位了，但也只是个傀儡，任人摆布，做了四个月皇帝，却没有一天是真正掌权的，最后以一杯毒酒结束生命。死后甚至还不能如其他皇帝般葬于皇陵，只能以弘农王身份葬于已故中常侍赵忠的墓穴中。

汉少帝刘辩（176—190年），是东汉第十三位皇帝，汉灵帝刘宏与何皇后的嫡长子。光熹元年四月十三戊午日至昭宁元年九月初一甲戌日，即189年5月15日至189年9月28日在位。刘辩在灵帝驾崩后继位，史称少帝。由于少帝年幼，实权其实掌握在临朝称制的母亲何太后和母舅大将军何进手中。少帝在位时期，东汉政权已经名存实亡。少帝即位后不久便遭遇以何进为首的外戚集团和以十常侍为首的内廷宦官集团这两大敌对政治集团的火并，被迫出宫。回宫后又受制于以"勤王"为名进京的凉州军阀董卓，终于被废为弘农王，成为东汉唯一被废黜的皇帝。随后，同父异母弟陈留王刘协继位为帝，史称汉献帝。刘辩被废黜一年之后就在董卓的胁迫下自尽，年仅15岁，其弟汉献帝追谥他为怀王。汉少帝被董卓废杀，看似系外戚和宦官权争所致，其实是各种矛盾的汇合所致。一个年

13

幼又无朝廷军政大权的皇帝，注定最终沦为汉末政治斗争的牺牲品。而其临难的一首《悲歌》便道出了少帝心中无尽的凄苦和悲情。

因为刘辩在位不逾年，且是个傀儡皇帝，所以史书一般不把他看作是汉朝的正统皇帝，不单独为他撰写专属于帝王的传记（即本纪），反而称刘辩为皇子辩、少帝和弘农王等。在罗贯中《三国演义》中，汉少帝刘辩在第二至第四回出场，其生平基本与史实一致。另有记述的是蔡东藩《历朝通俗演义》之《后汉演义》，其事迹也与史实基本一致。《三国演义》的点评者毛纶、毛宗岗父子对刘辩的评价是："甚矣，帝之多文矣。既作感怀诗于前，复作绝命词于后。文章无救于祸患，我为天子一哭，更为文章一哭。"毛氏父子奉少帝刘辩为正统，即使他被废为弘农王之后仍称他为"帝"、"天子"。因历史原因，现而今少帝刘辩流传下来的诗作唯有《三国演义》第四回中记录的感怀诗和诀别诗。这首诀别诗写得尤为悲切，鲁迅曾评价其为"汉宫之楚声"。

一、从全篇文辞方面去解析少帝的悲苦

这首《悲歌》最早记录在《后汉书》上，其文字与小说《三国演义》第四回记录的略有不同，意思却是一样的。小说中的文字如下："天地易兮日月翻，弃万乘兮退守藩。为臣逼兮命不久，大势去兮空泪潸！"相比较，虽然《三国演义》记录的文字更通俗一些，但在情感上却远远不如《后汉书》记录的悲切。《后汉书》中的《悲歌》在楚辞的基础上，将自己对命运毫无把控能力的悲摧与绝望表达得淋漓尽致。所以，这里的分析依据的是《后汉书》所记录的版本。

少帝刘辩虽名义上是众臣之主、中原的统治者，实际上却不过是各方势力权力斗争的一个工具，根本没有自由和尊严。在他继位之后，每天过的都是怎样心惊肉跳的日子？直至生命的尽头，他叫天不应，叫地不灵，唯有用诗歌来倾诉心中的凄楚。这种绝望和屈辱，是常人难以体会的。全诗共两解，每解两句。

第一解"天道易兮我何艰，弃万乘兮退守蕃"。"天道"犹天理。"易"有平和之意。"退守"，向后退并采取守势，即退守一方，这里为"自保"的意思。"万乘"，古时指天子。周制，天子地方千里，兵车万乘，故称天子为"万乘"。这两句的意思是：上天对万物都如此平和，为什么对我却如此苛责？我都已经放弃了皇帝的身份，成为一个藩王来求自保，可苦难还依旧咄咄逼人。全诗从启篇

便充斥着少帝的悲苦怒吼。通过对上天的质问，诉出自己的悲苦，这种凄苦和屈辱使全诗从一开始就笼罩上了浓浓的悲凄氛围。

第二解"逆臣见迫兮命不延，逝将去汝兮适幽玄"。这里的"逆臣"不光指董卓，更指那些在政治斗争中谋取利益的势力。在历史上，以袁隗为首的世家大族为了冲破皇权加在他们身上的枷锁，挑起外戚和宦官之争，来对皇权进行削弱。可不想在外戚集团和宦官集团两败俱伤之时，一个"外来户"董卓却控制了权力真空时期的朝廷。这引起了世家大族的极大不满，于是对董卓进行了全方位的抵制。这也使得政治野心膨胀的董卓有了杀害何太后和少帝的打算。拔掉朝官和名士所凭借的"正统"旗帜，才可以在权力斗争中谋求利益最大化。所以，这一解中，"逆臣见迫兮命不延"写诗人受迫于多重势力，感到悲伤。"逝将去汝兮适幽玄"写得更为凄楚。"适幽玄"，即到阴间。"逝将去汝兮适幽玄"看似叙述生死过程，但却把少帝的那种无奈、绝望都淋漓尽致地表达出来了。

在位四个月的短命皇帝就被废掉了，如今董卓又令李儒"以鸩酒奉帝"，威逼他饮毒酒自尽。在少帝看来，封建社会的正常秩序即"君君、臣臣、父父、子子"，可如今这一套一下子改变了，不死也得死，这真是天地骤变，日月颠倒。"弃万乘兮退守蕃"，从一个"弃"字到一个"退"字，形象地把他被逼而又无奈的心情倾吐无遗。他从皇帝降为弘农王，已经退守到藩王的地步，但并没有终止他悲剧的命运。"逆臣见迫兮命不延"，到了非死不可而又无力抗拒时，只能绝望地发出哀鸣，"逝将去汝兮适幽玄"，便使得全诗更为凄楚，也显得诗人更为清醒。这是少帝从绝望的痛楚中走向清醒的标志，他清醒地认识到"逆臣见迫"自己"命不延"的根源，认识到自己已经沦为多方势力政治斗争的牺牲品。所以少帝用近似于解脱的清醒认识来结尾诗篇，而这种绝望的清醒才是真正的最大的悲痛。

少帝的悲歌不光是他绝命时的悲歌，更是他一生的悲歌。要想解析出诗作中能够让少帝绝望到清醒的"悲苦"，还必须结合时代背景以及诗人的生平。

二、汉末世家大族对国家的控制日益严重

俗话说英雄不问出处，但现实很残酷。在汉末时期，受政治风气影响，士庶之际实如天隔。汉末时期非常注重一个人的出身，在那个时候就已经有"拼爹"

一说了。世家大族出身的豪门子弟往往高官得做，美人得抱，甚至把持朝政，左右政局。而寒门出身的仕途注定坎坷。会运筹，会打仗，都不如人家会投胎的。而造成这种情况的原因就是汉末世家大族的崛起。

东汉建立后，在选官用人上依旧延续西汉的察举、征辟制。为了改变西汉末期察举、征辟制的败坏，东汉光武帝、和帝、章帝三代帝王相继采取了增加察举科目、下放辟除权力、限制被察举者年龄、被察举者要进行考试等改革措施。但是，这些改革措施不仅未能阻挡察举、征辟制迈向更加败坏的地步，反而还导致贵戚、四府九卿、州郡长吏等二千石大吏对察举、征辟权的垄断。这样，世家大族这一新的权力世袭集团就登上了历史的舞台。发展到东汉末期，世家大族在本州本郡已经拥有相当大的影响力，如颍川荀氏家族、益州雍氏家族、荆州蔡氏家族、扬州陆氏家族和步氏家族等。当时甚至州牧、郡守能否顺利掌管一州、一郡都要看这些世家大族的脸色。之所以会出现这种情况，主要是因为大部分的人才、土地、百姓都被世家大族所掌控。

从汉武帝规定察举、征辟的对象仅限于儒生开始，汉代的儒学教育逐步走向兴盛，"学而优则仕"也被当时社会视为唯一"正途"。发展到东汉初期，这种风气更盛。世家大族为了巩固社会地位，维护家族产业，非常注意子孙后代对五经等儒家经典的学习，结果就形成了"世代以经学入仕"的局面。至东汉晚期，察举、征辟权已完全被世家大族垄断，那些入仕无望的人才只能通过拜世家大族中有名望者为师的办法来获得入仕途径。而随着师徒名分的确定，他们就只能跟着世家大族一荣俱荣、一损俱损。这样，东汉末期的大部分人才被世家大族所掌控。

世家大族在当时社会具有非常大的影响力，甚至可以做到以一言评价影响一个人的仕途。如曹操的故事。曹操的父亲曹嵩，早年为了谋生，拜太监曹腾为养父，因此曹操便有宦官之后一说。当时京城的权贵都看不起曹操，包括整日跟曹操一起交游的袁绍。《后汉书》记载，曹操在没有得志显名的时候，曾经置办厚礼，很谦逊地求许劭为他看相。许劭看不起他，不肯说。曹操便威胁许劭，许劭不得已，就说："你是清平之世的能臣，乱世中的英雄。"曹操极为高兴地走了。"许劭，字子将，汝南平舆人也。少峻名节，好人伦，多所赏识。若樊子昭、和阳士者，并显名于世。故天下言拔士者，咸称许、郭。"（《后汉书·许劭传》）世家大族不光影响选官，他们在当时州郡的势力也具有垄断性，有的甚至具备武装力量。再者，朝廷募兵的军饷，打仗的兵甲，行军的粮草，都得靠他们资助，你给我钱，我给你官。所以不管是朝廷还是诸侯军阀，都会重用豪门子弟，一是想借助他们的影响力镇场子，二是对当地势力进行拉拢，做到利益互换。

因此，在东汉末年，甚至有了"铁打的世家，流水的皇帝"之说。皇权政策下不了朝堂，而世家大族对国家的控制却日益严重。

三、汉灵帝限制世家大族的枷锁

很多书籍把少帝的父亲汉灵帝描写成一位昏君，这个不难理解，毕竟当时的舆论权为世家大族所掌控。其实汉灵帝是一个试图以皇权限制世家大族权力，想有一番作为的皇帝。

和西汉由刘邦等一群庶民建立不同，东汉的建立本身就借助了南阳豪强地主和河北豪强大族势力的援助，所以实际上是一个皇权和世家大族权力并存的政权，且皇权在某些时候会受到世家大族的左右。从刘秀时期开始，皇室和世家大族的争斗就已经开始了。刘秀一方面要笼络世家大族，请他们继任三公之位，另一方面又要抑制过于膨胀的世家大族权力。这本身就是一件极为矛盾的事情。

《后汉书·仲长统传》记载："光武皇帝愠数世之失权，忿强臣之窃命，矫枉过直，政不任下，虽置三公，事归台阁。自此以来，三公之职，备员而已。"也就是说从刘秀开始，世家大族的势力就充斥在整个国家统治阶层之内。皇帝需要倚仗世家大族来管理国家。而世家大族获得权力后又招揽门生，来维护自身的政治地位。世家大族通过这种方式一代代延续，使得家族政治势力也与日俱增。东汉时期，国家政权表面上由皇帝控制，但实际上却掌握在世家大族手中，就等着合适的机会改朝换代。于是，东汉历任皇帝都会以巩固皇权、削弱世家大族权力为己任。

与刘邦将权力分封给刘氏子孙的方式不同，东汉的君王们更相信根本利益与自己捆绑在一起的外戚和宦官。于是他们将权力分给外戚和宦官，从而形成了外戚集团和宦官集团两大政治集体，以此来与世家大族进行政治对抗。汉桓帝时便宠幸宦官，到了汉灵帝时，更是用外戚集团和宦官集团对世家大族的统治根基进行冲击。这也使一些世家大族紧密团结，分化瓦解外戚和宦官集团。外戚集团尚好分化，而宦官集团则因为根基在皇帝身上，一荣俱荣、一损俱损，不好瓦解。所以世家大族便逐渐开始联合外戚集团一起对宦官集团发起进攻。面对世家大族的"阳谋"，汉灵帝只能变本加厉地宠信宦官们。当时有十个势力最大的宦官，被称为"十常侍"。汉灵帝为了加大宦官们与世家大族斗争的筹码，还亲自认了其中一个做自己的爸爸。

黄巾起义为世家大族提供了动乱夺权的契机。为了平息农民起义，东汉朝廷开始征召各地世家大族起兵勤王。虽然黄巾起义最终平定了，但整个东汉朝廷的权力也开始四分五裂了，国家大权掌握在世家大族之手，形成了一个个诸侯军阀割据的状态。世家大族在得到了更多的权力后，需要彻底消灭多年来一直加在他们头上的"枷锁"——外戚集团和宦官集团。所以在汉灵帝死后，以袁氏为首的世家大族便策动了外戚集团和宦官集团，即以大将军何进为首的外戚集体对以十常侍为首的宦官集体的权力争夺。世家大族希望两虎相争、两败俱伤，彻底打掉皇权加给他们的最后的桎梏。

计划虽好，但结果却出乎意料。何进为了彻底击垮十常侍，听从袁绍的建议，下令调集董卓进长安。最后，以何进为首的外戚集团和以十常侍为首的宦官集团同归于尽，而世家大族也因一个"不听话"的董卓彻底失去了在朝堂上的权力，以致东汉进入军阀混战时代，东汉政权也名存实亡。

四、少帝刘辩的悲剧历程

少帝刘辩的悲剧既有偶然性，也有必然性。他的继位本身就是政治斗争的产物，后来被废被杀也是因为政治斗争所导致。其《悲歌》中那种绝望至清醒的苦痛，也是他对自己一生作为政治斗争牺牲品的悲痛。

1. 幼年寄养行为轻佻，为父不喜

中平六年（189年），汉灵帝去世，少帝刘辩即位，其舅大将军何进辅政。

熹平五年（176年），刘辩出生于洛阳皇宫，为汉灵帝与宫女何氏之子。虽然刘辩的母亲何氏地位不高，但由于当时汉灵帝的其他儿子皆已早夭，他便成为汉灵帝唯一的儿子，所以何氏就母以子贵而晋升为贵人。同时，因为其他儿子皆早夭，所以汉灵帝认为宫里不祥，就把刘辩送到史道人家抚养，称为"史侯"。当时贵人是仅次于皇后的身份，而汉灵帝因为何贵人生子而对她更加宠爱，加之

宋皇后不得宠，所以何贵人成了后宫实际上的掌权人。因此，刘辩虽然自幼与父母分开，但在幼年过得还是很不错的。但是，抚养他成长的史道人是个沉迷道术的道士，自然不能给他以良好的教育，这导致他行为轻佻。光和三年（180年），汉灵帝立何贵人为皇后，刘辩因此成为嫡长子，成了皇位顺理成章的继承人。光和四年（181年），王美人为汉灵帝生下皇子刘协，何皇后担心后位受到威胁，竟然将她下毒杀害。汉灵帝对此十分生气，想要废黜何皇后，但被与何家交好的宦官劝止。刘辩的继承权便多了一个竞争者，他不再是皇位唯一的继承人。

史载："初，何皇后生皇子辩，王贵人生皇子协。群臣请立太子，帝以辩轻佻无威仪，不可为人主，然皇后有宠，且进又居重权，故久不决。"（《后汉书·何进传》）

东汉百官见汉灵帝有了两个儿子，便上书劝他早立皇太子，以免日后兄弟相残。此时，汉灵帝见刘辩言行不庄重，且没有君主的威仪，而刘协跟自己性格很像，便想立刘协为皇太子。但刘辩的舅舅大将军何进手握大权，位高权重，朝中众臣也反对立幼不立嫡，从而导致汉灵帝对立太子一事一直犹豫不决。

2. 权力斗争中，少帝惊险继位

少帝刘辩的继位过程可谓一波三折。汉灵帝不喜少帝，临死也不愿意立刘辩为太子。外戚集团因刘辩为大将军何进的外甥，所以要立刘辩。世家大族为了分化皇权，交好外戚集团，也支持立刘辩。而宦官集团却分为两个阵营，一部分和何后交好，支持立刘辩，而十常侍的大部分则与董太后联合，想要扶持幼子刘协上位。

《三国演义》第二回记述："皇子协养于董太后宫中。董太后乃灵帝之母，解渎亭侯刘苌之妻也。初因桓帝无子，迎立解渎亭侯之子，是为灵帝。灵帝入继大统，遂迎养母氏于宫中，尊为太后。董太后尝劝帝立皇子协为太子。帝亦偏爱协，欲立之。"

中平六年四月十一日（189年5月13日），汉灵帝病死，手握兵权的大将军何进便在世家大族的怂恿下先发制人，令袁绍带兵五千进驻皇宫，拥立刘辩为帝，即汉少帝。接着少帝尊母亲何氏为皇太后，封弟刘协为渤海王。当时少帝只有13岁，由何太后临朝称制。

3. 因政治斗争，少帝被废

少帝继位后，各方势力的斗争也进入最残酷的生死时刻。何太后和大将军何进虽为亲兄妹，但二人所依靠的政治集团使得他们无法长期和平相处。何太后一直生活在宫中，接触最多的自然是宦官集团，况且宦官们曾在汉灵帝面前帮其保住了后位，何太后自然对他们心怀感激，想要重用宦官。于是，在少帝继位后，何太后不愿外戚集团坐大，便联合宦官集团，抑制了何进力图铲灭宦官集团、使外戚集团一家独大的野心。而世家大族自然也不希望看到这种共存的局面，便多次在何进面前煽风点火，怂恿以何进为首的外戚集团彻底击垮宦官集团。

《三国演义》第二回记述："绍谓何进曰：'中官结党，今日可乘势尽诛之。'张让等知事急，慌入告何后曰：'始初设谋陷害大将军者，止蹇硕一人，并不干臣等事。今大将军听袁绍之言，欲尽诛臣等，乞娘娘怜悯！'何太后曰：'汝等勿忧，我当保汝。'传旨宣何进入。太后密谓曰：'我与汝出身寒微，非张让等，焉能享此富贵？今蹇硕不仁，既已伏诛，汝何听信人言，欲尽诛宦官耶？'何进听罢，出谓众官曰：'蹇硕设谋害我，可族灭其家。其余不必妄加残害。'袁绍曰：'若不斩草除根，必为丧身之本。'进曰：'吾意已决，汝勿多言。'众官皆退。"

但政治斗争并不会因何进的退去而停止。后来何进被十常侍杀害，董卓进长安讨伐了十常侍。因何进身死，中央朝廷出现权力真空，这为董卓入京掌权提供了有利条件。

董卓是受何进之命入京平乱的，本是偶然。但谁料时局骤变，两大阵营均死伤殆尽，让董卓的政治野心迅速膨胀。他急需接收两大阵营的残余势力来增强自己的实力，完成对京城的完全控制。而这也就成为少帝被废的原因。

《三国演义》第三回记述："卓乃于省中设宴，会集公卿，令吕布将甲士千余，侍卫左右。是日，太傅袁隗与百官皆到。酒行数巡，卓按剑曰：'今上暗弱，不可以奉宗庙；吾将依伊尹、霍光故事，废帝为弘农王，立陈留王为帝。有不从者斩！'群臣惶怖莫敢对。"

在少帝继位之前，在外戚集团中，因各自扶持的对象不同，董太后势力和何太后势力并不和睦。后来何太后和何进联合害死董太后的哥哥董宠，铲除了董氏家族的势力。董卓提议废掉少帝刘辩，拥立自幼被董太后养大的刘协，便是交好董氏残余势力，打压何氏势力的举措。而后又害死何太后，达到接收全部外戚势力的目的。废帝的意图是为了废太后，而废太后的目的是为了接收势力。同时，董卓杀死京城护卫部队的首领丁原，兼并了他的部队，完成了对京城的完全控制。九月初一（9月28日），董卓不顾百官反对，执意胁迫何太后废少帝为弘农王，拥立刘协为帝，即汉献帝。随即董卓杀何太后，囚少帝。

少帝继位是各方势力博弈的结果，而少帝被废也是各方势力博弈的结果。所以，少帝一直是各方势力博弈下的牺牲品。

五、政治斗争下被弑的命运

世家大族们谋划多年，千辛万苦，才将以大将军何进为首的外戚集团和以十常侍为首的宦官集团一起消灭，可是却被"外来户"董卓摘了果实。本来属于自己的权力却被董卓牢牢地抓在手中，世家大族们如何能够甘心？于是，董卓入京后，世家大族种种不配合。后来眼见董卓接收各方势力，独霸朝堂，废帝刘辩便变得"奇货可居"了。

初平元年（190年），由世家大族控制的各地州牧因为不满董卓擅行废立，打着讨伐董卓、营救刘辩的名义起兵，至此刘辩的结局便没有悬念了：如果董卓不杀他，那么天下人皆可以他的名义起兵造反。为免除后患，董卓毒杀了刘辩。

此段故事在《三国演义》第四回中记载得比较详细：

"遂命李儒带武士十人，入宫弑帝。帝与后、妃正在楼上，宫女报李儒至，帝大惊。儒以鸩酒奉帝，帝问何故。儒曰：'春日融和，董相国特上寿酒。'太后曰：'既云寿酒，汝可先饮。'儒怒曰：'汝不饮耶？'呼左右持短刀白练于前曰：'寿酒不饮，可领此二物！'唐妃跪告曰：'妾身代帝饮酒，愿公存母子性命。'儒叱曰：'汝何人，可代王死？'乃举酒与何太后曰：'汝可先饮！'后大骂何进无谋，引贼入京，致有今日之祸。儒催逼帝，帝曰：'容我与太后作别。'乃大恸而作歌。其歌曰：

　　　　天地易兮日月翻，弃万乘兮退守藩。
　　　　为臣逼兮命不久，大势去兮空泪潸！

"唐妃亦作歌曰：

　　　　皇天将崩兮后土颓，身为帝姬兮命不随。
　　　　生死异路兮从此毕，奈何茕速兮心中悲！

"歌罢，相抱而哭。李儒叱曰：'相国立等回报，汝等俄延，望谁救耶？'太后大骂：'董贼逼我母子，皇天不佑！汝等助恶，必当灭族！'儒大怒，双手扯住太后，直撞下楼；叱武士绞死唐妃；以鸩酒灌杀少帝，还报董卓。"

故事的大意是：董卓派郎中令李儒去杀弘农王刘辩。李儒带了一壶毒酒，对弘农王说："此乃董相国献上的寿酒。"弘农王刘辩不肯喝，但李儒奉了董卓的命令，怎么肯放过他？于是喊士兵持短刀和白色熟绢相威胁。弘农王刘辩知道自己不可能活下去了，于是与母、妻及随从宫人饮宴而别。饮酒过程中，刘辩十分悲伤地唱出了这首《悲歌》。一曲歌毕，饮下毒酒而死。

同年二月，成为汉献帝的刘协下诏，把刘辩安葬在宦官赵忠生前为自己修建的陵墓里。赵忠是汉灵帝在位时一位很著名的中常侍。汉灵帝常说他就像是自己的父亲一样，所以对他十分信任。在宫变之日，赵忠被何进的手下杀死并弃尸荒野。赵忠的这座陵墓就成了一座空墓。刘协把刘辩葬在这里，也算是变相地对刘辩之母何太后杀害其母进行的报复。就这样，刘辩成为历史上唯一一个被安葬在宦官坟墓中的皇帝，一代帝王就此埋名了。

六、结语

刘辩14岁登基，一年后被鸩杀，死时年仅15岁。这位可怜又无辜的少年天子，从小得不到父亲的喜欢，继位后又尝尽亲人相继而亡的悲苦，在位四个多月就被废，一年后又被杀，史书上也没有给予他皇帝的地位。少帝的命运悲剧，是汉末时期的政治博弈和权力斗争导致的。他的悲剧是汉末政治斗争的缩影，也掀开了汉末天下大乱的帷幕。帝王尚且朝不保夕，何况百姓呢？少帝刘辩虽贵为皇族，但面对命运也是无可奈何，他心中的苦楚不是凡人所能体会的，更无处可以倾诉，唯有化作这绝笔的幽怨《悲歌》流传世间，释放他内心的愤懑和悲情。

4. 壮心不已叹时光

——感魏武帝曹操在《短歌行》中深藏的悲韵

短歌行

魏武帝曹操

对酒当歌，人生几何？譬如朝露，去日苦多。
慨当以慷，忧思难忘。何以解忧？唯有杜康。
青青子衿，悠悠我心。但为君故，沉吟至今。
呦呦鹿鸣，食野之苹。我有嘉宾，鼓瑟吹笙。
明明如月，何时可掇？忧从中来，不可断绝。
越陌度阡，枉用相存。契阔谈䜩，心念旧恩。
月明星稀，乌鹊南飞。绕树三匝，何枝可依？
山不厌高，海不厌深。周公吐哺，天下归心。

《短歌行》是我国诗词文化中以饮酒为题材、借饮酒显壮志的一首好诗，气格高远，感情丰富，一直被后人广泛传诵。它是魏武帝曹操的代表性作品，也是中国文学史上影响非常大的一首拟乐府歌辞。该诗原题为《短歌行·对酒》，其中《短歌行》为乐曲名，多为宴会上唱的乐曲，因其声调短促，故名。在本篇《短歌行》中，诗人曹操以感人的真诚慨叹了生命的无常，又以貌似颓放的态度表达了积极进取、锐意拼搏的精神。然而我们通过分析诗中看似放荡不羁、纵情歌酒的行为以及觥筹交错之景，却能感受到诗人那深藏在诗中的难述悲情。

魏武帝曹操（155—220 年），字孟德，小字阿瞒，沛国谯（今安徽亳州）人。他是东汉末年杰出的政治家、军事家、文学家、书法家，也是三国曹魏政权的缔造者。其子曹丕称帝后，追尊其为武皇帝，庙号太祖。曹操诗、文俱佳，是建安文学新局面的开创者。他的诗篇气魄雄伟，慷慨悲凉，散文亦形式自由，清峻通脱。由于历史原因，他的诗篇现今只留存22首，全部为乐府诗歌。他的乐府诗歌多为表达政治主张及对世俗的看法，抒发雄心壮志，感情激荡豪迈。其中最为世人所熟知的是《短歌行》，古今文人墨客皆认为该诗充分表达了诗人求贤若渴的心情以及意欲统一天下的雄心壮志。然而从全诗来看，这首诗在洋溢着积极进取的精神、激荡着慷慨激昂的感情的背后，却还有淡淡的悲哀。

笔者将从文辞研究、建安文学的风格以及东汉末年的特殊历史背景等三个方面，结合诗人曹操的生平，对《短歌行》所蕴含的悲韵做探究解析。

一、从文辞研究方面进行解析

《短歌行》为四言诗，全诗共32句，分八解，每四句一解。

第一解，原文为"对酒当歌，人生几何？譬如朝露，去日苦多"。全诗启篇就充满了豪迈之气，气势不凡。诗人以"对酒当歌"开篇，从宏观角度咏叹生命的忧患意识，抒写诗人对人生苦短的忧叹，也反映了当时的时代背景。曹操《蒿里行》有诗句为"白骨露于野，千里无鸡鸣"，这个时代的人们常常感到人生如朝露，转瞬即逝，这是当时战祸连绵、时代动荡造成的普遍的人生感悟。这里对酒"当"歌对着"去日"苦多，既指逝去的岁月，同时也有反转之意：在饮酒欢歌之时，却突然感叹人生的短暂、生命的无常。

第二解，原文为"慨当以慷，忧思难忘。何以解忧？唯有杜康"。这里的"慨当以慷"是接上一解并启下一解的手法，把"慷慨"一词拆分，作为间隔词去使用。这里的"当以"一词没有任何实际意思，其作用就是和"慷慨"这个词相结合，加重了"慷慨"的力度。"慷慨"本就有情绪激昂、奋发之意，加上"当以"，更写出了宴会上歌声激越不平、起伏跌宕的悲壮色彩。所以，"慨当以慷，忧思难忘"，意思是说宴会上响起激越不平之音，其中有诗人心中的"忧思"。这忧思是难忘的，是"忧从中来，不可断绝"，一直缠绕在诗人心头，难以消去。也就是说，诗人无时无刻不在想着建功立业，统一全国，实现个体生命的价值。

"杜康"本为古代酿酒之人，在本诗中有指代酒的意思。"何以解忧？唯有杜康"，即表达借酒消愁之意。这一解意思是：热闹的宴会上，歌姬们歌声嘹亮、激昂慷慨。本该纵情其中，可为什么我内心的忧愁却还是这般难以排解？或许只能靠着这杯中的美酒，我才能忘记心中不断涌起、难以忘怀的愁绪。

我们应该如何理解诗中的这种人生苦短的忧叹呢？结合诗人的生平，我们可以发现诗人生逢汉末乱世，在连年的战争中，诗人目睹百姓颠沛流离，肝肠寸断，渴望建功立业、结束乱世而不得，因而发出人生苦短的忧叹。这种忧患意识和情绪，我们可以在诗人的另一首诗中有所了解："白骨露于野，千里无鸡鸣。生民百遗一，念之断人肠。"（《蒿里行》）

第三解，原文为"青青子衿，悠悠我心。但为君故，沉吟至今"。这四句描写诗人面对乱世时欲建功立业且求贤若渴的心情。这一解中的前两句来自《诗经·郑风·子衿》，其中"青衿"指代有学问有才华的人，因古代读书人多穿青衫。"悠悠"本义为长久之意，但在其后加上"我心"两字，便以独特的韵律回味无穷地表达了诗人盼望、思念、渴求的心情。

这里一定要注意的是，在《诗经·郑风·子衿》原诗句后还跟有这么两句："纵我不往，子宁不嗣音？"这是用一种幽怨的口气说：我没有主动去找你，你难道就不能主动给我音信吗？笔者认为诗人引用《诗经·郑风·子衿》的成句，其实主要就是为了表达没有说的后面这两句"纵我不往，子宁不嗣音"。东汉末年是世家大族崛起并主导社会的时代，他们掌控着国家的政治、经济、文化等多个领域的主导权，上到朝堂，下到乡野，有名望有才华的人都在其囊括之中。而曹操的祖父曹腾为宦官，这就使得曹操本人在很多士族眼中得不到认可。所以在官渡之战时，四世三公的袁绍可以一呼百应，而曹操却不得不一个个登门寻访贤才。诗人在这一解中引用《诗经·郑风·子衿》，就是通过未说的这两句话，含蓄地表达希望贤才们主动来投，一起携手成就大业的意思。

"但为君故，沉吟至今。"这里的"沉吟"有低声念叨的意思，表达女子内心对男子的深深的渴念之情。其中"沉"字更是把女子羞涩，不敢于人前言语，只能心中哀怨的情景刻画得入木三分。这一解短短四句，诗人语气婉转，情味细深，以一名待字闺中的女子对她心爱男子的思念，来暗喻自己对能人贤才的渴求之心。这里其实也从侧面表现了诗人面对汉末世家大族垄断政治权力和人才时的无力和悲哀之情。

第四解，原文为"呦呦鹿鸣，食野之苹。我有嘉宾，鼓瑟吹笙"。这四句出自《诗经·小雅·鹿鸣》，为原文成句。《小雅·鹿鸣》是一首描写古代君王贵族盛宴款待宾客的诗歌。"呦呦鹿鸣，食野之苹"为起兴手法，意思是：在田野里中小鹿欢快地呦呦叫着，悠然自得地吃着野地里生长的艾蒿。用起兴手法来烘托后两句宾客欢宴的场面。这一解的意思是：小鹿们悠然自得地在野地里吃着艾蒿，我尊贵的客人也都纷纷到来。他们在宴席中无拘无束地吹起笙乐，弹起琴瑟，我和他们一起尽欢尽兴，其乐融融。

这里引用《小雅·鹿鸣》成句的目的也是为了承接上一解，在表示自己求贤若渴的同时，也表示"只有在我这里，你才可以如小鹿一般欢快，无拘无束地施展自己的才华"。第三解和第四解相辅相成，可以看出诗人的良苦用心。同时也可以看出诗人虽有力挽天下的雄心壮志，但屡屡求贤不得的悲哀。

第五解，原文为"明明如月，何时可掇？忧从中来，不可断绝"。"明月"指高洁的月亮，这里比喻拥有才华的贤才志士。"掇"为"拾取，摘取"的意思。这一解前两句的意思是：有能力、有才华的贤士如同天上的明月，我期盼着你们，可是什么时候才能够拥有你们，助我成就大业呢？诗人连续抒发对贤能的渴求之情。可以相信，在东汉末年那个"比出身"的时代，诗人渴望贤能相助却屡屡不得，该是多么悲哀。

"忧从中来，不可断绝"这两句的意思比较好理解：诗人屡屡访贤求才而不得，不禁在内心深处产生了忧愁，而这种忧愁是没有办法排解的。这一解可以结合历史理解：曹操四处求贤而不得，即使发布《求贤令》后依旧寥寥无几，不能令其满意。这两句写出了诗人对贤才难寻、贤才难得的忧思，同时也淡淡地流露出他对于当时世家大族对他的"出身"不认同，不愿投效他，而他却无力改变现状的悲哀。

第六解，原文为"越陌度阡，枉用相存。契阔谈䜩，心念旧恩"。这里的"陌"、"阡"都表示田野间的小路，东西方向为"陌"，南北方向为"阡"。两个合起来形容纵横交错的田野小路。"枉"本义是树木弯曲，在这里是"屈尊，屈驾"的意思。使用"枉"这个字其实就是一种态度，表明诗人认为自己来投和诗人寻访得到的贤者都是一样的，没有低人一等之说。所有愿意投效的贤人都是"屈尊而来的"，表达了诗人求贤若渴之心。"存"本义为"保留"，在这里是

"探寻"之意。"契阔"是"久别重逢"的意思。"旧恩"指多年以来的情谊。这一解单单从本意来说，是描写一位好友穿过崎岖纵横交错的小路来访，多年未见，主宾两人久别重逢，欢快畅谈，一起回忆往昔情谊的场景。然而结合第五解一起解读，就可以看到诗人希望以"欲上青天揽明月"的豪情来表达自己寻求贤人相助的迫切心情。如果有贤人来助，则自己会如同相遇故交好友一样喜不自胜、欢乐无穷，并给予重用。同时联系第三、四、五解，我们看到了诗人求贤不得的苦闷和忧思。结合时代背景，这一解还反映出诗人欲实现雄心壮志、结束战乱，却还是不为世家大族所认可、追随，手下士人缺乏，却又无力改变现实的凄苦之情。

第七解，原文为"月明星稀，乌鹊南飞。绕树三匝，何枝可依"。"匝"本义为"一周，环绕一圈"。"乌鹊"为喜鹊，古人以鹊噪而行人至，因而常以乌鹊来预示远人将归。这四句话意思是：在这个明月照耀大地、星星稀少无几的夜晚，喜鹊们高高地向南飞去，寻找可以栖息的地方，可是绕着大树飞了许多圈，却还是不知道要在哪根树枝栖息。这四句用比喻的手法写出了贤人志士在东汉末年乱世时代无所适从，不知道应该投效到谁的门下的情景。"月明星稀"点明了当时的乱世时局。"乌鹊南飞"隐喻贤能择贤而投，言外之意是：贤能志士不要再犹豫了，赶紧到这边来吧，只有我这里才是你们栖息的最好选择。同时本解依旧可以理解为诗人面对乱世群雄崛起局面，意欲奋起大展宏图，却深感无人相帮，而事事艰难、壮志难酬的悲慨。

第八解，原文为"山不厌高，海不厌深。周公吐哺，天下归心"。本解有两个典故。前两句借用《管子》语："海不辞水，故能成其大；山不辞土石，故能成其高。"(《管子·形势解》)诗人用对偶起兴，表达自己的壮志。后两句则来自有关周公的一个典故，周公说他"一沐三捉发，一饭三吐哺，起以待士，犹恐失天下之贤人"(《史记·鲁周公世家》)，意思是说周公每当有贤才来访，如果正吃饭，就会立刻吐出口中的食物进行接待；如果正在洗头发，就会立刻抓起湿发跑出去接见。本解的意思就是：高山不辞土石才见巍峨，大海不弃涓流才见壮阔。正是因为周公对每个来访相投效的贤才都热情接待，不因人的能力高低而区别对待，才使得天下的人才都能心悦诚服地归顺他、辅佐他。

在本解中，诗人通过两个典故的使用，以递进的方式表达了心境，其目的便是自喻周公，表明自己决心礼贤下士、唯才是用的重贤惜才之心，希望麾下贤能志士多多益善，帮助自己建功立业，实现统一天下、创太平盛世的宏图大愿。本解也是全诗的点睛之处，点明了全诗的主旨精神。

但我们再从诗歌收尾之处"周公吐哺"的典故进行解析。诗人以周公吐哺表示自己虚心待贤，期望天下贤士尽相来投。可是联系第七解，诗人把乌鹊比作人才，再从诗人的角度进行反思。诗人屡屡求贤而苦于无人，和周文王的一呼百应相对比，不得不说，全诗给人的悲哀之情已经不单单是对酒当歌、觥筹交错后的感慨，也不是悠悠我心的哀叹，而是诗人虽掌握兵权，已平定北方，但在当时的世家大族眼中依旧不过是汉室的一位权臣，得不到士族阶层的认可和相助的悲凉心情。所以，诗最后的"周公吐哺，天下归心"也可以理解为诗人的悲愤：如果自己能像周文王那样名正言顺，又怎么会愁天下有才之人不能到自己的门下来呢？那个时候，天下的贤才都会慕名而来，这样才能使天下人归顺于我。

所以，《短歌行》实际上是一篇运用诗歌形式言志、悲咏相结合，有着独特感染力的"求贤之歌"。全诗写出了诗人在求贤过程中的各种心境：有忧叹人生苦短的，有渴求贤才来投的，有欣喜得到贤才的，有劝慰犹豫徘徊的，也有面对士族不认可时既愤怒又无力的哀怨。这么多复杂的感情，诗人通过似断似续、低回沉郁的笔调将其一一表现出来，最终使得全诗在激情豪迈中蕴藏无奈的悲叹。

二、从建安文学的特点出发进行解析

建安文学是指从汉献帝刘协（193—220年在位）到魏明帝曹叡太和年间（227—233年）这一时期的文学。由于特定的时代背景、文学自身的演变发展以及曹操父子的直接间接影响，建安文学的诗辞在吸取了汉乐府情词并茂之长外，还具有慷慨悲凉的突出艺术风格。刘勰在评价建安诗歌时曾云："慷慨以任气，磊落以使才。"（《文心雕龙·明诗》）"观其时文，雅好慷慨，良由世积乱离，风衰俗怨，并志深而笔长，故梗概而多气也。"（《文心雕龙·时序》）南朝文学批评家钟嵘也说："曹公古直，甚有悲凉之句。"（《诗品》）

从东汉末年到魏晋时期，是中国历史上著名的乱世年代。在这个时期，政治上朝堂频繁易主，各地战祸连绵不息，同时在生态环境上疾疫、水灾、旱灾不时发生，无数人颠沛流离、挣扎求生，悲哭哀号弥漫整个中原大地。建安文人目睹并真实地记录了这一动乱年代的社会现象和人民的痛苦，并在他们的诗篇中描绘出了一幅幅战乱频繁、生灵涂炭、凄凉残破的乱世灾难图。如曹操的《薤露行》"播越西迁移，号泣而且行。瞻彼洛城郭，微子为哀伤"，《蒿里行》"白骨露于野，千里无鸡鸣"。在这个时代，死亡成为旦夕即至的事情。"生命无期度，朝夕有不虞。"（阮籍《咏怀八十二首》）这就使得建安文人的生死观念发生了极大的改变，人的自我意识也得到了极大的觉醒，在反映现实、抒发怀抱的同时，诗篇中也凝聚了浓浓的哀伤。

所以，《短歌行》启篇就出现了强烈的建安风格的诗句："对酒当歌，人生几何？譬如朝露，去日苦多。"诗人以朝露喻人生，表达对年华易逝的感慨。这里既有年华易逝、人生苦短之意，也抒发了诗人对当时人命如草芥、生命短暂且有限的哀叹。下文"月明星稀，乌鹊南飞。绕树三匝，何枝可依"，虽然是用代入法替贤者名士表达他们的处境，同时也可以引申为诗人自己对未来的迷茫和无助。另外，诗人引用《诗经·郑风·子衿》和《诗经·小雅·鹿鸣》中的诗句，以一个女子祈求的口吻来表达对贤士的渴求，这对于当时平定北方，可谓志得意满的曹操来说，不能不是一种悲哀。如此一代英雄人物，却还得以女子的口吻来祈求贤士来投，可想诗人心中的悲哀和面对士族世家的无力。慷慨，情绪激昂、奋发之义，这里指歌声激越不平，起伏跌宕，具有悲壮的色彩。而诗人的"慨当以慷，忧思难忘"中，除了激越不平之音，还有诗人心中的"忧思"，这忧思是难忘的，是"忧从中来，不可断绝"，一直缠绕在诗人心头，难以消去。

三、从东汉末年的历史特殊环境出发来解析

东汉末年是世家大族崛起并主导社会的时代，成为世家大族的家族必须具备三个特点：政治上以家族血缘垄断选官，文化上垄断教育和舆论，经济上控制大量人口土地。这三个特点是相对独立地发展而来，不是依靠皇权获得的。

而曹操的祖父曹腾是宦官，父亲曹嵩则是来源存在争议的养子，在文化上无法垄断教育和舆论。更重要的是，曹家的官位权势和经济财富是依靠曹腾为参政宦官获得的，而宦官参政的唯一途径就是依靠皇权。

正因如此，曹操家族虽然看似具备了世家的特征，但其宦官的出身却为真正的士族世家所不齿，与从地方上独立发展起来的世家有本质上的区别，而且也并

不属于士族范围。在很多士族世家眼中，曹家就是靠巴结皇帝而一时得势的小人家族，与经学传家、州郡名望的士族世家相差甚远。所以，很多士族世家们根本不齿于投靠曹操，哪怕官渡之战中曹操战胜了四世三公的袁绍。所以曹操只能感慨地唱起悲凉的《短歌行》，感叹求贤之路的艰难。

《三国志》记载曹操一生都在征讨，他的心愿就是能平定战乱，还世太平。根据史料查证，这首诗大约作于赤壁之战前后。当时诗人雄心壮志，以实现太平盛世、结束战乱为心中抱负。《三国志·魏书·武帝纪》有云："玄谓太祖曰：'天下将乱，非命世之才不能济也，能安之者，其在君乎！'"而《异同杂记》也记载："尝问许子将'我何如人'，子将不答。固问之。子将曰：'子治世之能臣，乱世之奸雄。'太祖大笑。"（孙盛《异同杂记》）以此可以看出，曹操在青年时代就已经胸怀大志、志在天下了。

按此诗成诗时间为赤壁之战前后推算，写下《短歌行》时的曹操已经五十多岁了，当然是"去日苦多"，但其志向却没有因为年华的逝去而有所改变。"明明如月，何时可掇"，根据建安风格来看，诗人想要摘取的明月也可以看作是实现统一全国的壮志。在曹操的另一首诗歌《龟虽寿》中，更是直接表明"老骥伏枥，志在千里。烈士暮年，壮心未已"。然生命的自然规律不可违抗，诗人只能希望和周公一样能"老骥伏枥"，实现抱负，这也不能不说是一种悲哀吧！因此，《短歌行》中的悲叹，其实还有诗人对人生易老、岁月如梭的恐惧以及对自己壮志大业未成的担心。

四、结语

在研究《短歌行》时，只有结合东汉末年的特殊时代环境、建安文学的风格以及曹操的生平，才能真正体会到诗人蕴含在慷慨激昂之间的这份悲韵。诗人赋予《短歌行》的不仅仅是豪迈地抒发壮志，更是期盼能够打破士族世家对人才的垄断，能够招纳贤才，实现平定战乱的宏图梦想，同时也是诗人感慨年华易逝，担心壮志未酬的悲慨。

5. 弃尽彷徨终证道

——悲《燕歌行（其一）》中潜藏的魏文帝曹丕夺嫡路上心中的凄苦

燕歌行（其一）

魏文帝曹丕

秋风萧瑟天气凉，草木摇落露为霜，
群燕辞归雁南翔。
念君客游思断肠，慊慊思归恋故乡，
君何淹留寄他方？
贱妾茕茕守空房，忧来思君不敢忘，
不觉泪下沾衣裳。
援琴鸣弦发清商，短歌微吟不能长。
明月皎皎照我床，星汉西流夜未央。
牵牛织女遥相望，尔独何辜限河梁？

魏文帝曹丕是曹魏王朝的开国皇帝。他结束了汉朝四百多年的统治，是三国时代的第一位皇帝。他在位期间采取宽仁政策，减轻徭役和兵役，使得饱受战乱的北方地区逐渐安定下来，为以后北方的繁荣发展作出了巨大的贡献。但是他心胸狭隘，对诸兄弟刻薄寡恩，残酷压制，是中国历史上一位备受争议的皇帝。

曹丕（187—226年），字子桓，曹操次子。生于中平之季，长于戎旅之间。曹操病逝后，他继承了丞相的职位和魏王的封号，改建安二十五年（220年）为延康元年。同年，逼迫汉献帝禅让天下，登坛受禅，即皇帝位，改元黄初，改国号魏，建都洛阳。推行曹操既定政策，齐民屯田，发展经济。

曹丕除了在政治上平定边患，击退鲜卑，和匈奴、羌、氐等民族修好，恢复朝廷对西域的管辖之外，在文学艺术方面的造诣也是极高的。由于曹操雅好诗书文籍，虽在军旅，手不释卷，曹丕受其影响，自幼文武双全，8岁之时已能提笔为文。少诵《诗经》《论语》，及长而备历"五经"、"四部"、《史记》、《汉书》，诸子百家之言，靡不毕览。曹丕以著述为务，又加天资文藻，下笔成章，著有《典论》、诗赋等百余篇。他的诗歌多为描写男女爱情和游子思妇题材，细腻婉转，非常优美。而且形式多样，四言、五言、六言、七言、杂言无所不有，其中尤以五言诗和七言诗成就最高。他也与其父曹操和其弟曹植并称为"建安三曹"。曹丕还曾命令王象等诸儒撰集经传，随类相从，几千余篇，称曰《皇览》。《皇览》是中国最早的一部类书。曹丕还擅长散文，著有《典论》，其中的《典论·论文》是中国文学史上第一部系统的文学批评专论作品，触及了文学创作和文艺理论的一些重要问题。

现今流传的《魏文帝集》为明人所辑，其中存诗45首（有3首残诗或遗句），辞赋30篇（一篇有序无辞）。在创作题材和风格上，魏武帝曹操多写军旅生活，文气雄博，有阳刚之美；而文帝曹丕除写军旅生活外，更喜欢写周围身边之事，淋漓细腻，有阴柔之美。所以沈德潜说："子桓诗有文士气，一变乃父悲壮之习矣。要其便娟婉约，能移人情。"（沈德潜《古诗源》卷五）魏武帝和魏文帝虽然都是用古乐府的旧曲改作新词，但魏文帝所作的乐府歌辞比曹操的更接近民歌的精神，因而曹丕在文学史上占有重要一席。更值得注意的是，在诗史上，他对七言诗体制形成的贡献有里程碑的意义。这一重要贡献，近代学者李维有如下表述："丕慕通达，天资狷薄，其才则洋洋清丽，故所为诗，一变乃父沉雄顿郁之音，而具便娟婉约之致。七言犹工。七言始于《楚辞·大招》，汉刘向辈，亦时为之，然俱未能成体，柏梁联句又疑其伪托，应以子桓为宗。"（李维《中国诗史》）这是对曹丕极高的肯定。陈寿在《三国志·魏书·文帝纪》中也有这么一句对曹丕的评论："文帝天资文藻，下笔成章，博闻强识，才艺兼该。"可以说，建安文学由魏武帝曹操肇其基，却在魏文帝曹丕的倡导下始成一代文学。

在曹丕众多的诗歌中，《燕歌行·秋风萧瑟天气凉》语言浅显清丽，可以算是曹丕的代表作，也是我国现存文人作品中最早的完整的七言诗。它成功地尝试了完整的七言形式，从而成为中国诗歌史上七言诗的开山之作，因此在诗歌发展史上受到人们的重视。宋郭茂倩《乐府诗集》将这首诗列入"相和歌辞·平调曲"。

这首诗描写了一个闺中女子在不眠的秋夜对客居他乡的丈夫的深沉思念。全诗通过思妇的心理活动，反映了汉末社会动乱、亲朋离散的现实。诗篇唯美、凄寒，具有广泛的社会意义。然而，如果联系诗人的生平以及时代背景，我们却能在诗中挖掘出诗人更深层次地抒发的那份彷徨和苦悲。

一、从文辞研究方面进行探读

1. 从字词方面分析诗文

《燕歌行》在艺术上的一个显著特点，是把写景和抒情紧密地融合在一起。沈德潜说"子桓诗有文士气，一变乃父悲壮之习矣。要其便娟婉约，能移人情"，确实道出了曹丕诗的特色。在《燕歌行》中，诗人选取了一系列足以表现主人公缠绵相思之情的景物：萧瑟的秋风，飘零的草木，南飞的燕雁，西转的银河，冷月清辉照射下的空室孤枕，幽咽微吟的低琴短歌，以及那含情遥望的牛郎织女。真是极尽描写，有声有色，声助色衰，色衬声哀。置身于这样的典型环境之中，把主人公思念丈夫的感情表现得哀婉幽深。

第一联："秋风萧瑟天气凉，草木摇落露为霜，群燕辞归雁南翔。"全诗启篇就从秋天的天气下笔，描写了一幅旷远幽深的深秋景色图。秋风萧瑟，天气阴冷，草木枯零，露结为霜，燕子辞归，大雁南飞，整个大自然显示了一种凄切哀婉的景象，很容易触动人们离情别绪和怀人思远的感情。这里实写天气时令，恰切地反映了思妇的心境。再加上燕雁南归，飞禽知返，可亲人却回家无期，也为下文抒发思妇的寂寞忧恨营造了气氛。

第二联："念君客游思断肠，慊慊思归恋故乡，君何淹留寄他方？"有了上一联的情绪铺垫，这一联开始触景兴怀，描写思妇对丈夫的思念。"念君客游思断肠，慊慊思归恋故乡"，"思断肠"一作"多思肠"，形容相思之深足以使柔肠寸断。这两句写少妇猜度丈夫怀乡思归的苦恼，讲的是对方，不是少妇自己。作者采取这种以客代主的虚写方法，来反衬自己思念之深。如王维在重阳节思念自己的兄弟时作诗道："遥知兄弟登高处，遍插茱萸少一人。"以想象中的家乡兄弟思念自己，来反衬自己的思念。"君何淹留寄他方"是少妇自问，也是对丈夫

33

的反问。如果你真的思念家乡，为什么又久滞外地、至今不归呢？这就必然引起她多种多样的想法，话说得很委婉、含蓄。这句承上启下，为下文铺写少妇的相思和痛苦作了准备和过渡。

第三联："贱妾茕茕守空房，忧来思君不敢忘，不觉泪下沾衣裳。"这一联写出了妇人思念丈夫时的孤独和痛苦情怀。"贱妾茕茕守空房"这一句对应上一句反问"君何淹留寄他方"，也是自问自答。你为什么还不回来呢？我自己形影相吊，独守空室，多么孤独。"忧来思君不敢忘"吐露了自己对丈夫坚贞不移的爱情。这一句既是真情告白，是她对丈夫忠贞情爱的誓言，也是少妇相思之苦的剖白。"不觉泪下沾衣裳"，自己如今的处境以及对丈夫的一往深情，使得女主人公泪下淋漓，沾湿了衣衫。这几句描写深刻，意思层层递进，把思妇思念丈夫的那种苦痛心理写得淋漓尽致。

第四联："援琴鸣弦发清商，短歌微吟不能长。"思妇在万般无奈之下，只好借助琴声来抒发胸中的悲痛，排除心头的烦恼。"清商"是一种乐调名称，古人常以歌声的长短来表达不同的感情，长歌表示慷慨奋进，短歌则表示幽怨低回。她弹奏的清商曲节拍短促，调子清婉；她哼唱的歌曲词句短少，声响低微。这琴声歌声如泣如诉。自古琴声如心声，歌声来排忧。这一联深刻地表达出诗中女主人公抑制不住的内心幽怨。

第五联和第六联："明月皎皎照我床，星汉西流夜未央。牵牛织女遥相望，尔独何辜限河梁？"诗篇末尾的四句既是写景，也是抒情。思妇看着从窗外照射进来的皎洁月光，冷寂地留在孤枕难眠的空床上。放眼窗外，天上的星星已逐渐西移，夜已经很深了。可长夜过半却是最难熬的时候。银河两岸翘首相望的牛郎织女，为什么被罚在天河两岸？难道是因为没有桥梁而彼此不能相见吗？

这四句写得非常形象，由近到远，由远而联想，写出了思妇由低头见"明月"照床而向窗外远眺星河，再由遥望星空而幻见牛郎织女，由神话悲剧联想到自己的现实悲剧，循序写来，行云流水，使诗歌的意境得到进一步的开拓和深化。

再结合上一联"援琴""短歌"驱不散的相思愁苦，又使思妇的感情难以平静。凄凉的夜景，动人的传说，更使思妇感到"此恨绵绵无绝期"。尽管自己望眼欲穿，却不知何时能与丈夫团圆，驱不走的忧伤、剪不断的愁绪不知何时才能消除，从而使得感情跌入更加悲痛的境地，引出了最后的悲叹"尔独何辜限河梁"。这正是少妇对自己与丈夫天各一方、不能相聚的深沉感慨和痛切悲叹。

2. 结合诗人身份解析诗中的隐晦

整个诗篇语言流畅，文辞华美，句句用韵，一韵到底，音节和谐自然。诗篇借景生情，因情置景，情景交融，可谓到了水乳相融的地步。清人王夫之赞之"倾情、倾度、倾色、倾声，古今无两"（《古诗评选》卷一），是有一定道理的。

然而通读全诗，我们却始终感到淡淡的忧伤难了之愁。如果把诗人的身份代进去，我们可以惊奇地发现，魏文帝曹丕其实才是诗篇中那个苦苦思念而不得的思妇。所以，曹丕通过《燕歌行》隐晦地抒发自己对于权力斗争的感伤，而思妇的悲苦也正是自己感到无助的彷徨和苦痛。

第一联"秋风萧瑟天气凉，草木摇落露为霜，群燕辞归雁南翔"，既是写景也是写心情。面对秋风萧瑟、草木枯萎、大雁南归，诗人的心情是无比凄凉的。历史上曹氏满门英豪，曹操是个伟大的父亲，培养出了好几个优秀的儿子。除去战死的之外，最有名的莫过于曹丕、曹植和曹冲。曹操在战场上拼杀一生，虽有称帝之心，但一直考虑时机不成熟，故而篡汉立魏建国称帝的大业就只能留给他的继位者实施。而曹操一直不明确立嗣，就使得他的子嗣们为了继位者之位争斗不休。这一联表面上写萧瑟秋景，其实也影射出了诗人忐忑复杂的心情。

第二联"念君客游思断肠，慊慊思归恋故乡，君何淹留寄他方"，这里的"思君"不是真的思"人"，它既可以理解为对继位者那个位置的期盼，也可以理解成对获得父亲赏识的期盼。曹操一生有儿子25个。曹丕的很多兄弟都和他一样，是在随着父亲曹操征讨四方中成长的，都是文武双全，且很有政治野心。长子曹昂早早战死后，得到父亲更多的关爱是每一位儿子心中最大的期盼。所以在这一联中，曹丕用"思断肠"表达了自己对父爱的渴望。"君何淹留寄他方"也隐约表达了自己的愤慨：兄长曹昂死后，按照嫡长子传位的传统，我才是第一顺位继承人啊，为什么不能多多地给予我关爱？

第三联"贱妾茕茕守空房，忧来思君不敢忘，不觉泪下沾衣裳"，借思夫妇人的心情哀婉地写出了曹丕的无奈。曹丕的诗篇和曹操的大多数诗篇的主题是迥然不同的。曹操诗大多豪迈雄壮，而曹丕诗相对比较阴柔婉转，犹如美媛之姿。曹操诗被人喻为"气韵沉雄"的"幽燕老将"（敖陶孙《臞翁诗评》），而曹丕诗被人喻为"踮屣鸣琴"的"邯郸美女"（牟愿相《小澥草堂杂论诗》）。清代毛先舒把曹丕的诗比作赵合德，说它"如合德新妆，不作妖丽，自然荡目"（《诗辩坻》卷二）。自古诗如其心。与曹操的其他儿子相比，曹丕自小内向，很多情愫不会对外表露，而会憋在心中，于是"茕茕守空房"、"不觉泪下沾衣裳"便是他当时心境的真实写照。据史料记载，曹丕即位七年便病逝了，而其病逝原因也是心病。一个人长年累月地把所有的情绪藏在心底，不向外人倾诉，又怎么不会"不觉泪下沾衣裳"呢？

第四联"援琴鸣弦发清商，短歌微吟不能长"，其实还是曹丕哀怨心情的延伸。心情不佳，借助"琴鸣"和"短歌"来排遣。可琴声和歌声又怎能驱散心中的愁苦？尤其这种愁苦还是不能与外人言述的。这也使得诗人在本诗中的愁苦更加浓烈。

第五联和第六联"明月皎皎照我床，星汉西流夜未央。牵牛织女遥相望，尔独何辜限河梁"四句既是一种抒情，更是一种对自己的反问。诗篇从近到远，从床到星河，是一种情感的升华，也是一种情绪的叠加。"牵牛织女遥相望，尔独何辜限河梁"，最后这两句更是全文的情绪突破。曹丕不再拘泥于现实中得到父爱的多少，而把获得关爱的关键放到了是否主动去创造的大格局上：我与其消极地盼望父亲多多关爱我，不如通过自己的努力，获得父亲更多的关注。这同样也可以看作是曹丕对继位者这个位置的宣言。

二、结合诗人的生平以及时代背景去分析

1. 诸子争嗣

曹操一生戎马，雄才伟略，曾有"治世之能臣，乱世之奸雄"之称。他不仅是一代枭雄，更是一个伟大的父亲。在早期的四处征伐中，他都会让自己的儿子们跟随身边，早早地学习骑马射箭。南征北战的戎马生涯更是磨炼了他的儿子们的胆识和见识。

据史书记载，曹丕5岁就开始学习骑马射箭，跟随父亲南征北战。建安二年，曹操和张绣作战，曹军被困，曹操长子曹昂和侄子曹安民以及大将典韦都战死了，而随军出征的曹丕却骑马突围成功，那年他才11岁。曹丕十几岁时就开始领兵打仗，并且屡建奇功。像他这个年纪却文武双全的少年英雄在历史上也并

不多见，然而在曹操的儿子中却比比皆是。

曹操一生有 25 个儿子。在长子曹昂在被张绣围攻时战死后，次子曹丕就成了最年长的儿子。25 个儿子中，只有曹丕、曹彰、曹植和曹熊是正室夫人卞氏所生，其他都是庶出，没有资格成为继承人。按照嫡长子继位的传统，曹丕是最有优势的，何况他能文能武，24 岁已经是五官中郎将和副丞相。不过，曹操不是普通的父亲，他雄才伟略，有敢于灭汉自立的魄力，就不会拘泥于嫡庶之别。尤其是原本最中意的长子曹昂战死后，曹操就逐渐不再拘泥于长幼之说，况且曹丕还有几位同样文韬武略、雄心勃勃的兄弟。这也就注定曹丕要想获得父亲的另眼相待，就需要战胜他的兄弟们，也注定曹丕通往继位者之路不会平坦。

这也难怪曹丕在《燕歌行》中有如此的苦闷。虽因兄长战死，自己成为长子，但父亲却不拘泥于长幼嫡庶，使得他要想得到父亲的更多关爱，就需要自己更加拼命努力。

2. 能者居上，曹丕得立

曹丕要想做继位者，首先就要战胜他的这一大群兄弟。他的第一个政敌是小小年纪的曹冲。曹冲是曹丕的同父异母弟弟，容貌俊美，仪表不凡。他聪敏早熟，五六岁时就展现出成年人的才识和智慧，因而最得曹操欢心。曹操经常在朝臣面前夸赞他，说他既有才识，又有仁心，言辞中很有立曹冲为嗣的意思。可惜曹冲 13 岁就病死了。曹操对曹冲的死十分悲痛。曹丕曾劝慰他节哀，曹操说："这是我的不幸，却是你们兄弟的大幸。"可见曹冲不死，曹丕不一定能坐上帝位。曹丕自己后来也承认这一点，他说："若是仓舒（曹冲的字）在世，我也不会有天下。"

曹丕的另一个劲敌是他的二弟曹植。曹植只比曹丕小 5 岁，他也是在跟随父亲四处征战中成长起来的。曹植同样文武双全，胸怀大志，并且才思敏捷，比曹丕还要有才华。曹植的文才在历史上是很有名气的。公元 210 年，曹操在邺城（今河北临漳县）筑铜雀台，就是后来唐代杜牧《赤壁》中"铜雀春深锁二乔"的铜雀台。曹操带着儿子们登台作赋，其中曹植一挥而就，文辞通达优美，令他惊叹。曹植也意在太子之位，心思都放在政事上。所以曹操每次问他国事，他都应答如流。曹操因而对曹植很满意，许多大臣也劝曹操立曹植为继位者。

曹丕眼看曹植风头正盛，不敢掉以轻心，就与亲信精心谋划。其实曹植只是文采胜过曹丕，在政治谋略上却不如他。曹丕听从谋士贾诩建议，厉行节俭，待人宽厚，做事兢兢业业，逐渐引起曹操对他的关注。而曹植文人习气较重，经常一时兴起，饮酒放纵，也不拘小节，不懂得掩饰自己的缺点，曹操对他越来越不满。加上曹植之妻喜好奢华，经常衣着华丽，而曹操好俭朴，很不喜欢她，后来还以其违反服饰制度为由赐死了她。如此一来，曹操在立太子的问题上，重心也不再偏向曹植。曹操曾就立嗣之事私下询问过贾诩，贾诩笑而不答。曹操追问，他就说："我正在思考袁本初、刘景升父子之事。"袁本初（袁绍）和刘景升（刘表）都是因为废长立幼而导致灭亡的。曹操因为这句话正式确定了立嗣人选。

东汉建安二十二年（217 年），曹丕终于被曹操立为魏王太子，时年已 31 岁。三年后，曹操病逝，曹丕继承魏王称号，同年逼迫汉献帝下诏退位，交出玉玺。曹丕废汉自立，国号魏，史称魏文帝。曹丕的继位者身份是他几经争斗，经历数度风险才最终如愿以偿的。这其实也是他在《燕歌行》尾句的自问"尔独何辜限河梁"的意思。没有机会就创造机会，要想得到更多就需要付出更多的努力。

三、结语

综上所述，《燕歌行》其实不光是一篇少妇思夫回归，反映汉末战乱、社会动荡的诗篇，更是曹丕夺嫡心路的历程。诗篇中，思妇苦苦思念之情层层递进，终苦思不得。现实中，诗人曹丕对父爱、对嫡位的向往也是层层叠进。虽然争取嫡位的路程也如诗中思妇一般坎坷、艰辛、难与人言，但最终诗人却"尔独何辜限河梁"，抛去迷茫、落寞，终是证得大道。因此，《燕歌行》中思妇的悲苦也是诗人曹丕在求索父爱、争取继位者路程上的悲苦，也只有结合曹丕的生平以及夺嫡的艰辛历程，才能真正体会到诗中那份独属于曹丕的凄苦。

6. 拼得玉碎证丹心

——抒魏高贵乡公曹髦潜藏在《潜龙诗》中绝望的不屈

潜龙诗

魏高贵乡公曹髦

伤哉龙受困，不能跃深渊。
上不飞天汉，下不见于田。
蟠居于井底，鳅鳝舞其前。
藏牙伏爪甲，嗟我亦同然！

在中国历史上有这样一位皇帝，虽身为傀儡，但一身傲骨、刚烈血性，为了活出尊严，不惜以生命为代价，与残酷的命运相抗争。最终他用自己的壮烈死亡赢得了千秋万世的帝王尊严，也赢得了世世代代的后人的尊重。他的这一番拼得玉碎证丹心的英勇血性，在中国古代有类似处境的傀儡皇帝群体中也是绝无仅有的。他就是曹魏政权倒数第二位皇帝高贵乡公曹髦。

曹髦（241—260年），字彦士，沛国谯（今安徽亳州）人，三国时期曹魏第四位皇帝（254—260年在位）。魏文帝曹丕之孙，东海定王曹霖之子。很遗憾的是，他是曹魏政权中唯一一位没有谥号的皇帝。为了纪念这样一位早逝的少年天子，后人都用他即位之前的名号"高贵乡公"来称呼他。嘉平五年（254年），司马师废齐王曹芳后，曹髦作为曹丕庶长孙被立为新君。曹髦继位后，对司马氏兄弟在朝中的专横跋扈十分不满，于甘露五年（260年）召见王经等人，对他们说"司马昭之心，路人所知也"，并亲自讨伐司马昭。事泄，曹髦被司马昭的爪牙贾充指使成济弑杀，年仅20岁。死后被剥夺皇帝名分，废为庶人。

曹髦从小好学，才慧早成，"才同陈思（曹植），武类太祖（曹操）"（《三国志·魏书·三少帝纪》），颇有祖父曹丕的风范。他好儒学，陈寿在《三国志》中用非常多的篇幅描写他和一些文士如司马望、王沈、钟会等人探讨经史的事迹。从他的言论上看，曹髦是一个很有见地，甚至是知识渊博的青少年。他著有《春秋左氏传音》三卷，可惜已失传。南朝梁时关于曹髦的文集尚有《高贵乡公集》四卷，但到了《旧唐书·经籍志》中所记载的《高贵乡公集》只余下两卷。而到了清代，著名文献学家严可均在《全三国文》辑本中收录了曹髦的赋、诏、论、叙等各类文章，也只余下24篇，包括《伤魂赋并序》《自叙始生祯祥》《颜子论》等。曹髦也通绘画，是中国历史上第一批真正意义上的画家，也是第一个皇帝画家。他的画到唐代还有流传。唐代张彦远在《历代名画记》中把曹髦的画作评为中品。对于一个少年天子而言，这已是很高的评价，可以说如果曹髦能够多活几十年的话，必定会在中国画史上留下美名。曹髦还擅长诗文，南宋诗论家严羽认为曹髦是九言诗的创始人。当时流行的是四言诗，五言诗也才刚刚起步，考虑到平仄、对仗，九言诗其实是很难的。但很可惜，曹髦所作九言诗均没有流传下来。除了九言诗之外，他还有其他许多诗作，但目前流传下来的仅有残诗两首，分别是"莽莽东伐，悠悠远征。泛舟万艘，屯卫千营"和"干戈随风靡，武骑齐雁行"，以及东晋史学家习凿齿所著《汉晋春秋》中记录的《潜龙诗》。

《潜龙诗》是一首五言诗，诗意简单直白。短短40个字，却把"龙"一生的傲骨和对环境困阻自己的满腔悲愤抒发得淋漓尽致。全诗既有曹魏皇帝对司马兄弟把控朝堂的控诉，也有诗人曹髦对无力改变命运的悲慨。

一、从全诗的文辞方面去解析

全诗八句，共40个字，按照诗意可分上、下两部分去研读。前四句写出伤龙受困之凄悲窘境，后四句通过鳅鳝之类的欺辱，写出了伤龙的悲愤。

"伤哉龙受困，不能跃深渊。"诗人开篇便用寥寥几笔勾画出了伤龙被困的画面。以"伤哉"和"受困"两个词对曹氏统治的日渐崩坏做出解释，同时也通过"龙"来喻己，抒发壮志凌云的豪情。"伤"，受伤的。"深渊"本义指很深的水，这里喻为司马氏把控朝堂，曹氏皇族面临的艰难险境。所以这两句的意思是：曹魏皇族这条真龙，本应自由翱翔在天地大海之间，如今却因为受伤而身困于此，不能跃出这深渊。也可以解释为：我（曹髦）就是那条应该翱翔在天地之间的真龙，暂时不能飞跃、脱离困境，只是因为受伤的缘故。

"上不飞天汉，下不见于田。"这两句是对开篇两句的引申。龙本应是充满豪气的，但这份豪气却因为"伤哉"和"受困"导致"上不飞"、"下不见"。"天汉"，古时指银河，这里泛指浩瀚的星空或宇宙。"田"，种植农作物的土地，这里也指天地的地。上飞星河宇宙，下抵农间田舍，这是何等的自由潇洒，何等的豪迈激昂，然而在中间加上一个"不"字，便一下子使得这份本应独属于"龙"的豪气变得异常悲慨。

因此，本诗上半部分虽写困龙之窘迫，但表达出了龙虽受伤、受困，但依旧向往自由翱翔，虽不能飞抵宇宙星河之中，不能降于田地之间，但依旧壮志凌云。诗人直白地以龙喻己，对当前朝政上曹魏皇族的失势做出了解释，也写出了自己不甘为傀儡，意欲重整朝纲、打造曹魏中兴气象的志向。

如果说诗人在上半部分通过以"龙"自喻描写远大志向，那么在下半部分就是讥讽司马氏对朝堂的把控，抒发对曹魏皇权没落的悲愤。

"蟠居于井底，鳅鳝舞其前。""蟠居"，委身，蜗居。"鳅鳝"，泥鳅和黄鳝，两者皆细长如蛇，都喜在多腐殖质淤泥中钻洞或在堤岸有水的石隙中穴居。诗人在前面以"龙"自喻，而这里却把专权而肆意妄为的司马氏比作泥鳅之类。以"龙"上达"天汉"下抵"田"对比善钻洞喜阴湿的"鳅鳝"，这种截然不同又非常明显的对比，既抒发了诗人的豪情豪气，也反衬出司马氏的阴险猥琐。然而，"伤哉"的龙只能"蟠居"，默默忍受嚣张"鳅鳝"的"舞其前"，两者又产生了悲剧性的情绪反应，从而把全诗的悲情烘托到了极致。

"藏牙伏爪甲，嗟我亦同然！""藏牙伏爪甲"是上两句悲剧情绪的延伸，而尾句"嗟我亦同然"则是悲剧情绪的爆发。"嗟"本是文言文叹词，但这里前置，与"我"相连，使得"嗟"有了悲叹、叹息之意，如先秦古诗《沔水》中"嗟我兄弟，邦人诸友"。"同然"犹相同。这两句的意思就是：面对"鳅鳝"挑衅而自己无力反抗的局面，伤龙只能默默地藏起自己的牙齿，收起自己的爪子和坚甲，悲哀地接受"鳅鳝"的凌辱，可悲可叹的我也和这条龙一样啊！

所以，诗的尾句已不单只是叹息之句，而且是诗人悲愤而无奈的情绪爆发。

这种无奈是"伤哉",也是"受困",是不能"飞天汉""见于田",更是"藏牙伏爪甲"。诗人是少年天子,人贤而有志,然而再贤能再有名望,也敌不过现实局势的悲惨,欲"飞天汉""见于田",却因"伤哉""受困",只能"蟠居",面对"鳅鳝舞其前",只能悲叹着"藏牙伏爪甲"。如此孤独而无奈的感叹才最能触及人的哀痛之心。

二、从诗人的生平去解析诗中的悲痛

1. 政治博弈让他成为皇帝

曹髦的继位并不是一帆风顺的。准确地说,他的皇位是政治博弈的产物。曹髦之前的曹魏皇帝是曹芳。曹芳是魏明帝曹叡的养子,8岁登基称帝,曹爽和司马懿受命辅佐。但此后司马懿发动高平陵政变,诛杀曹爽,凭借辅政大臣的身份掌控了朝政大局,并平定淮南一叛,将权力顺利移交给自己的儿子司马师。

曹芳长大成人后,逐渐不满于司马氏的专权跋扈。嘉平六年(254年)二月,曹芳授意中书令李丰和张皇后的父亲光禄大夫张缉等人发动政变,意图废除司马氏,让曹魏宗室夏侯玄为大将军。但是政变的密谋被人泄露,李丰和张缉等人被司马师灭族,曹芳本人也被司马师废掉。但是一个问题也摆在了司马师本人的面前,那就是选择谁来担任下一个曹魏皇帝。这个合适的人选需要是一个安全的傀儡,便于司马师的操控。

一开始司马师选择的是曹操的儿子彭城王曹据,但是遭到郭太后,也就是魏明帝的明元郭皇后的极力反对。

嘉平六年九月,司马师废掉曹芳,决定让彭城王曹据继位。郭太后听说后很不高兴,对司马师说:"彭城王是我的叔叔,如果立他为帝,我怎么办呢?我看文帝的孙子高贵乡公曹髦温文俭让,可以立他为君。"司马师为了得到郭太后的支持,于是改立曹髦为帝。郭太后极力反对司马师立曹据的理由看似是当时的辈分礼法制度的要求,但其实也有政治上的考虑。

郭太后也是个女强人,做到了"值三主幼弱,宰辅统政,与夺大事,皆先咨启于太后而后施行"(《三国志·魏书·后妃传》)。她十分清楚自己的处境,也十分清楚司马家族为了稳定时局需要继续倚靠曹魏这杆大旗,所以在一定程度上,她与司马家族也是有合作关系的。在选帝方面,她有自己的规划,只要自己生前能做这个太后，好好地享受荣华富贵，对于司马家族的所作所为就不多过问，反而在关键时刻会帮一帮司马家族。在这种政治博弈下产生的君王注定是没有自主能力的，也就注定曹髦从成为新的曹魏皇帝开始就是个傀儡皇帝，也注定了他后期的所有作为都是个悲剧。只是他凭着少年的赤诚和热血，不愿意看到罢了。

2. 少年天子的理想抱负

关于曹髦这位皇帝，陈寿在《三国志》中用非常多的篇幅描写了他和一些文士如司马望、王沈、钟会等人探讨经史的事迹，他是一个知识渊博且很有见地的青少年。他推崇夏帝少康。少康在夏朝灭亡后几乎依靠一己之力完成了复国大业。对于曹魏的"中兴"，曹髦非常憧憬。他毫不掩饰自己想成为曹魏政权中兴之主的梦想。他甚至认为，少康比汉高祖刘邦还要伟大。由此可见，曹髦是一位非常有理想、有抱负的少年天子。

当然，曹髦本人也确实非常优秀。公元254年，司马师废掉魏废帝曹芳，立高贵乡公曹髦为大魏皇帝。曹髦从邺城来到洛阳，时年只有14岁。他经过洛阳北郊邙山的玄武馆时，被大臣们邀请去前殿居住。曹髦回答说前殿乃先帝寝殿，不敢越礼，于是暂住西厢房中。曹髦进入洛阳时，百官在洛阳西掖门迎接，他下车行礼。当时司礼官对曹髦说："按礼仪您为天子，不必答拜臣下。"曹髦回答："眼下我也是别人的臣子啊！"遂对群臣答拜还礼。最后到了止车门，曹髦要下车走路。左右大臣都说天子可以直接乘车进入，曹髦却没有同意。他说："我被皇太后征召而来，至于安排我做什么，现在还说不准呢！"还是下车和群臣一样步行到太极东堂，拜见了皇太后。当天他便在太极前殿正式登基称帝，朝中百官都很高兴。罢朝之后，司马师询问心腹钟会曹髦这个人如何，钟会说："才同陈思，武类太祖。"意思是说曹髦此人才华像曹植，武功像曹操。司马师却回答一句："若如卿言，社稷之福也。"司马师这一句其实是反话。曹髦如果是曹魏社稷的福气，那他自然也就是司马氏的心腹大患。所以从曹髦继位之日起，司马氏就对其戒心满满，而这也就酿成了后来曹髦夺权的悲剧。

虽是少年天子，但曹髦并没有在登上皇位后迷失自己。他曾对群臣下诏说："本朝三位先帝英明圣贤，顺天命而受帝位。但齐王曹芳在承嗣皇位后肆意妄行，不循礼法，以至失去了作为君王应有的仁德。皇太后以国家为重，接受辅政朝臣们的建议,把我召来京都取代失德于天下的齐王。想我本人年纪轻轻,便置身于诸多王公朝臣之上,确实深感不安,唯恐自己不能嗣守祖先创立的江山弘业,完成中兴魏室、统一天下的重任。每念及此,我都战战兢兢,如临深渊。幸有朝中诸公给我以股肱之辅,镇守四方的将帅给我以有力的扶持。我凭仗先祖先帝的这些有德之臣,定可以实现国家的长治久安,达到天下太平的目的。听圣贤说作为一国之主的人,应该是德厚如同天地,恩泽遍及四海,对天下亿万臣民先以关怀慈爱为本,示之以好恶,然后再从天子百官开始为百姓做出好榜样,使他们懂得怎样去守礼法、行大义。我虽然没有太多的仁德,也不能深悟这种道理,只愿与天下贤者共同朝这个方向努力。《尚书》上说,君王对百姓施以恩泽,百姓是会深深感激难以忘怀的。"紧接着,他又立刻大赦天下,改齐王曹芳嘉平年号为"正元",又下令削减天子的车马服饰和后宫费用,并罢除宫廷及官府中的无用之物。由此可见,曹髦是一个非常希望有所作为的君王。

3. 少年天子无用的努力

曹髦希望有所作为,但专权的司马集团却希望他做一个傀儡皇帝。曹髦也深知和朝中庞大的司马集团相比,自己的根基近乎为零。为了实现自己的理想抱负,他不断在夹缝中寻求机会建立自己的根基。

甘露元年(256年)二月,曹髦在太极东堂请公卿大臣们吃饭。在宴会上,曹髦和诸位儒士谈论夏朝少康和汉高祖的优劣。众所周知,少康是夏朝的中兴之主,在历史上有"少康中兴"的美誉,而汉高祖则是推翻暴秦,在群雄夹缝中最终夺得天下的汉朝开国帝王。

司马氏的心腹侍中荀𫖮说:"天下重器都是上天赐予的,汉高祖受到了天命,然后开创大汉江山。少康虽然中兴夏朝,但可以和东汉的光武帝刘秀相提并论,至于汉高祖,我们认为要比少康好。"

但曹髦却发表了自己的看法:"自古帝王的功德言行自有高下,创业的开国君主不一定全部是优秀的,而继任的君主不一定全是坏的。历史上夏朝的少康、商朝的武丁都有中兴的美誉。夏朝的启和周成王都有着守成的功名,不一定就比开创者低劣。少康年轻的时候,夏朝已经灭亡,自己只是一个平民,几次艰难地逃脱追杀,最后只有自己幸免。然而他终究能够克服困难,重建夏朝的天下。如果把汉高祖和少康相互交换,汉高祖真的能够做到少康那样吗?"

也是在这次宴会上，曹髦表露了自己的想法。面对权臣司马氏，此时的曹髦和少康的处境极为相似。曹髦其实也是借此表达自己对于司马氏专权的不满，同时也是向当时的大臣发出信号，希望以此取得朝廷部分大臣的支持。少康能够中兴，曹髦能够重整曹魏江山吗？

曹髦曾经试图拉拢一些当朝大臣，包括中护军司马望、侍中王沈、散骑常侍裴秀、黄门侍郎钟会等人。曹髦经常和这些人一起集会讨论文事。裴秀8岁能够作文章，王沈、钟会等也是文章高手，曹髦本人也爱好文雅。曹髦借共同的爱好在一起集会，也不排除他有借此机会培养党羽的想法。

但是这些人基本上都是司马氏一方的人。司马望因为曹髦的接见十分不安，于是请求离开洛阳，最后到关中担任军事长官。王沈被曹髦视为心腹，但曹髦试图通过兵变消灭司马昭时，却被王沈告密。裴秀和钟会更是司马昭所信任的谋臣。从后来的历史看，曹髦的行动无疑是失败的。曹髦无助地发现，就连朝廷上德高望重的傅嘏和经常与自己探讨经史的钟会也对自己的诏书完全不当回事。

三、成诗的时代悲剧

曹髦登上皇位时只有14岁。没过多久，司马师因疾而死，迅速掌权上任的司马昭更加张扬跋扈，甚至文武百官上朝奏事都由他一人裁决，是好是坏、是生是死全由他一个人说了算，而坐在龙椅之上的曹髦充其量只是个摆设。此情此景此等遭遇，试想向来才智出众的曹髦又怎能忍受得了？这首《潜龙诗》便创作于这个时期。

当时正好有地方官员上报自己的管辖区内出现了祥瑞的征兆，说是宁陵某地的井中出现了一条黄龙。黄龙在中国传统文化中一直都是无上权力、祥瑞威严的帝王化身。真龙现世，在世俗社会也被认为是吉庆瑞兆。但当朝堂上众臣纷纷对此征兆上表道贺的时候，旁边一直沉默的曹髦却突然说话了："祥瑞之兆？这叫祥瑞之兆？尔等是不是全都搞错了？既然都道龙是天子的象征，又常言龙翔九天，这倒好，如今现身的这条黄龙不在天上，不在地下，困于井中，哪是祥瑞？分明就是龙困于井遭人欺。"

于是《潜龙诗》便从曹髦的口中产生了。诗中蕴含的寓意也是显而易见的。以井中龙为自喻，困于井中淤泥的龙是曹髦自己，而司马氏则是井中整日以欺负

45

困龙为乐的泥鳅之辈，再加上另一句张扬的"司马昭之心，路人所知也"，曹髦将自己对司马氏的强烈不满毫无保留地表达了出来。而这导致司马集团对这位少年天子产生了更多的警惕，同时也加快了司马集团灭亡曹魏的步伐。

四、血性证丹心

1. 诗人的抗争

虽然曹髦这位少年天子足够优秀，假以时日也必可成就大业，但当时曹魏政权的统治已经摇摇欲坠，司马氏改朝换代的威胁已迫在眉睫。所以，纵然曹髦一直努力挽救曹魏的灭亡，但该来的最终还是一步步来了。

曹髦即位后第一年，就被迫授予司马师统领全国兵马的权力，朝拜时不必佩剑，不必小步快走，不必脱鞋上殿。甘露元年（256年）一年里，又被迫三次加封司马昭，封为大都督、高都公，封地方七百里，加九锡，增加封邑三县。甘露三年（258年）更是连续十几次被迫加封司马昭为晋公，加九锡，设立晋国，儿子中没有爵位的都封为列侯。甘露五年（260年）四月，曹髦再度被迫下诏加封司马昭为晋公，加九锡。司马昭装作不受，曹髦就一次次加封。多么熟悉的节奏。当年曹髦的先祖曹操就是这么一步步夺了汉献帝的权，最后到了他的祖父曹丕时改朝换代。到了甘露五年，司马氏改朝换代的条件只剩下司马昭称晋王、称帝了。

曹髦此人，最难能可贵的是他骨子里的"高贵"，宁肯站着死，决不跪着生。所以，面对司马氏集团的步步紧逼，他不想再忍了。他绝不愿意，也绝不配合司马昭上演皇帝禅让的假把戏。他召集大臣，准备当众剥夺司马昭的权力，但无人奉诏前来；他想诏司马昭来杀之，但司马昭根本不来。于是他爆发了。

2. 无奈之下的血性证丹心

甘露五年五月，曹髦因不满司马氏集团的专横跋扈，召集他最信任的侍中王沈、尚书王经、散骑常侍王业商议，说："司马昭之心，路人所知也。吾不能坐受废辱，今日当与卿自出讨之。"（《汉晋春秋》卷二）王经劝他要忍辱负重，切勿引火烧身。可意气用事的曹髦哪里肯听这些话，便"出怀中板令投地"（《汉晋春秋》卷二），一说"出怀中黄素诏投地"（《资治通鉴》卷七十七）。

曹髦告诉他们：司马昭之心路人皆知，我不想被废黜，我要讨伐杀了他。当时所有的人都不同意，毕竟没兵没将没人，讨伐司马昭等于送死。王经还规劝他要忍辱负重。王经劝说曹髦说："当年鲁国三桓专政，鲁昭公愤恨三桓，于是起兵攻打三桓，结果兵败出逃。现在天下的大权在司马氏手中已经很久了，帝国的上上下下，从中央到地方都是司马氏的人，而且陛下的宿卫空缺，甲士不足，能够依仗的军队又有什么人呢？出兵不利，祸患无穷呀。"

少而聪慧的曹髦，又怎么不知道这样的道理？但生性傲骨、年少血气的他也深知时不我待，不愿意自己成为司马昭称帝改朝换代的背景墙。这一刻曹髦显示出了自己的决绝，坐着不动也是死，发动政变也是死，都是死，有什么可畏惧的呢？况且万一成功，不一定就会死。曹髦的决定被后世很多人批判，批判者主要说他过于冲动和急躁。但是曹髦此举正如他自己所说的那样"正使死，何所惧"。他掏出诏书扔在地上说：我已经决定了，就算死了也不怕。说完直接起来进宫禀报太后，告诉她，自己要灭掉司马氏。可曹髦没有想到，他最信任的三个人中就有两个人王沈和王业会直接背叛自己，连夜到司马昭那里告密，让司马昭提早安排，以防不测。

第二天，曹髦带着自己仅有的嫡系——几百名宿卫和奴仆，手持武器，直奔司马昭府邸而来。路上遇到司马昭的弟弟屯骑校尉司马伷拦阻，曹髦大喝："阻挡者灭族。"司马伷的人马被吓跑了。这时，三国两晋年间最卑鄙无耻的小人贾充出现了。作为司马昭的红人，他也带了一队人马对曹髦进行阻拦。

《魏氏春秋》记载了这个故事。这次事件发生在晚上，当时下起了大雨。曹髦率领宿卫、苍头、官僮等人全部出击，在云龙门被贾充打败。当时曹髦手下的乌合之众尽数逃跑，只有曹髦手持利剑奋力拼杀，禁军无人敢上前。曹髦自称天子。骑督成倅的弟弟成济骑马持矛冲上前去，在禁军面前杀死曹髦。

《魏末传》也记载了当时的情景。当时贾充命成济领兵冲阵，并说道："司马公若是失败，你们一族也得陪葬，还不快出击。"成倅、成济兄弟于是站了出来，问贾充是要死的还是活的，贾充说死的。当时禁军已经包围了曹髦，曹髦自称天子，下令围困的禁军将士放下武器。禁军将士们面对曹髦的命令不敢有违，将要放下武器。这时，成济兄弟从阵中突然冲到前方，用长矛把曹髦杀死在车驾上。"济即前刺帝，刃出于背"，场面惨不忍睹。

曹髦死时年仅20岁。司马昭听说后大惊失色，他没想到本应该只是"工具人"的小皇帝居然真的敢于选择悲壮的自杀行为。他招来尚书左仆射陈泰商量。陈泰要求杀贾充,司马昭不肯,只杀了成济全家,作为"替罪羊"。

3. 死后的影响

曹髦的死给予司马昭或者司马氏集团很大的政治压力。本来司马昭是可以登基称帝的,但是弑杀曹髦成为他的政治污点,终其一生不敢登基称帝,只能把机会让给他的儿子司马炎。曹髦的被杀也让曹魏政权延长了一代皇帝,这也是曹髦死后变相的政治遗产。

曹髦死后,司马昭只好迫使郭太后下诏,说曹髦有罪。于是在曹髦刚倒在血泊里没多久,郭太后便出来诋毁曹髦,说:"吾以不德,遭家不造……而情性暴戾,日月滋甚……此儿既行悖逆不道,而又自陷大祸,重令吾悼心不可言……其收经及家属皆诣廷尉。"(《三国志·魏书·三少帝纪》)在当时的时局下,郭太后其实也是泥菩萨过河自身难保。在征讨诸葛诞时,司马昭便曾"始挟太后及帝与俱行耳"。这一点在《资治通鉴》卷七十七也有记载,"司马昭奉帝及太后讨诸葛诞"。郭氏名义上是太后,看似权力很大,实则也被司马家族控制。更何况郭太后已然历经曹芳、曹叡、曹髦三朝,此时她已上了年纪,久经沧桑,黄土都埋到半截了,难道不知道司马兄弟心里的那些小九九吗?只要不干涉自己的利益,曹魏的存亡其实和她没啥关系,"毌丘俭、钟会等作乱,咸假其命而以为辞焉"(《三国志·魏书·后妃传》)。所以,郭太后虽然历经三朝,但史书却未能给以她应有的浓墨重彩的描写,在《三国志·魏书·后妃传》中只有短短的一段话,这不能不说是史官对郭太后诋毁曹髦的一种变相讽刺。

曹髦死后,司马昭想尽办法,一直没有给他上谥号,所以"高贵乡公"便成了这位血性少年天子唯有的封号。纵观曹髦一生,在后世看来,他绝对当得起"高贵"这个封号。

五、结语

在那一场惨烈至极的反抗斗争中,曹髦虽然终究还是惨死于司马氏之手,未获成功,但他确实用坚定的行动表达了自己绝不愿受缚、苟且偷生的信念。如他的诗作所描写的龙一般,虽然"伤哉""受困",虽然面对"鳅鳝舞其前"只能"藏牙伏爪甲",但龙终究是龙,而非"鳅鳝"。即使心知获胜的概率很低,但面对政治凌辱与死亡威胁,曹髦也没有一丝一毫的软弱、屈辱和退让,而是敢于直面危险,奋起抗争,视死如归。

  曹髦不是傻瓜,也不是莽撞。他采取自杀式的攻击行动完全出于绝望的心理。正如其诗中所言"嗟我亦同然",他自己足够优秀,几乎挑不出毛病来,在"时无英雄,使竖子成名"的魏晋时期更是难能可贵。但可惜他是位皇帝,而且还是一个被拿来当傀儡的皇帝。所以,他是一位是壮志未竟的皇帝,也是一位值得后人尊重、钦佩、敬重的斗士。一身傲骨,刚烈血性,为了活出尊严,为了人性的高贵,他不惜以生命为代价,与残酷的命运抗争。他用自己壮烈的死亡赢得了千秋万世的帝王尊严,也赢得了后人的尊重。而他的《潜龙诗》也是他一生"苟且偷生不可为,拼得玉碎证丹心"的悲情写照。

7. 藏巧于拙隐壮志

——在《宴饮诗》中挖掘晋宣帝司马懿"藏"字诀的不甘悲韵

宴饮诗
晋宣帝司马懿

天地开辟，日月重光。
遭逢际会，奉辞遐方。
将扫逋秽，还过故乡。
肃清万里，总齐八荒。
告成归老，待罪舞阳。

世人说起司马懿，首先会想到一个词"鹰视狼顾"，再就是《三国演义》中被诸葛亮"空城计"骗得丢盔卸甲、仓皇逃窜的狼狈模样。在东汉三国那个群英荟萃的大时代，虽然有神机妙算的卧龙、凤雏，有胸有丘壑的王佐之才郭嘉、荀彧，有鬼才毒士贾诩、幼麒姜维……数不胜数，但唯独司马懿一直靠"藏"字诀在夹缝中求生存，靠"藏"字诀隐忍藏拙地实现着自己的理想抱负。

晋宣帝司马懿（179—251年），字仲达，河内郡温县（今河南焦作温县）人，三国曹魏著名的军事家、政治家，西晋王朝的主要奠基人。其次子司马昭封晋王后，追谥司马懿为宣王。其孙司马炎称帝后，追尊司马懿为宣皇帝，庙号高祖。三国时，许多文人谋士皆有绰号，如"卧龙"诸葛亮、"凤雏"庞统等。而司马懿的绰号为"冢虎"，他的性格以及一生便可以用这个绰号解释得淋漓尽致了。"冢"字意为坟墓，冢虎就是藏于坟墓中的猛虎。为了最后的胜利，他可以一直隐忍。果然，历史发展到后来，天下群雄皆亡，而司马懿也成了天下第一

7. 藏巧于拙隐壮志

人。可以说，他是用"藏"字诀的隐忍智慧赢取了人生的辉煌。而他的"藏"字诀也成了人生真正的大智慧。谋进藏巧，抱朴守拙，先隐后等，"天地之化，在高与深；圣人之道，在隐与匿"（《鬼谷子》）。

司马懿的文采不如建安曹氏父子，他的诗作留存下来的也仅此一首。但就是这首流存下来的诗，完全可以看作是司马懿一生性格的写照：心思缜密，隐藏锋芒，即使胸有激雷，依然面如平湖。这首诗就是《宴饮诗》，世人也称《征辽东歌》。通过这首看似豪迈霸气的诗，我们可以体会出司马懿隐忍的"藏"字诀，感受到那深藏于诗的不甘哀韵，一如他的一生。

一、从文学修辞方面来解读

本诗为乐府诗，全诗十句，分五联。可分为三解。前四句为一解，中间四句为一解，最后两句为一解。

第一解："天地开辟，日月重光。遭逢际会，奉辞遐方。"以开天辟地为比喻启篇，首先恭维了曹魏代汉这一重大历史事件，从而抒发自己得到皇帝信任，继续征战沙场、平定乱世、施展抱负的豪情。

开篇两句气势雄伟、大气磅礴。世人多将这首诗与汉高祖刘邦的《大风歌》做比较，其原因有二，一是皆为衣锦还乡酒酣之作，二是开篇皆具磅礴气势。笔者却认为本诗虽在开篇两句营造出更为宏大的意境，似乎压住了《大风歌》的"大风起"和"云飞扬"，但纵观全诗，刚"扬"上去就马上"抑"下来，处处小心，处处隐忍，明显比《大风歌》少了一份洒脱。虽然后面还有诗句"肃清万里，总齐八荒"展示出诗人的万丈豪情，但紧跟着"告归""待罪"却又给全诗笼罩上说不出的凄凉。

"天地开辟"，《太平御览》中解释为宇宙的开始，即盘古开天（《太平御览》卷一引《尚书中候》）。然"开辟"一词有开启、开创之意，如"当大地凝结百数十万年之后，幸远过大兽大鸟之期，际开辟文明之运"（康有为《大同书》甲部绪言）。所以，这一句是用开创一个新天地的比喻来恭维魏文帝取代衰微汉室的政治正确，同时也表达自己渴望摆脱处处提防的"狼顾之相"，融入新天地，施展志向的愿望。

"日月重光"，"重光"有两种解释，一是"光复，再次见到光明"，二是比喻"累世盛德，辉光相承"。如"祖功宗德，重光袭映"（《隋书·音乐志中》）。世人多把"重光"解释为司马懿以日月自喻，希望再次被启用，重放光明。但笔者不认同。从司马懿在诗中表现的谨小慎微、隐忍低调来看，他是不敢如此直白地拿日月自比的。那么这句应解释为依旧恭维曹氏三代辉光相承。当然，通过对"重光"两重意思的解读，我们也可以体会到司马懿隐忍背后的不甘和无奈。

"遭逢际会"，"遭逢"，遭遇；"际会"，机遇、时机。"遭逢际会"的意思是恰巧逢遇时机，如："今吾德至薄也，人至鄙也，遭遇际会，幸承先王余业，恩未被四海，泽未及天下，虽倾仓竭府以振魏国百姓，犹寒者未尽暖，饥者未尽饱。"（《三国志·魏书·文帝纪》）这一句也写出了司马懿在朝堂上的尴尬局面。曹氏子孙用人多疑，害怕强臣，司马懿唯一能做的也只能是先隐后等，等待时机。"君子藏器于身，待时而动。"（《周易》）当然，这份等待也展示了司马懿对自身的自信。"夫贤士之处世也，譬若锥之处囊中，其末立见。"（《史记·平原君虞卿列传》）可是"君子之才华，玉韫珠藏，不可使人易知"（《菜根谭》），才华犹如一朵花，但要开出艳丽的花朵却还需沃土细心呵护培养。所以，这份隐忍的等待既是对自身的一种自信，也是一种无奈之举。

"奉辞遐方"，"奉辞"谓奉君主之命，"遐方"指远方。这句很直白，字面意思是奉皇命去远方。可"遐方"这个词却值得推敲。为何用"去远方"而非"远征"？笔者认为这里使用"遐方"一词带有一种放飞的情绪，同时也有致远的含义。所以，这句我们可以理解为奉皇命去远方实现理想和事业抱负。

通过解读，我们可以看到这一解首先用宏大的场面颂赞了曹魏政权，又以日月来比喻曹魏父子代代皆为圣君，最后才用近似卑微的口吻说不是自己才能出众，而是恰逢一个时机让皇帝怜惜老臣，派出去实现自身抱负。司马懿贯彻一生的"藏"字人生哲学在这一解中体现得淋漓尽致。高颂君王，又不得罪他人，反而万分谦卑，这也不难解释司马懿本因"狼顾之相"遭猜忌，可职场之路却越来越顺的原因。他以一介儒生步步高升，从文学掾擢升为太子中庶子，成为曹魏集团的重要谋士之一，直到最后成为天下第一人，靠的正是这份先隐后等的藏巧之能。然而自古锋芒毕露遭人嫉，张扬不羁易树敌，这份藏巧看似轻松，可做起来又有多少酸楚为人知？

第二解："将扫逋秽，还过故乡。肃清万里，总齐八荒。"有了前一解的铺垫，这一解终于霸气侧露，尽显豪迈之情。这一解也是本诗之眼。"将扫逋秽，还过故乡"，展示了自己勇于承担重任、建功立业的能力，抒发了壮志凌云、一统天下的豪情抱负。"肃清万里，总齐八荒"更是本诗最精要之处，仿佛站在峰峦之巅傲视群雄、雄视千古。此句也和"他年我若为青帝，报与桃花一处开"（黄巢《题菊花》）以及"一轮顷刻上天衢，逐退群星与残月"（赵匡胤《咏初日》）一样，均气吞山河，傲然雄视，并称尽显帝王雄霸风采之名句，可见用词之精妙、之磅礴大气。这对于一个一生恪守"藏"字的司马懿来说实属难得。但正是因为拥有了这两句豪情万丈的诗，这首充满谦卑的诗篇才更显得悲凉。

"将扫逋秽"，"将"应读为四声，为"统领、率领"之意。如"葛婴将兵"（《史记·陈涉世家》）以及"将荆州之军"（《三国志·诸葛亮传》）。"逋秽"本为流寇之意。诗人用"逋秽"一词来形容群雄，"扫逋秽"便展示出他藐视天下群雄之气魄，同时这句也可以理解为诗人彰显自己武功的意思。司马懿在经济上推行包括民屯、军屯的屯田制度，使得魏国一时"务农积谷，国用丰赡"（《晋书·宣帝纪》）；军事上离间解樊围、击溃诸葛瑾东吴军、克日擒孟达、拖死诸葛亮以及击破蜀将马岱、百日殄公孙、逼退诸葛恪、平定王凌叛乱等等，以至于后世罗贯中曾评价司马懿"开言崇圣典，用武若通神"（《三国演义》）。

"还过故乡"，"还"，复也。这句比较直白，回到故乡。今河南温县为司马懿的家，也是他被征召入仕后与群雄逐鹿天下、比拼才华的起点。所以当他奉旨率军出征途中回到阔别十几年的家乡时，以朝廷亲赐的谷帛美酒宴请父老乡亲。走时一介布衣儒生，而今衣锦还乡，光宗耀祖。大凡酒酣耳热之际最易动真情，特别是在温县这样对司马懿有特殊意义的地方。于是久蓄心头的情感阀门便以酒为契机打开了，长期压抑在心里深层次意识的豪情壮志喷薄而出，咏出了千古名句"肃清万里，总齐八荒"。不得不说一个"藏"字既是司马懿赢取一生辉煌的人生哲言，也是他时刻压抑自我的苦难悲情。

"肃清万里，总齐八荒"，这两句千古名句既是司马懿一生的理想追求、政治抱负，也是他一生为世人所指责有异心的把柄。这两句本不该是人臣所说的话，也成为历史上司马懿唯一一次剖露心机的地方。

第三解："告成归老，待罪舞阳。"司马懿"藏"字诀是巧隐锋芒，先隐后待。这一解也体现了这个"藏"字。本诗以宏大场面开篇，诗尾却很是隐抑。

"告成"指事情完成，上报功业。"经营四方，告成于王。"(《诗经·大雅·江汉》)"归老"指辞官养老。"孟尝君因谢病，归老于薛。"(《史记·孟尝君列传》)"待罪"其实是自谦之语，也是隐藏锋芒，以低调内敛示人。司马懿自知功高盖主，此次出征，庙堂之上必有顾虑猜忌之词。而提前将"待罪"提出，也是避免"鸟尽弓藏"的明哲保身之法。然而也就是这两句卑微乖巧的诗表现出诗人在英雄暮年言归言退的无奈选择，同时也给本诗笼罩了一层悲韵。

二、从东汉末年的士族门阀家族来研读

东汉末年是世家大族崛起并主导社会的时代。世家大族在政治上通过家族血缘关系垄断选官，在文化上垄断教育和舆论，在经济上控制大量人口土地。而东汉末年也是历史上著名的乱世年代，政治上朝廷频繁易主，各处战祸连绵不息。表面上是各个军阀之间相互征战，实际上这些军阀们的背后却是各自支持的世家大族为自己家族谋求发展。

在这个时期，世家大族既欲借东风之便在乱世中扶摇直上，又恐明珠暗投给家族带来灾祸，所以大多处于观察阶段。当然，如果家族中子嗣众多，也可以多点下注，如著名的诸葛亮家族便是如此。

"诸葛瑾弟亮及从弟诞，并有盛名，各在一国。于时以为'蜀得其龙，吴得其虎，魏得其狗'。诞在魏与夏侯玄齐名；瑾在吴，吴朝服其弘量。"(《世说新语》)诸葛亮仕汉，亲哥哥诸葛瑾仕吴，而族弟诸葛诞仕魏。一个家族在三国都坐上高位，这其实也是乱世中门阀家族的投资下注之法。而司马家族呢？司马懿兄弟八人的表字皆有"达"，世人称"司马八达"，司马懿排行老二。其兄司马朗，字伯达。东汉末年，董卓篡夺大权时，司马朗带领家属逃离董卓，迁往黎阳躲避战乱，这也是当时很多士族家族的一种避乱观望之法。后来身为司空的曹操求贤若渴，听闻司马懿"少有奇节，博学洽闻"，便派人前来征辟。彼时群雄并起，曹操只是崭露头角，谁能逐鹿天下尚未可知。司马家族在未能多点下注时，不想"所托非人"。司马懿于是称病隐而不出，继续观望时局。直到曹操打败袁绍后，司马懿才欣然应召，这也导致司马懿在曹操心中始终未能成为第一梯队谋臣，且处处受到曹操提防，于是便有了"狼顾之相"一词。

后司马家族"八达"皆入曹魏阵营。在未能实现"多点下注"的情况下，

司马懿为了家族利益小心谨慎，这便有了司马懿的"藏"字诀。然而"夫贤士之处世也，譬若锥之处囊中，其末立见"，少便有才名的司马懿的雄心壮志又岂能一再被"藏"字诀所遮挡？所以才有了诗中"肃清万里，总齐八荒"的豪情壮志，同时也更能深刻地理解到司马懿为了家族而深藏在诗中的不甘悲韵。

三、从司马懿的生平来研读

司马懿出生时，大汉王朝已行将就木。司马家族为避董卓之乱而迁到黎阳隐世观望。他虽"少有奇节，博学洽闻"，但生逢乱世，想要"学而优则仕"也并非易事。后曹操听闻司马懿学识过人，有治国平天下之心，便派人征辟。然而司马懿在时局不明的情况下选择了拒绝，称得了风痹瘫痪在床。素有疑惑之心的曹操自然不信，派人潜入观察。司马懿早有准备，用精湛的演技成功骗过了曹操的耳目。素有大志的司马懿为何隐而不出呢？司马家族不想"所托非人"，于是退而求隐，继续观望时局。司马懿这一隐就隐了七年。曹操打败袁绍后，司马懿便欣然应召入仕。司马懿知道曹操因前次征辟对自己有了戒心，便并不急于表现自己，依然藏巧守拙，默默地观察揣摩朝堂局势走向。再次蛰伏了七年，看准曹操的继任者后，他力挺曹丕，争取到了直达目标的捷径。

在两个七年的等待后，司马懿依然不张扬也不争先，只是尽心尽力做好臣子的本分。正是靠着这份先隐后等的"藏"，司马懿一步步从文学掾擢升为太子中庶子，最后进入曹魏集团的重臣序列。曹丕即位后，他从幕后谋士变为台前权臣，官至副宰相。

虽然风光无限，但看多了他人沉浮，司马懿深知伴君如伴虎，韬光养晦才是为人臣子之策。于是到曹叡时期，司马懿更是将"藏"字诀做到了极致。当时大将军曹真总把司马懿当作竞争对手，处处与他攀比，事事都想压制他。司马懿却从不与曹真较高下，相反还主动想办法、出主意成全曹真。司马懿的谦让内敛，赢得了朝廷众臣的赞誉以及曹叡的信任。

曹芳继位后，辅臣曹爽大肆提拔亲信，想方设法削弱司马懿手中的权力。但历任四朝，经受过血雨腥风洗礼的司马懿又怎会束手受擒？他以夫人病逝、哀痛过度引发旧疾为由，递交了辞呈，后发动"高平陵政变"，终把曹魏政权尽收囊中。越有雄才大略的人，越懂得华而不炫、寂静藏锋。

纵观司马懿的生平，可以说"藏"字诀贯穿一生。然而藏器待时等闲度，乘势而为成大器。司马懿贯穿一生的"藏"字诀却让他离少年时"治国平天下"的梦想越来越近。

四、结语

因此，研究《宴饮诗》，要结合东汉末年世家大族特殊的时代环境以及诗人司马懿的生平，才能真正体会到诗中蕴含在卑微乖巧下的慷慨激昂的悲慨。这种悲慨的背后是诗人在独特生存环境下处处藏拙藏巧才能抒发的一份渴望救济苍生、建功立业的心愿。这份心愿从一开始便因为各种原因被限制、被压抑，于是有了这首诗篇的悲慨。这份悲慨是凄苦的，也是压抑的。但这个压抑、悲慨的"藏"字诀也最终成就了"高平陵政变"。诗人终在压抑的"藏"字诀中爆发，自此曹魏政权落入司马氏之手。

8. 啼血赋诗述悲悯

——析梁简文帝萧纲在《被幽述志诗》中的绝望的悲痛

被幽述志诗

梁简文帝萧纲

恍忽烟霞散，飕飗松柏阴。

幽山白杨古，野路黄尘深。

终无千月命，安用九丹金。

阙里长芜没，苍天空照心。

梁简文帝萧纲（503—551年），字世赞（一作世缵），小字六通，南北朝时期梁第二位皇帝，梁武帝萧衍第三子，昭明太子萧统同母弟，文学家。由于长兄萧统早死，萧纲在中大通三年（531年）被立为太子。太清三年（549年），梁武帝在侯景之乱中受囚并饿死，萧纲即位，改元大宝。大宝二年八月（551年10月），萧纲被侯景废黜为晋安王，一个月后被弑杀，时年49岁。庙号太宗，谥号简文皇帝。

萧纲在政治上的成就远没有在文学上的成就大。他是我国南北朝时期有名的风流天子，自幼爱好文学，天资聪慧。6岁能文，是个神童。萧衍曾称赞他是"吾家之东阿（曹植）"。他自己也说自己"七岁有诗癖，长而不倦"。他在当太子期间"引纳文学之士，赏接无倦"（《梁书·简文帝本纪》）。当太子的近二十年里，萧纲过着养尊处优的生活，寄情于诗文，并结交文士。他同自己的几个兄弟经常和担任东宫抄撰学士的庾肩吾、庾信父子，徐摛、徐陵父子以及刘孝威等唱和，形成了一个主张鲜明的文学集团。他们的诗多以女性为描写对象，形式上追求声律,讲究词藻,内容是空洞贫乏的,风格是轻靡绮丽的,形式上讲究辞藻对偶、声调和谐。由于这类诗出自东宫,人们便称之为"宫体诗"。萧纲也是这个诗派的代表人物。萧纲以太子的尊贵身份,热心提倡并积极写作宫体诗,在我国文学史上产生了深远的影响。

萧纲留世的诗大约有260多首,大部分是格调卑下的宫体诗,这类诗也被后人所抨击鄙弃。明人张溥将其诗文汇总,编有《梁简文帝集》。沈德潜云:"诗至萧梁,君臣上下惟以艳情为娱,失温柔敦厚之旨。汉魏遗轨,荡然扫地矣!"(《古诗源》卷十二)。在萧纲的作品中,有一些篇章主要以女人为描写对象,充满了脂粉气、色情味,流于淫荡,被认为是宫体诗的典型。其中著名的篇章如《和徐录事见内人作卧具》《娈童》《咏内人昼眠》《咏美人看画》《咏人弃妾》《美人晨妆》等等,光目触诗作之题目,就可知内容是何等的卑下了。萧纲还有一些咏物诗、记游诗和感时诗,就内容而言,也都是反映梁朝贵族生活的,虽未涉淫荡,但同样单调平庸,华而不实,毫无真情,因此鲜有可取之处。

当然,萧纲也有极少量的可诵之作,如这篇《被幽述志诗》就是非常优秀的一篇。这首诗抒发的是真情实感,和他之前那些无病呻吟之作判然有别。《被幽述志诗》是萧纲被囚后临终前所创作的一首五言诗,也是他的绝命之作。东晋王羲之曾在《兰亭集序》感慨过生死,说"古人云,死生亦大矣,岂不痛哉"。自古以来,多少人面对生死这个问题悲叹、困惑、沉思过!纵然萧纲贵为天子,富有四海,在面对生死时亦一样不能超脱,更何况萧纲之死是被迫而死,死前已被囚禁一个多月,情知自己难免横死的命运,因此其内心的痛苦更不同于常人。这首《被幽述志诗》便是萧纲临死时的心境写照,成为诗人悲愤绝望的绝笔之作。

唐代京兆释道宣编撰的《广弘明集》中记载:"梁简文于幽絷中援笔自序云:有梁正士,兰陵萧纲。立身行己,终始若一。风雨如晦,鸡鸣不已。非欺暗室,岂况三光。数至于此,命也如何。……又为诗曰……十月弑于永福省。年四十九崩。崩时太清五年也。"

一、从诗中文辞解析诗人的悲苦

诗人情知自己临近绝命,时日无多,故而神情恍惚,写出了自己想象中死后的情景，也使得全诗充满了绝望的悲鸣。

"恍忽烟霞散，飕飗松柏阴。""飕飗"是拟声词，形容阴沉的风声。遭受软禁的简文帝萧纲，在与世隔绝的小天地里，精神是十分抑悒愁苦的。他极目眺望，那远处依稀可辨的山水，在晨雾中仿佛也变得破碎不堪。寒风挟雨飕飕刮过，远处松柏被寒风侵袭得异常阴冷，宛如阴间苦寒之地。原本诗人就担心时日不多，此时更是被凄风苦雨搅得心绪紊乱不安极了。这里的"恍忽"意思为"恍惚"，写出诗人在临死之前的心神恍惚之状。在这种状态下，诗人不禁回顾自己蹉跎的一生，想象自己死后的情形。曾经带给他欢乐、悲愁的一切，那五彩斑斓的大千世界，如今虽还或清晰或模糊地留存于记忆中，然而却似缥缈的轻烟，像变幻的云霞，不可把握。就连自己的生命，也将在这寒风中烟消云散。

梁朝诸帝皆信佛，萧纲也深受佛学教义的熏陶，因此在诗中便有了佛学的思想存在。佛教教义认为一切皆无、一切皆空，将一切现实中都视为镜中之象、水中之月，都是虚幻不实的。萧纲曾作《十空诗》六首，题为《如幻》《水月》《如响》《如梦》《如影》《镜象》，便是阐述此种教义。在临近绝命前夕，萧纲心中也不免升起这种"六尘俱不实"、万物如烟霞的念头。他于恍惚之中，似乎见到一片幽深的松柏，听到其间飕飗的风声。

"幽山白杨古，野路黄尘深。""幽山白杨古"指墓地，这一句对应了前面恍惚之中的松柏幽深以及飕飗风声。在《古诗十九首·驱车上东门》中有例："白杨何萧萧，松柏夹广路。下有陈死人，杳杳即长暮。"松柏白杨，都是古代冢墓间常植之树。所以，诗中的"白杨古"意为古老陈旧的坟地，也写出了诗人的悲叹：不论是凡夫俗子，还是圣贤贵胄，最后的归宿都在这累累的冢墓群中。"野路黄尘深"指通向墓地的荒野小路。这里的"深"字写出了墓地年代久远及荒凉的状况。魏晋以来，很多诗人常以第一人称去描述死者所见所闻的种种景象，如诗人陆机、陶渊明等。萧纲此处也受到这种风格的影响。诗人在这两句特别幽暗凄冷地去描写野墓旧坟，其实也是一种绝望的悲叹，既悲叹人生终有一死，死后也不过黄土一抔，也悲叹自己不得不接受去死的命运。往往无言的绝望是最悲伤的，所以，这种只能默默接受死亡命运的悲叹才更显出诗人的绝望。

"终无千月命，安用九丹金。""千月"犹言百年。"九丹"为道教所传九种丹药，据说服后可长生成仙，不受任何伤害。古人炼丹，很多时候可以炼出黄

59

金，故云"九丹金"。这两句的意思有两种解释。其一是诗人在幻想自己死后的场景后，回顾自己往日的立身行事，认为自己是无可非议的，所以直接抒怀。诗人非常沉痛地说，我本来就连安享天年的命都没有，又何必去寻求长生不老的灵丹？这里既是死前对生的祈求，也是对自己皇帝身份的悲哀。诗人虽身困囚室，却依然犹如那生长于深山之中的白杨，不减挺拔傲岸之姿。其二是讥讽逆贼侯景，你纵然囚禁皇帝，有篡位的野心，但没有皇帝的命，又何必强要去做坐拥天下的美梦呢！

"阙里长芜没，苍天空照心。""阙里"指圣人孔子的故里。"阙里长芜没"是说连圣人之乡都久已荒芜了。诗人在这里悲叹圣人之道在战乱之年的沦落，悲叹侯景之类的野心家们不尊圣人之道，感叹正道不得伸张。同时也有悲叹善者不得善报之意，与前面"终无千月命，安用九丹金"形成照应，更显天道不公，下一句发出了"苍天空照心"的浩叹。孔圣人的纲纪道德，被侯景这些阴谋家们摧残得存留无几，难道上天对他们的暴行也是无能为力，只能空照人心吗？这就是《被幽述志诗》里诗人无可奈何的哀鸣，长吁短叹，凄婉动人。

二、结合诗人生平以及时代背景解析

1. 自幼受繁荣的梁朝文学所影响

中国历史上，在政治和文学方面均可以媲美"三曹"父子的帝王家族，莫过于南朝的萧氏父子了。"三曹"是汉魏时期的曹操与其子曹丕、曹植的合称。曹氏父子在政治上和文学上都取得了卓越的成就。南朝萧氏父子指萧衍、萧统、萧纲和萧绎。他们对文学的本质、艺术形态及其发展规律都做过较为深入的探讨，他们的主张、态度在很大程度上引领了梁朝文学的发展方向，对我国的文学发展影响很大。

公元420年，东晋王朝的铁腕人物刘裕接受晋恭帝司马德文的禅让，登上了帝位，定国号宋。宋之后，江南相继建立的王朝是齐、梁、陈。这四个朝代共经历169年，史称南朝。在这段时间里，南方的社会环境基本安定，经济得到了发展，文学事业也出现了繁荣局面。南朝的四个王朝中，以梁朝的文学创作最为活跃。《南史·梁本纪》这样写道："自江左以来，年逾二百，文物之盛，独美于兹。"《南史·文学传序》也有同样的议论："自中原沸腾，五马南渡，缀文之士，无乏于时。降及梁朝，其流弥盛。盖由时主儒雅，笃好文章，故才秀之士，焕乎俱集。"梁朝文学的繁荣发展，和帝王的提倡、奖励是分不开的。在南朝的24个帝王中，梁朝的开国者、武帝萧衍是著名的文士之一。他从小就爱好文学。萧衍称帝后，更是经常写诗为文，俨然是文坛首脑。他如此崇尚文学，影响及于朝野，而首先及于子孙。据史书记载，他的8个儿子中，长子萧统、次子萧综、三子萧纲、六子萧纶、七子萧绎、八子萧纪都有文才，会写诗。他的孙子一辈中，能诗能文者也不少。萧氏这个帝王之家称得上是一个"文学家族"，且成就可以和曹操一家相媲美。清代贺贻孙说得好："南朝齐梁以后，帝王务以新词相竞，而梁氏一家，不减曹家父子兄弟。"（贺贻孙《诗筏》）

在这个"文学家族"中，萧纲尤为出众。这不仅因为他的著作宏丰，有文集一百卷，杂著六百余卷，数量在父亲、兄弟之上，更主要的还因为他是宫体诗的提倡者和重要作家，是宫体诗坛的领袖人物。

2. 成也诗文败也诗文

梁武帝萧衍善诗喜文，上有所好，下有所效。其子萧纲从小便聪慧过人，"七岁有诗癖，长而不倦"（《梁书·简文帝本纪》）。梁武帝听到人们对萧纲的赞美之词，不以为然，心想才多大一点年纪，难道为文写诗真的如此明睿？为了知道究竟，他当面进行测试。梁武帝看着儿子文辞华丽的对答，不禁又惊又喜地称赞道："过去，我总以为曹植七步成诗的故事是凭空编造的，如今我才相信世上是真有其事，六通就是我萧家的曹植啊！"

因为作诗好，萧纲不仅获得父亲梁武帝的喜爱，还得到了太子之位。萧衍曾立长子萧统为太子，但萧统31岁就病逝了，次子萧综又叛逃北魏。由于文学加分，萧纲在与嫡太孙的竞争中胜出，被立为太子。

萧纲既不是嫡长子，又不是嫡长孙，因此在被立为太子后，梁武帝的其他子孙们纷纷表示不满，有的暗中积攒力量，时刻准备取而代之，这势必会造成梁朝萧氏的皇家内乱。萧纲十分清楚自己的处境。不过，因为梁武帝萧衍是中国古代帝王中有名的"寿星"，活了86岁，统治国家长达48年，故而萧纲当太子后的大多数时间只能全心全意辅佐父亲。梁武帝迟迟不下世，萧纲便迟迟不能接班。萧纲继位时，已经46岁了，已经当太子长达18年。

在这18年中，为了避嫌，萧纲不便积蓄自己的力量，只能过着养尊处优的生活。闲来无事，加上萧纲对文学的爱之弥深，便寄情于诗文。他结交文士，和自己的东宫幕僚们一起创作"宫体诗"。因社会地位的缘由，萧纲与下层民众接触甚少，所以，宫体诗的主要内容是反映梁朝贵族们的奢华生活。

太清二年（548年），侯景举兵反叛，很快攻到建康城下。梁武帝六神无主，就把这一摊烦人的事全部交给太子萧纲，自己拜佛念经去了。而从未有过理政和治军经验的萧纲竟然不知萧正德已经和侯景勾结在一起，仍命他率军驻守建康重要的门户朱雀门，致使侯景大军攻入，梁武帝被囚禁后饿死。随后，侯景扶立萧纲即位。

萧纲虽然当了皇帝，但没有任何实权，任何事情都由侯景裁决，成了侯景的傀儡。侯景趁萧氏诸王内乱攻占了许多州郡，势力不断增强，慢慢也有了篡位自立的念头。这也是诗中"终无千月命，安用九丹金"讥讽侯景的缘由。

大宝二年（551年）八月，侯景派人带兵闯入宫中，杀了萧纲的太子萧大器等宗室王侯20多人。不久，侯景将萧纲软禁于永福省，废为晋安王，拥立更容易控制的豫章王萧栋为皇帝，改大宝二年为天正元年。十月，侯景派王伟等来到永福省设宴向萧纲献酒。萧纲知道自己是活不过今天了，就捧杯痛饮，直喝得沉睡过去。王伟就命人把土装进布袋，然后用土袋压在萧纲脸上，将萧纲活活闷死。

二、从成诗的时代背景去解析

萧纲在被囚的时间里，仍然坚持研讨学问。《南史·梁本纪》记载说：简文帝"虽在蒙尘，尚引诸儒论道说义，披寻坟史，未尝暂释"。同时写诗不辍。据说萧纲被幽囚期间创作的诗文有数百篇之多，没有纸，便写在墙壁、板障之间。不过后来都被侯景手下人一一刮去。而《被幽述志诗》是其中唯一流传至今的诗作。萧纲自7岁起着迷于诗，今已49岁，况且在严密的监守之中，临近死亡，其对诗的深情厚意可谓始终如一。

关于这首诗的写作情况，《南史·梁本纪》中有这样一段记述："帝自幽絷之后，贼乃撤内外侍卫，使突骑围守，墙垣悉有枳棘。无复纸，乃书壁及板鄣为文。自序云：'有梁正士兰陵萧世缵，立身行道，终始若一，风雨如晦，鸡鸣不已。弗欺暗室，岂况三光？数至于此，命也如何！'又为文数百篇。崩后，王伟观之,恶其辞切,即使刮去。有随伟入者,诵其《连珠》三首,诗四篇,绝句五篇,文并凄怆云。"

  王伟是侯景叛乱的策划者之一,是侯景的智囊、帮凶、笔杆子。我们可把这段文字中的《序》和《被幽述志诗》并读。《序》中萧纲表明自己的行为一贯光明正大,从不在背后捣鬼。"风雨如晦,鸡鸣不已"两句出自《诗经·郑风》的《风雨》篇,意思是:白天风雨交加,天空昏暗得如同夜晚,鸡叫个不停。他借此指斥侯景发动叛乱给国家带来了严重灾难。诗与《序》表达的情绪是完全一致的。结合萧纲的处境,我们可以更好地理解他在《被幽述志诗》中表达的绝命前的凄苦心情。

  之前,萧纲目睹侯景叛军囚禁梁武帝并将其饿死,而后又带兵闯入宫中,杀了萧纲的太子萧大器等宗室王侯。所以,当萧纲在墙上书写本诗时,其实已经有了将死的预感,所以前半部分幻想死后阴间的场景。在序中他也回顾自身经历,讥讽侯景之类的野心阴谋家。然而将死之人,纵哀鸣凄婉也无可奈何。

  写这首诗后不久,萧纲的末日就临头了。一天,王伟秉承侯景的旨意,带着酒,来见萧纲,说:"丞相(侯景)很关心陛下,见陛下长时间里过度忧劳,于心不忍,特派我们来向陛下祝寿。"萧纲苦笑了一下,说:"我已经禅位不做皇帝了,怎么还称我'陛下'?这酒恐怕不只有祝寿的意思吧?"王伟见萧纲已经看穿了他们的来意,想着还是让他临死前痛快一下吧!于是传人端来肉菜,还拿来曲项琵琶等乐器,与萧纲开始吃酒奏乐。萧纲知道自己的生命已到最后时刻,便尽情狂饮,说:"不图享乐,如何能到今日这步田地呢!"他一时烂醉如泥,昏昏然睡去了。王伟见状,急命人把已准备好的土囊抬进来,压在萧纲头上。就这样,萧纲的生命被结束了,时年49岁。

三、结语

  《被幽述志诗》是萧纲的绝命之作。然而,像这样真情实感的诗作,在萧纲的全部诗作中为数寥寥,这首诗真实地写出了萧纲绝命前的凄苦心境。作为一个皇帝,萧纲是失败的;但作为一个文人,萧纲却是成功的。虽然古今论者对萧纲的宫体诗颇多批评,但对其为人却一直是称赞的,说他"孝慈仁爱,实守文之君"(何之元《梁典总论》)。按照古代封建道德标准来说,萧纲的确是一个正士。虽然他为政期间没有什么功勋成就，但也没有什么恶行。所以史家对他的被害也是深表同情的，就连唐初魏征也说"悠悠苍天，其可问哉"（《梁书》卷六引魏征语）。这正和《被幽述志诗》中的"苍天空照心"属于同一感叹。萧纲虽是帝室贵胄，但面对死亡，也只能发出这样悲咽凄怆的呼声。所以，《被幽述志诗》既是萧纲无奈的悲叹，也是他绝望至极的悲鸣。

9. 岁月消逝如流沙

——从隋文帝杨坚的诗谶《宴秦孝王于并州作》看英雄迟暮的悲叹

宴秦孝王于并州作
隋文帝杨坚

红颜讵几，玉貌须臾。

一朝花落，白发难除。

明年后岁，谁有谁无？

在美国学者迈克尔·哈特 1978 年所著的《影响人类历史进程的 100 名人排行榜》中，有两位中国皇帝上榜，分别是秦始皇和隋朝开国皇帝隋文帝杨坚。西方人认为杨坚是中国最伟大的皇帝之一，将他视作千古帝王，认为他对后代的影响力甚至超过了秦始皇。

隋文帝杨坚虽然在位仅仅 25 年，但他一手终结了四分五裂如一团乱麻的几百年南北分裂局面，建立了一个统一的多民族的广阔帝国。在位期间，他励精图治，采取一系列措施使得隋朝由弱转强，史称"开皇之治"。虽然隋朝在中国历史大舞台上仅仅停留了短短的三十几年，但它却被视为一个不容忽视的王朝，有着承前启后的作用。其子隋炀帝对政治体制、法制、文化等方面的改革，对于隋朝的继承者唐朝有着直接的影响。事实上，唐朝的体制、法制等基本上也是隋朝的翻版。所以，隋文帝杨坚可以说是中国历史上最被低估的皇帝，其丰功伟绩堪比秦皇汉武。

杨坚（541—604 年），弘农郡华阴（今陕西华阴）人。其父杨忠是西魏和北周的贵族，北周武帝时官至柱国大将军，封为隋国公，杨坚承袭父爵。《北史》

称:"(杨忠)美须髯,身长七尺八寸,状貌瑰伟,武艺绝伦,识量深重,有将率之略。"

杨坚一生所留下的诗作甚少,今仅存此一首,被记载在《隋书·志第十七》之中。《隋书》载:"开皇十年(590年),高祖(隋文帝杨坚)幸并州。宴秦孝王及王子相。帝为四言诗曰……明年而子相卒。十八年(《隋书·帝纪第二》为开皇二十年)而秦孝王薨。"这首诗为四言体,全诗仅六句,明白如话,虽无文饰,但清丽哀怨,细腻缠绵,如少女心事。字里行间流露出隋文帝杨坚对岁月无情、青春难再的忧思和悲痛,是感情的真实流露。这首诗其实也被后人称为一首诗谶,本是对时光流逝的悲叹,但因为尾联"明年后岁,谁有谁无"不想一语成谶,"明年而子相卒。十八年而秦孝王薨"。也正因为这首诗或许是无意成谶,使得它从成诗之日起便披上了一层悲情色彩。

一、从诗篇文辞方面进行解析

《宴秦孝王于并州作》为四言诗。要知道隋朝初立时,最为流行的是五言体诗。隋文帝一反常规,在作此诗时使用四言体,其主要原因是看中了四言体简洁明了、言简意赅的特点。所以在诗中虽多有意味深长之词,但文风却一如隋文帝的执政风格一样简明清晰。

"红颜讵几,玉貌须臾。""红颜"本义为年轻、红润、姣好的面容,后人常引申为貌美女子。"讵几"谓无多。"玉貌"形容姿态容貌都很美。例如《乐府诗集·宫怨》:"三千玉貌休自夸,十二金钗独相向。""须臾"指极短的时间,片刻。如《荀子·劝学》:"吾尝终日而思矣,不如须臾之所学也。"

全诗开篇两句就用极其简白但又清丽的言语,通过美人的青春玉颜讲述了青春易老、韶华易逝的道理,也揭示全诗的主题为感叹时光。

"一朝花落,白发难除。"这里的"一朝花落"为一语双关,既说春天过去,花朵将会凋零,也说韶华易逝,青春不再。例如《红楼梦》的《葬花吟》:"一朝春尽红颜老,花落人亡两不知。"隋文帝通过朝夕对应花开花落,开启后世"朝夕花落"的诗词之风,表现出文学水平之高。这两句的意思也很简单,通过朝夕花落和白发易生的类比,接着启篇两句继续讲述青春易老、韶华易逝的道理,意味却又比启篇两句更深更长。尤其用朝夕花落使得诗人的感慨对象从青春转移到岁月和时光。所以这两句也是启篇两句的加强版、引申版。而这种由朝夕花落引出感慨时光的手法，首开先河，引导了后世很多脍炙人口的诗句的诞生，如"今年落花颜色改，明年花开复谁在"，"年年岁岁花相似，岁岁年年人不同"，"宛转蛾眉能几时，须臾鹤发乱如丝"……

"明年后岁，谁有谁无？"最后两句，简单直白，但却又意味深长。明年、后年我们还能这样吗？到那时，谁还活着，谁已经逝去？隋文帝的这首诗不愧是佳作，短短几句便让人由衷感触，沉吟不已。有了前面几句的一再铺垫，到了最后两句，诗人终把悲伤的感慨留在人间。尤其是尾句"谁有谁无"更是直击人心。这种因时光易逝而引发的淡淡忧伤，最终到达极致的爆发。这份忧伤已不再是简简单单的悲痛，而是跨越时空的让人痛心的悲慨。这份悲痛是渐进的，由最早的青春易老、红颜易老到韶华易逝、白发易生，再到尾句的生死感触，通过数个易逝的画面，最终汇聚在诗尾的故人易逝、英雄迟暮。这份感慨既是隋文帝的无可奈何，更是他对英雄迟暮，对岁月消逝如流沙的悲叹。因此，要想真正解读诗篇中的悲叹，还需结合诗人的生平。

二、通过诗人的生平及社会背景去研读解析

1. 韬光养晦，代周自立

隋文帝杨坚在西魏大统七年（541 年）出生于一个贵族家族。虽然他后来贵为天子，但在青少年时期并没有表现出什么过人之处，在学校读书时也不太用功。但是，由于父亲杨忠官至极品，依靠父亲的功勋，他从 14 岁起便开始做官，15 岁被授为散骑常侍、车骑大将军、大兴郡公，之后官职更是一步一步提升。北周天和三年（568 年），父亲去世，杨坚继承了隋国公的爵号。北周建德四年（575 年），北周武帝亲率大军征伐北齐。因为在北周统一北方的征战中立下大功，杨坚晋封柱国，并被封为定州总管。

杨坚地位的不断上升招来了一些大臣与贵族的妒恨，这些人想方设法要除掉他。北周武帝可能听信了一些谣言，对杨坚也产生了怀疑。杨坚察觉到他的危险处境，于是便韬光养晦。为了打消皇帝的猜疑，杨坚把自己的长女杨丽华嫁给了皇太子宇文赟，此举暂时稳住了他的地位。

北周建德七年（578 年），周武帝死，周宣帝宇文赟即位。宇文赟昏庸荒淫，

且滥施刑罚，致使上下怨愤。杨坚预感北周的统治不持久，便开始做代周自立的准备工作。他秘密拉拢一些大臣，扩大自己的势力。为了打消周宣帝对自己的猜疑，他就想出了一个两全之策。他通过老同学、内史上大夫郑译透露自己想到地方上任职的想法。北周大象二年（580年），宣帝决定南伐，郑译就推荐了杨坚。宣帝随即同意，任命杨坚为扬州总管。这样，不仅宣帝放心，杨坚自己也安定了。

不过，南伐大军还没有出动，荒淫的宣帝就病死了。而宣帝的长子宇文阐才8岁，根本没有能力统治朝廷。杨坚在侍臣刘昉、内史上大夫郑译的帮助下，伪造了周宣帝的遗诏，以皇太后父亲的身份辅政。之后，杨坚又以诏书的名义控制了京师卫戍部队。从此，北周朝廷的军政大权基本由杨坚控制。

建立自己的统治核心后，杨坚开始清除宗室宇文氏的势力。对危及自己权力的宇文氏子弟，杨坚毫不手软，将宇文泰五个有实力的儿子都杀掉。对于没有直接威胁的宇文氏势力，杨坚采取安抚与欺骗的手段使其屈服。与此同时，杨坚又宣布废除周宣帝时期的严刑峻法，停止营建洛阳宫，减轻农民的徭赋，以此来收买人心。通过这些措施，杨坚在京师的统治得到巩固。对于一些地方反叛势力，杨坚一方面派出军队进行强力征伐，另一方面又利用权力进行拉拢。经过半年时间，地方反叛势力被悉数弭平。

北周大象三年（581年），杨坚逼周静帝宇文阐退位，代周自立。他在百官的拥戴下，穿上早已准备好的黄袍，登上帝王宝座。杨坚定国号为隋，改元开皇，以长安为首都。

2. 知人善任，统一全国

在隋朝建立之前，杨坚就通过各种方法拉拢各方人才。由于他知人善任，用人不疑，很多人都甘心为他效力。杨坚麾下最杰出的人是高颎，他有着优秀的军事和组织才能。在平定尉迟迥反叛的过程中，高颎担任杨坚的监军。他在前线安抚诸将，鼓舞士气，最终取得了平叛的胜利。隋朝建立后，高颎被文帝任命为尚书左仆射，执掌朝政。开皇九年（589年），文帝又任命高颎为大元帅，领兵50万伐陈。朝廷中有大臣嫉妒高颎，于是就诬告高颎手握重兵，有谋反的企图。隋文帝听后，什么也不说，直接把这个大臣拉出去斩了。从这件事可以看出文帝知人善任、用人不疑的气度。在很长的一段时间里，隋文帝杨坚对高颎"言听计从"，并且把大权交给他，让他放手去干。高颎也不负文帝的信任，尽心尽力地辅佐，同时也积极地举荐人才，为隋文帝进行的政治、经济改革献计献策。

除了文臣，隋文帝也特别重视对武将的选用。对于那些能征善战的军事人才，他不断进行提拔。这一时期得到重用的名将有长孙晟、韩擒虎、贺若弼、史万岁、刘方、崔彭等人。也正是依靠这些人才，隋文帝最终完成平叛、卫国、统一的大业，为他改革政治、繁荣经济创造了安定的环境，为后来的"开皇盛世"奠定了坚实的基础。

开皇七年（587年）四月，隋文帝修复了山阳（今江苏淮安）、江都（今江苏扬州）之间从淮河入长江的水道，出兵灭掉后梁。开皇八年（588年），隋文帝以次子杨广为统帅，发兵50万大举进攻南陈。到开皇九年（589年），隋文帝灭陈，结束了自西晋末年以来中国270多年的分裂局面。由此，一个统一的多民族封建中央集权国家重新建立起来。

3. 励精图治，开皇盛世

为了巩固政权，杨坚采取了一系列有利于社会经济发展的改革措施，这些改革几乎涉及封建社会的各个方面，包括中央和地方的政治体制、赋税、土地制度、法律、钱币、对外关系等。

在政治体制方面，隋文帝废除北周六官制，恢复汉、魏旧制，基本确立了三省六部制度。在中央设三师、三公及五省，并确立了三省六部制，使得分工更加明确，组织更加严密，加强了中央集权。这套制度对唐朝及以后历代王朝的影响都十分巨大，它的建立也表明了我国封建制度已经发展到成熟的阶段。

在地方，隋文帝下令废除郡，实行州、县两级制。在此之前，北周实行的是州、郡、县三级制，出现了"民少官多、十羊九牧"的情况，造成了极大的财政浪费。隋文帝实行两级制度，并且合并了一些州县，淘汰了大批冗官，这样就节省了国家财政开支，又有利于政令的推行。

为了更加有力地控制地方，杨坚规定九品以上的官员全部由吏部任免，禁止地方官员就地录用僚佐。这些由吏部任免的官员每年都要接受考核。后来，又实行三年任期制，刺史、县令三年就得换一地方，避免出现地方割据势力。同时，隋文帝还改革官员选拔制度，开创科举选拔官员的制度，使各个阶层有才华的人都有机会为政府效力。科举制度对后世的影响巨大，在中国存在的时间持续了将近 1300 年，直到清末才被废除。

在政治改革的同时，杨坚也着手解决土地分配和劳动力的问题。他在北齐、北周的基础上，继续实行均田制。同时，采取"大索貌阅"和"输籍定样"的方法查实应纳赋税和负担徭役的人口。为了加快发展水上运输和农业生产，隋文帝又修建了许多大型水利工程。此外，隋文帝在乡间设置义仓，其中的储粮由百姓捐纳，以备饥荒时赈济灾民。

这些措施的实行，既提高了农民劳动生产的积极性，也使得国家增加了许多劳动力，财政收入不断增加，社会呈现出了一片繁荣景象。由此，隋文帝也开启了一段在历史上被称为"开皇之治"的盛世局面。

三、从成诗的时间以及时代背景去研读

1. 成诗时间及诗谶

《隋书·志第十七》有记载为："开皇十年，高祖幸并州，宴秦孝王及王子相。帝为四言诗曰……"由此确定本诗作于开皇十年（590年），当时隋文帝到并州视察并宴请并州总管秦孝王杨俊。

杨俊是杨坚第三子，生性仁慈，崇敬佛教。早年很有才华，重视并礼遇他人，名声非常好，杨坚为之高兴。"初，颇有令问，高祖闻而大悦，下书奖励焉。"（《隋书·列传第十》）开皇十年，杨俊转任为并州总管、都督二十四州诸军事，杨坚亲自赶赴并州宴请他和王韶（字子相）。王韶是太原晋阳人，幼时大方文雅，尤精儒学，有识之士认为他与众不同。后周时累以军功官至车骑大将军、仪同三司。杨广镇守并州时，以王韶为行台右仆射，晋升为上柱国。

"俊仁恕慈爱，崇敬佛道。"（《隋书·列传第十》）杨俊崇尚佛教、道教的教义，他早年还向父亲请求过出家当和尚，被父亲否决了。"请为沙门，上不许。"（《隋书·列传第十》）虽然过去了数年，但他对于佛法教义依旧可以细细讲来，再加上王韶尤精儒学，两相结合，他们对时局以及王朝更替的解述让一向对佛学有所信仰的隋文帝也不禁心中感伤，面对时光流逝，不禁悲从中起，既有英雄迟暮之感，也冥冥之中有对未来的惆怅。因此，杨坚在宴中作了这首《宴秦孝王于并州作》。这首诗是对时光流逝的感伤，对英雄迟暮的悲叹。最后一句"明年后岁，谁有谁无"由对韶华易逝的悲伤引申到对生命的敬畏。然而不想这一句却无

意成谶，同宴中人王韵第二年逝去，秦孝王杨俊最后也被善妒的妻子毒杀。"（二十年）六月丁丑，秦王俊薨。"（《隋书·帝纪第二》）

2. 因秦孝王之死而相信鬼神

隋文帝有着统一南北的伟大功绩，有着改革封建制度的卓越功勋，有着开创开皇之治的历史作为，可谓一个优秀的皇帝。但是，他也和所有成就伟业的千古帝王秦皇、汉武一样，在晚年特别相信鬼神之说。

历史上，北朝很多君主都信仰佛教。北魏就极度崇信佛教，定都大同时开凿云冈石窟，南下迁都洛阳后又开凿龙门石窟，佛教对北魏影响可谓巨大。东西魏继承了北魏的江山，同样也是以佛教信仰为主。而北齐、北周又和东魏、西魏一脉相承，所以北周君主也信佛。杨坚自幼于北周成长，最终取代北周，自然也是信佛的。杨坚从小生长在佛院，连小名都是比丘尼取的，所以自幼也与佛教结下了不解之缘。北周武帝曾先后于574年在北周、577年在征服后的北齐境内对佛教进行镇压，即所谓"三武一宗法难"中的第二次毁佛运动。隋文帝即位以后，允许佛教信徒们出家，并在各地营建佛寺，修塑佛像，同时给予印制佛经和制作佛像的自由，并给首都大兴城、洛阳等地的主要佛寺以及朝廷内配备了佛教经典大全《一切经》。在他的影响下，佛教在北周武帝之后再一次兴盛起来。从佛教界的记载来看，隋文帝一代，共计度僧23万人，建寺3792座。

杨坚虽然信佛但从不佞佛，因此，并没有为此而耗费国家财政。他个人也和佛教保持着一定的距离。开皇十七年（597年），秦孝王因病调回京都。杨坚因他的生活奢侈骄纵，将他的官职都免去，仅让他以王爷身份回到王府去。后来杨俊病重，不能起床，便派人奉表谢罪。杨坚告诉使者："我努力奋斗，创此大业，就是要作为传世的典范，想让臣下遵守它而无过失。你是我的儿子，而想败坏法律，我不知道怎样责备你！"杨俊于是羞惭恐惧，病情更重。史载："俊疾笃，未能起，遣使奉表陈谢。上谓其使曰：'我戮力关塞，创兹大业，作训垂范，庶臣下守之而不失。汝为吾子，而欲败之，不知何以责汝！'俊惭怖，疾甚。"（《隋书·列传第十》）由此可见，在开皇十八年时，杨坚在大事大非上依旧能够恪守原则，做到励精图治。

然而到了开皇二十年，隋朝发生了两件大事，彻底改变了杨坚。一件是杨坚将太子杨勇贬为庶人，改立杨广为太子。另一件是杨俊被自己的妻子用慢性毒药毒死。这两件事情都深深地刺激了隋文帝。尤其是白发人送黑发人，让开国皇帝隋文帝的心开始变得脆弱，开始沉浸于鬼神之说。当时的隋文帝对于佛道、符瑞、阴阳五行及各种鬼怪都十分崇信，甚至到了来者不拒的境地。可见在秦孝王之死的影响下，隋文帝已经开始害怕死亡，对生命变得敬畏。最典型的事件就是在"开皇之治"开创20载之后的公元601年，也就是杨俊死后的第二年，杨坚突然下诏改年号为"仁寿"，这是所有人都始料未及的事情。当时的隋朝在杨坚多年的励精图治之下正呈现出"开皇盛世"的局面，突然莫名奇妙地改年号，让所有人都不知所以。史料上也没有就这次更改年号的原因加以说明。

然而我们根据年号的内涵可以看到杨坚内心的波折。"开皇"与"仁寿"各有其义。"开皇"寓意开启新纪元，"仁寿"寓意福寿延年。前者如青春少年，意气风发，胸怀壮志；后者似年迈老翁，情志淡然，心存忧思。两个年号完全是两种截然不同的心态欲求的反映。或许就是因为这两件关于自己孩子的大事，尤其是杨俊之死，让杨坚一向坚硬的心变得柔软起来。对时光的流逝和对生命的敬畏，让杨坚的内心倍感脆弱。再联想到自己作的诗的最后两句"明年后岁，谁有谁无"，无意之间成为一句诗谶，更觉得天命注定，陡然生出木已成舟、且行且珍惜的怅惘。突改"仁寿"年号的决定，就是杨坚怅惘心理的显性写照。

然而，年号"仁寿"并没有为杨坚带来更长久的日子。仅三年余，公元604年，杨坚便重病离世（也有说是被太子杨广所弑），"仁寿"年号也随之寿终正寝。而太子杨广继承皇位后，因大兴土木劳民伤财，穷兵黩武民怨沸扬，造成民变频起、天下大乱，致使隋朝国运仅延存14年后便覆亡。这或许也是后世说《宴秦孝王于并州作》是所谓诗谶的另一个原因吧。

四、结语

隋文帝杨坚一生"劬劳日昃，经营四方"，"大崇惠政，法令清简，躬履节俭，天下悦之"，"乘兹机运，遂迁周鼎"，"职方所载，并入疆理；禹贡所图，咸受正朔"。他开创了辉煌的"开皇盛世"，结束了中国数百年来分裂的局面，是中国历史上伟大的政治家。如果仅仅因为一首诗的无意巧合就说是诗谶，决定了隋文帝命运，笔者是不相信的。但这首诗流露出的对时光流逝的悲叹却不得不让人唏嘘。如果老天能再多赋予他一些年寿，也许后来的历史将有另一种崭新的模样。只是历史没有如果，过去无法重来，这首《宴秦孝王于并州作》便成了隋文帝的悲叹感言，不禁让人在面对他时总有一丝无可奈何的感叹："英雄睿智何其广，岁月消逝如流沙。"

10. 大志未成空留恨

——析隋炀帝杨广在诗谶《迷楼歌》中的悲郁

迷楼歌

隋炀帝杨广

宫木阴浓燕子飞，
兴衰自古漫成悲。
他日迷楼更好景，
宫中吐艳恋红辉。

　　隋炀帝杨广是隋朝第二位皇帝，是隋文帝杨坚与文献皇后独孤伽罗所生的嫡次子。杨广在位14年，却被后人批判得一无是处，说他是一个荒淫的亡国之君：弑兄奸母，残害忠良；巡游无度，糜费奢侈；一生乱用民力，征发数千万人次，民不聊生。尤其是由隋入唐的贞观史臣们，亲身经历或目睹隋末民众的惨状，对于那段惨痛的记忆并不能随着时间的流逝和新王朝的建立而淡忘，他们对隋炀帝的评价是十分严厉的，说他"以万乘之尊，死于一夫之手，亿兆靡感恩之士，九牧无勤王之师。子弟同就诛夷，骸骨弃而莫掩。社稷颠陨，本枝殄绝。自肇有书契以迄于兹，宇宙崩离，生灵涂炭，丧身灭国，未有若斯之甚也"（《隋书·帝纪第四》）。故而唐高祖李渊追谥他为"炀帝"。"炀"作为谥号对于古代帝王来说是很可耻的。古代谥法曰："去礼远众曰炀，好内远礼曰炀，好内怠政曰炀，肆行劳神曰炀。"把这个谥号用在杨广身上，等于给他做了个一代昏君的鉴定。

　　杨广在政治上是失败的，但在文学上却非常成功。早在做晋王时，他就曾招引许多文学之士编纂史籍。即位以后，命人写成《长州玉镜》400卷，是我国最早的类书之一。此外，他还命人编成《区宇图志》1200卷，书中绘有山水城郭，是一部图文并茂的地理书。他本人也特别爱好诗赋，他的诗才颇高，是个才子皇帝。史书上记载说："上好学，善属文。"（《隋书·帝纪第三》）"王好文雅。"（《隋书·柳䛒传》）他幼年时便喜好文学，工诗善文，"沉深严重，朝野属望"。隋文帝统一南北后，厌恶当时文人的骈俪体，诏令"屏黜浮词，遏止华伪"，如有作雕琢淫艳文章的士民送官严办。炀帝初期创作的诗文，循其父主张"有非轻侧之论"，因而得到隋文帝的器重。"暨乎即位，一变其风，诏书诗赋，并存雅体，虽意在骄淫，而词无浮荡，故当时缀文之士，遂得依而取正。若卢思道、薛道衡、虞世基、柳䛒、孙万寿、王胄之徒，均能驰御文林，以风骨相高尚，河洛之英，江左之彦，翕然并集，称盛一时。"（李维《中国诗史》）显然炀帝有"规复古雅，屏斥侧丽"，改变六朝绮靡文风之大功。另外，隋炀帝虽然也写了一些宫体艳诗，风格轻艳绮靡，但可视为六朝宫体诗之余绪，又可视为六朝艳诗创作之终结。他的艳诗能克服六朝之偏，"淫丽之辞固少"，对后世的诗词有很大的影响，对后来唐诗格律的形成有一定作用。隋炀帝原有文集55卷，明人将其辑入《隋炀帝集》。

由于历史原因，杨广目前留下的诗只余下43首。有轻艳绮靡的宫体艳诗，也有雄健挺拔，表现军旅生活边塞的。尤其是《江都宫乐歌》特别出色，是我国七言律诗的开山之作。《春江花月夜二首》寥寥四句诗，将春江花月夜收纳其间，绘出一幅江月胜景图，给后世唐代张若虚的名篇《春江花月夜》以启示。名篇《野望》以寒鸦数点、流水孤村的白描手法和清新自然的语言营造出一种寥落和孤寂的意境，读后让人产生孤寂失落、玩索无尽的意味。

在杨广众多流传下来的诗篇中，有这么一首诗，虽叫《迷楼歌》，又称《索酒歌》，可就诗本身来说，感觉更像一首怀古诗，或者悲叹诗，与酒实在扯不上关系。而诗中的"迷楼"则是杨广在扬州建造的行宫。后来江都兵变时，杨广死在迷楼之中，乱兵将迷楼付之一炬，恰恰就是诗最后两句所说的事情，岂不怪哉？

这首诗既是杨广的遗笔之作，也是他的一首预感自己死亡的谶诗。据宋人《炀帝迷楼记》记载："大业九年，帝将再幸江都。有迷楼宫人抗声夜歌云：'河南杨杌谢，河北李花荣。杨花飞去落何处，李花结果自然成。'帝闻其歌，披衣起听，召宫女问之，云：'孰使汝歌也？汝自为之邪？'宫女曰：'臣有弟在民间，因得此歌。曰道途儿童多唱此歌。'帝默然久之，曰：'天启之也！天启之也！'帝因索酒自歌云：'宫木阴浓燕子飞，兴衰自古漫成悲。他日迷楼更好景，宫中吐艳恋红辉。'歌竟不胜其悲。近侍奏：'无故而悲，又歌，臣皆不晓。'帝曰：'休问。他日自知也。'"隋炀帝一生深爱迷楼，最后也终于迷楼，而诗中的"宫中吐艳恋红辉"最终也一语成谶。"唐帝提兵号令入京，见迷楼，太宗曰：'此皆民膏血所为也！'乃命焚之。"所以，只有结合隋炀帝的一生，才能解读出他在《迷楼歌》中深藏的悲苦，也才能理解他在诗中悲歌的原因。

一、从文辞研究方面解读杨广的悲郁

这首诗看似描写、追忆迷楼的美景，实则是诗人另辟蹊径，借咏迷楼而言自己大志未成空余泪的悲慨，读之让人唏嘘。

前两句"宫木阴浓燕子飞，兴衰自古漫成悲"。开篇第一句，诗人就用白描手法为全篇赋予极其压抑的悲伤色调，描写阴天大雨将至时燕子在宫殿中低飞的情景。"宫木"，宫中的木柱。如果没有"阴浓"，本是一个美丽的场景，尤其是"燕子飞"，一个"飞"字把燕子嬉戏的情景活灵活现地勾画出来。可是把"宫木"和"阴浓"两相结合，再看这个"飞"字便有一种惨淡的感觉。"阴浓"，阴森而浓密，既指阴天乌云下压，也象征宫殿内柱子的阴森。有了"阴浓"二字，便使得全诗在开篇就完全笼罩在寂寥、惨淡的氛围之中。"宫木"本是支撑殿堂的擎天立柱，可是在这个"阴浓"的天气下却有"燕子飞"，让人不禁想起隋末帝业将倾，各地起义反叛不断，而朝堂之上以及各地的守备将领却犹如阴雨将临前的燕子一样，各自心怀叵测，各自打起了自己的主意。这便使得全诗第一句充满了无尽的悲伤。这一句中用"宫木"和"燕子"来隐喻，对后世的诗作影响也颇深，如刘禹锡诗中的"旧时王谢堂前燕"。

"兴衰自古漫成悲"这一句是大白话，看似是因景而发，怀古凭吊，感慨沧海桑田，人生多变，其实也是诗人由朝堂之上众臣如劳燕各飞而引起的自我安慰。经过上一句环境的烘托、气氛的渲染后，按说该转入正面描写迷楼的变化，然后在诗尾处抒发诗人的感慨。但诗人并没有采用这种肤浅的手法，而是直接把笔触转到沧海桑田、王朝兴衰上了，使得全诗因景抒情，再景再抒。而这种手法也使得全篇的情绪抒发得非常饱满，使得诗人心中的悲苦得到了淋漓尽致的发泄。

后两句"他日迷楼更好景，宫中吐艳恋红辉"。"他日"，将来，将来的某一天或某一时期。如果把全诗直接分成前后两部分，那么完全可以看成是两首诗。两首诗都是因景抒情诗，但情绪各不相同，前两句悲伤，后两句则充满了希望。由于是在"他日迷楼更好景"中，"他日"意指未来，充满了希望。而"更"作为副词，有更上一层楼的意思。这其实也是诗人情绪的升华，由悲至极，而心存向往。于是有了尾句"宫中吐艳恋红辉"，即未来的宫中不会有阴云，百花也会怒放，相互争芳。

纵观全诗，前两句写出大雨将至、宫内萧瑟的景象，后两句则一反前两句的惨淡，写出了雨后的美景，赋予人以希望。

然而这首诗真是一首先悲后喜之诗吗？为何诗人"歌竟不胜其悲"？在分析这首诗时，不能单纯地把诗分成两部分去解读，而应该随着诗人情绪的波动完整地解读全篇。如果说前两句是诗人对现状的悲伤，那么后两句就已经不再是希望，而是对自己死后世事沧桑、盛衰变化的慨叹。而使全诗前后连贯的就是那句"兴衰自古漫成悲"。它不是一句简单的悲叹，而是诗人对盛衰兴败的深沉感慨。这其中已经暗含了诗人对荣枯兴衰的敏感体验。当诗人歌尽而悲，侍者问起悲之缘故时，帝曰："休问。他日自知也。"后来又召矮民王义问天下乱局之事（《醒世恒言》卷二十四）。所以，诗人在后二句预见自己将亡，隋朝大厦将倾，是借未来迷楼的兴旺表达他对世事沧桑、王朝霸业盛衰变化的慨叹。而这并不是喜，而是悲，是悲到极致的幻想。

二、从诗人出身以及当时的皇室环境来解读杨广的悲郁

1. 起点高助长了他的野心

杨广"生来聪明俊雅，仪容秀丽。十岁即好观古今书传，至于方药、天文地理、百家技艺术数，无不通晓"（《醒世恒言》卷二十四）。《隋书》也记录杨广从小就"美姿仪，少敏慧"，为父母所钟爱。杨广可以说从小就长得好看，而且非常好学，善写诗文，能言善辩，颇得他的母亲独孤皇后的欢心，隋文帝对他也特别钟爱。当杨坚还是北周大臣时，杨广就以父功受封为雁门郡公。杨坚称帝

后，于开皇元年（581）封年仅13岁的杨广为晋王，拜位柱国，担任并州（今山西太原）总管。作为一个次子，年纪轻轻就被封王并担任一州总管，并且深得父皇的喜欢，可以说基本上得到皇子的最高待遇了，再无可进了。如此之高的起点，如果是昏庸皇子也就混吃等死了。可杨广"少敏慧"，向那个龙椅进行了试探。

开皇二年（582），设置河北道行台尚书省，杨广任武卫大将军、上柱国兼河北道行台尚书令。他上任后，广揽人才，笼络人心，任用贤能，为人称道。开皇八年冬，隋统一全国的战争开始，隋文帝任命杨广为行军大元帅，率大军南下江淮伐陈。隋军水、陆并进，迅速占领了陈朝都城建康（今江苏南京）。进入建康后，杨广下令惩治奸佞，杀污吏，查封陈朝府库，秋毫无取，得到了江南士庶的称誉和拥戴。灭陈后，他因功进为太尉，再次担任并州总管。当时，陈朝的一些残余势力不服隋的统治，纠集力量，伺机反隋。隋文帝令杨广领扬州总管，镇守江南地区。几年后，突厥进袭中原，杨广又领命为行军元帅，率兵出灵武（今宁夏灵武）抵御突厥，未遇敌而还。南平陈朝，北御突厥，一系列战功极大地提升了杨广的声誉，同时也使得他的野心膨胀起来。

2. 父母的喜欢也助长了他的野心

杨广共兄弟五人，哥哥杨勇是长子，老二便是杨广，老三是杨俊，老四是杨秀，最后是杨谅。兄弟五人全是隋文帝和独孤皇后所生。隋文帝称帝后，很快将杨勇立为太子。杨广作为次子，原本是没有任何机会染指帝位的。隋文帝杨坚也常说："前代帝王，骨肉分争，皆因嫡庶相猜相忌，致有祸胎。今吾家五子同母，傍无异生之子，后来安享太平，绝无后患。"（《醒世恒言》卷二十四）但杨广因为自己的卓越战功，渐渐有了取代哥哥坐上"龙椅"的欲望。

这边杨广有了野心，而那边杨勇却接连犯错。"初时已立太子勇为东宫，却因不得母后独孤氏欢心。原来文帝独孤皇后最是妒忌，文帝畏而爱之。"（《醒世恒言》卷二十四）"太子勇嫡妃元氏无宠，抑郁而死，专宠云定兴之女。所生子女，皆是庶出。独孤皇后心中甚是不愤，每每在文帝前潜诉太子勇之短。文帝极是惧内的，听他言话，太子勇日渐日疏。"（《醒世恒言》卷二十四）

建国之初，太子杨勇一直不为母亲独孤皇后喜欢。他自己也不争气，宠爱小妾云氏，而不喜欢其妃元氏。古人虽有妻妾，但妻妾的地位却是迥然不同的，妻为一家之主，所生儿女也为嫡亲，是可以继承家产的。妾在古代的定义中，地位只比歌姬高一点，甚至有主家互换妾氏、赠送妾氏的事例。如秦王嬴政的母亲赵姬原本是吕不韦之妾，被吕不韦赠送给秦王孙嬴异人。所以接受封建正统教育的古人们非常痛恨抛妻而独宠小妾的行为。

而杨广和太子杨勇正相反，他更善于伪装自己。为了实现做太子继而做皇帝的梦想，杨广费劲心机地将自己伪装起来。他知道父母都很节俭，他也装得很简朴，实际上却很奢侈。在听说父母要来时，他就让美丽的姬妾躲藏起来，自己和正妻萧氏一同到门口迎接，还让年老、面貌一般的妇人穿着破旧衣服侍奉父母。杨广的伪装讨得了父母的欢心。他还经常给父母身边的侍从们送一些礼物，这些人回去都说杨广的好话。两方面的作用使得杨坚夫妻越来越喜欢次子杨广。"故人人到母后跟前，交口同声，誉称晋王仁孝聪明，不似太子寡恩傲礼，专宠阿云，致有如许豚犊。独孤皇后大以为然，日夜潛之于文帝，说太子勇不堪承嗣大统。"（《醒世恒言》卷二十四）

而太子杨勇却缺少杨广那样的心机。明明知道父亲喜欢节俭，他偏偏要奢侈浪费；明明知道母亲独孤皇后痛恨男子宠幸众多姬妾，他还要很张扬地寻欢作乐。不但如此，他还冷落了母亲精心为他挑选的妻子元氏。这使得父母都对他有了怨气。再加上后来太子杨勇还过分地接受百官的朝贺，使隋文帝杨坚更为不满。这就为杨广夺位提供了好机会。

3. 夺位的顺利也助长了他的野心

杨广深知自己荣华富贵的根基所在是文帝夫妇，所以"矫情饰行，以钓虚名，阴有夺宗之计"，"当时称为仁孝"。他不光在下面收揽人心，使得群臣交口称赞，更是非常善于讨得父亲隋文帝和母亲独孤皇后的欢心，使得世人皆称其仁孝。为了加快夺取太子位的步伐，杨广又采纳了亲信宇文述的计策，去请当朝的重臣杨素来帮忙。

"后来晋王广又多以金宝珠玉，结交越公杨素，令他谗废太子。杨素是文帝第一个有功之臣，言无不从。皇后潛之于内，杨素毁之于外。文帝积怒太子勇，已非一日。竟废太子勇为庶人，幽之别宫，却立晋王广为太子。"（《醒世恒言》卷二十四）

杨素很受隋文帝的信任。为了让杨素帮助自己，杨广先让人找杨素的弟弟杨约赌钱，而且故意输给他很多钱，再请他说服哥哥杨素，顺应皇上已经有的废太子的意思，推荐杨广继任太子之位。最终杨素兄弟答应了杨广的要求。在杨素的鼓动下，隋文帝下定决心将太子杨勇废为庶人，而改立次子杨广为太子。

为了进一步巩固继承人之位，公元604年，杨广趁隋文帝生病，先是撤掉了隋文帝身边侍奉的人，都换上自己的亲信，而后又在隋文帝驾崩后，第一时间命令杨素"明旦发丧，使人杀故太子勇而后即位"。终于，杨广踏着血腥之路坐上了自己梦寐以求的皇帝宝座。

三、登基后的远大志向

《孟子·公孙丑上》有这样一句话："无是非之心，非人也。"在对很多事情的看法上面，每个人都是不同的。对于历史上的很多人或很多事，后世人更是从自己的角度去看的，自然褒贬不一。历代的史臣、修史者们，为了警醒后世统治者不要再蹈隋炀帝的覆辙，对隋炀帝的极度荒淫和残暴有所夸张，于是隋炀帝荒淫的形象便在庙堂和民间中确定下来。在民间的野史笔记和通俗小说中，隋炀帝的形象被进一步夸张和扭曲。

其实，历史上的隋炀帝并非一无是处。他作为一代帝王，也曾有过雄心壮志，甚至把"尚秦汉之规摹"作为自己的奋斗目标。

与历史上夺位后导致国家一片狼藉的许多皇们相比，隋炀帝无疑是非常幸运的。他没费多大力气就登上了多少人梦寐以求的帝位，而国家也因为隋文帝多年的励精图治而有了坚实的基础。这就使得隋炀帝在即位后有了"尚秦汉之规摹"的志向。他继位后便将年号改为"大业"，就是想轰轰烈烈地干一番比拟"秦皇汉武"的伟大事业。隋炀帝即位时，隋立国已25年，天下一统亦近20年。因隋文帝的节俭储积，隋朝国库充裕。开皇十七年（597年），"中外仓库，无不盈积"；到隋文帝末年，"天下储积得供五六十年"。连元人马端临都感叹："古今称国计之富者，莫如隋。"清人王夫之也说："隋之富，汉、唐之盛未之逮也。"天下如此富强，隋炀帝如果做个爱护臣子、体恤百姓的守业之君，将修建东都、开凿大运河等工程和休养生息相结合，在民众能够承受得起的限度内有计划地适当进行，就不至于民不聊生，民怨沸腾。

如营建东都洛阳，其实是因为隋王朝需要进一步加强对江南地区的控制，需要将政治中心东移。这是隋炀帝政治上的考虑。再加上仁寿四年（604年）汉王杨谅在并州起兵造反，在平叛过程中，炀帝深感"关河悬远，兵不赴急"，必须"因机顺动"，"今可于伊、洛营建东京"。东都之建，与镇压杨谅有密切关系，同时也用以防止类似情况的发生。这也表明炀帝的多次出巡都有"亲抚"和"存恤"的政治原因，并非完全为了贪图享乐。因此，从当时的政治、军事形势来看，确有营建东都的必要。其次，营建洛阳还与洛阳的地理位置有关。洛阳地处中原，便于转运南北物资，取得充足供应。可以说，炀帝之营建东都是有一定远见卓识的，并非世人所言的为了自己奢靡享乐。

再如开凿大运河，从经济上看，大运河利于交通，促进了经济的交流与发展，是中国唯一的一条贯通南北的水路。南北大运河的沟通，改善了交通条件，为农副产品的交换与商品的流通创造了极为有利的条件。运河不仅是京都粮食、物资的主要运输线，也是商业交通的重要航道。不仅淮南、江南等地的粮食、丝茶诸多产品可以从水路运来，北方的枣、梨、药材也可以运向南方。从军事和政治上讲，大运河可以通文书、运士兵，有利于加强对地方的控制。

然而开凿大运河是一项非常巨大的工程。纵使当时的技术条件已经达到一定程度，却要求在六年内完工，工役之急、之难可以想见。如果隋炀帝能够缓工轻役，适当地调用天下民力，既造福当代百姓，又功在千秋万代，那才称得上雄才大略，值得万民敬仰。

隋炀帝在位的时间非常短暂，只有14年。即位后很长的一段时间里，他四处巡游。作为隋朝都城的长安与洛阳，他待在长安城里的时间总计不足两年，在东都洛阳的时间总计也不到四年。其他时间都是在各地巡游督工。向北，他到达了突厥；向西，他到达了河右；这期间，他还攻略过越南，招抚过琉球。

可以说，隋炀帝的这些举动都是为了实现一个领土辽阔的强国之梦，但对于普通老百姓来说，却是一场大灾难。隋炀帝即位之时，隋朝建国时间并不长，国家的政治、经济、军事实力都不够强大，老百姓都期待休养生息。而杨广却急于建功立业，穷兵黩武，好大喜功，丝毫都不顾老百姓的感受，继续鞭打、驱赶着他们为实现自己的梦想而南征北战。

隋炀帝失败的主要原因是用民过重。他急功近利，太想建立伟业了。三征辽东不仅消耗了大量的主力军队，而且给人民带来了沉重的负担。主要是兵役太重。本身修建大运河就伤民过重,损伤国体,一系列开疆拓土的战争更加消耗了大量的人力物力。过分自信与轻敌,导致隋炀帝第一次征高丽的失败,并使隋朝陷入战争的泥潭。最后,到处有军队发动兵变,人民也为逃避沉重的负担纷纷起义造反,加速了隋朝覆灭的步伐。

总体来看,杨广绝对算是一个有理想、有野心、有功业的皇帝。大一统、建东都、修运河、兴科举、扩版图、征蛮夷,这六件事情,任何一个皇帝只要做好其中一件都足以青史留名了,然而杨广却在短短14年的皇帝生涯里希望把这些事情全部完成。这种急于求成、不顾民间疾苦的个人英雄主义,固然让他在很短的时间内成就霸业,然而也为隋朝的灭亡埋下了伏笔。更何况,在成就如此辉煌的业绩后,隋炀帝不是与国与民休养生息,而是迷上了奢华享乐。

四、从成诗的时间看他野心壮志的悲哀

一般人大凡成功之时必会洋洋自得,隋炀帝也是如此。在大兴劳役,四处征伐,彰显自己文治武功的霸业之后,隋炀帝也不免深陷享乐的诱惑之中。他日,顾谓近侍曰:"人主享天下之富,亦欲极当年之乐,自快其意。今天下安富,外内无事,此吾得以遂其乐也。"(《炀帝迷楼记》)

三征辽东后,隋炀帝逐渐疏于对朝政的管理,每天沉迷于美酒美色,几乎到了乐不思蜀的状态。他征调大量的人力物力,修建豪华的楼宇宫殿。"帝日夕沉荒于迷楼,罄竭其力,亦多倦息。又辟地周二百里为西苑,役民力常百万,内为十六院。聚巧石为山,凿池为五湖四海,诏天下境内所有鸟兽草木,驿送京师。"(《醒世恒言》卷二十四)

在历史上,当一个君王开始骄奢淫逸的时候,必然是这一个王朝走向衰落的时候。面对杨广的骄奢淫逸、苛捐暴政,各地农民苦不堪言,纷纷揭竿而起,并且迅速形成规模。这些起义军逐渐将隋朝推向覆灭的深渊。面对最早的劝诫,隋炀帝颇不以为然,认为小题大做。最后,连自己的妻子萧后也通过江上歌者来劝诫时,他才幡然醒悟。但为时已晚,他欲重新振作,但又舍不得奢靡的生活。"帝后御龙舟,中道,间歌者甚悲,其辞曰:'我兄征辽东,饿死青山下。今我挽龙舟,又困隋堤道。方今天下饥,路粮无些少。前去三千程,此身安可保。寒骨枕荒沙,幽魂泣烟草。悲损门内妻,望断吾家老。安得义男儿,焚此无主尸,

引其孤魂回，负其白骨归。'帝闻其歌，遽遣人求其歌者，至晓不得其人。帝颇彷徨，通夕不寐。帝知世祚已去，意欲遂幸永嘉。"（《醒世恒言》卷二十四）这里的"意欲遂幸永嘉"是迁都南方，隔江重新整顿军马的意思。但可惜"群臣皆不愿从"。

这时的隋炀帝也看出来自己的确大势已去，但还是不甘心，便夜观天象。"帝深识玄象，常夜起观天，乃召太史令袁充，问曰：'天象如何？'充伏地泣涕曰：'星文大恶，贼星逼帝座甚急，恐祸起旦夕，愿陛下遽修德灭之。'帝不乐，乃起，入便殿，索酒自歌。"（《醒世恒言》卷二十四）古人把星座看得非常重要，认为天象便是天命。所以夜观天象后，杨广认为自己大势已去。但他没有奋起抗争天命、奋发图强，而是信命随命。这时的杨广其实已心存死念，于是便有了《迷楼歌》这首诗。"歌竟不胜其悲。"而这个悲，既是为自己大业初成就身死国灭而悲哀，也是认为天命不公，对自己壮志未酬的悲慨。

最终，大业十四年（618）三月，左屯卫将军宇文化及等发动兵变，满怀大志的隋炀帝杨广被缢死在迷楼西阁。萧后令宫人撤床篑为棺以埋之。"左右进练巾，逼帝入阁自经死。萧后率左右宫娥，辍床头小版为棺敛，粗备仪卫，葬于吴公台下。"一代雄心壮志的帝王最终走向死亡。而迷楼也在唐兵进犯后被焚。"后唐文皇太宗皇帝提兵入京，见迷楼，太宗叹曰：'此皆民膏血所为也。'乃命放出诸宫女，焚其宫殿，火经月不灭。"（《醒世恒言》卷二十四）

宋代曹勋追忆时曾写《迷楼歌二首》："天长地久有时尽，君王此乐无时衰。讵知变故起仓卒，不悟人迷楼不迷。""君不见秦皇爱阿房，死葬骊山侧。炀帝爱迷楼，死葬迷楼北。乃知生者魂，即是死者魄。生死在迷楼，一死良自得。右应来梦儿，夜夜犹相忆。"

五、结语

隋炀帝是一个非常有大志、有野心的帝王。他的起点很高，早早便顺利地登基做了皇帝。而父亲隋文帝又留给他极其丰厚的遗产，这也使得他有了效仿秦皇汉武之志。然而秦始皇固然成就大业一统天下，但二世而亡，皆因不能体恤民生。汉武帝虽然连年征伐，拓土无数，但也导致国内民不聊生，自己连发罪己诏书。隋炀帝的野心壮志最终也给人民造成了深重的灾难，弄得天下百姓怨声载道，隋朝也由此走向衰竭、灭亡。一如他的《迷楼歌》中所写"兴衰自古漫成悲"，这是他大志未成的悲哀。如果他与民休息，稍稍减缓四处征伐以及大型土木工程的进度，缓缓图之，或许历史将改写。然而历史就是历史，最终隋炀帝的野心志向成就了他独一无二的伟绩，也让他背上了千古的骂名。其兴也勃焉，其亡也忽焉。而他的遗作《迷楼诗》也成了他大志未成的孤愤悲歌。

11. 豪情盛世愤不甘

——感唐太宗李世民深藏在《入潼关》中的悲叹

入潼关

唐太宗李世民

崤函称地险，襟带壮两京。
霜峰直临道，冰河曲绕城。
古木参差影，寒猿断续声。
冠盖往来合，风尘朝夕惊。
高谈先马度，伪晓预鸡鸣。
弃繻怀远志，封泥负壮情。
别有真人气，安知名不名。

说起唐太宗李世民，想到的都是"贞观之治"。他选贤任能，虚心纳谏，从善如流，以文治天下，同时鼓励农桑，使百姓休养生息，政治清明，国泰民安，开创了中国历史上著名的盛世，是中国历史上最著名的贤君。他以文治武功彪炳史册，与秦皇汉武并驾齐驱，为后世明君之典范。筑东阳先生赞其为"继孔子之后中国数一数二的伟人"。

在历史上，唐太宗不仅是一位政治家、军事家，还是一位书法家和诗人。他的诗篇基调昂扬奋发，风格雄浑豪迈。现留存有诗 94 首，其中广为人知的如《守岁》《赐萧瑀》《元日》《咏雨》《饮马长城窟行》《还陕述怀》等。他的诗篇《入潼关》是泰山封禅未果之作，其诗比兴并用、情景互融，以景烘托抒发壮志，其中景有天堑地险之远景，有往来行人之近景，有寒猿鸣叫隐约之音，也有雄鸡报晓真实之声，景中有音，音景交融，是中国古代君王诗词写景名作之一。其诗用景来烘托，用典故来激励，仿佛可以使读者融入诗人表达的锐意拼搏的豪情壮志之中。然而通过分析全诗，我们却可以在积极进取和豪情壮志之间感受到诗人那深藏的壮志难酬的不甘悲韵。

一、从全诗的文辞研究方面进行分析

《入潼关》一诗对仗工整，音韵铿锵，充满浩然正气。在艺术表现上，写景、抒情、议论融为一体。既有现实描写又有咏古，两者相结合，借咏古而抒情，尤显质朴浑厚。全诗七联十四句，一气呵成，构思精湛，语言凝练。可分三个层次，前一部分描写潼关的地理位置，中一部分写入潼关的所见所闻，后一部分为咏古抒情，感慨发问。

"崤函称地险，襟带壮两京。"启篇就用豪迈的语言描写出潼关的地理形势和历史地位。"崤函"是崤山、函谷关合称。"襟带"，如襟如带，形容地形的狭长曲折，同时也寓意山路狭窄。"两京"指东京洛阳和西京长安。"壮"有宏伟之意。"且夫天子四海为家，非壮丽无以重威。"（《史记·高祖本纪》）然笔者认为这里的"壮"是对应后面"壮情"一词的，故这里"壮"为豪壮、豪迈之意。如："彼不知惧，而学壮语，此之不武，何能为也。"（《晋书·司马逊传》）这两句诗的意思是：从崤山、函谷关到潼关这段蜿蜒山间的道路，地势险要，两边的山高高耸立，中间狭长如丝带一样，这么险要的地形拱卫了洛阳和长安的安全。本联两句似写景实抒情，用雄山地险和"壮"字写出了自己的雄浑豪放和踌躇满志，使开篇充满豪迈、王霸之气。

"霜峰直临道，冰河曲绕城。"这一联接启篇，也是描写地理形势的。"霜峰"犹雪峰。"临"，"有事而后可大，故受之以临，临者大也"（《易经·临卦》）。这里的"直临"不可单单用"直接面临"来理解，而应该理解为《易经·临卦》中"因为发生事端，然后才可以大有发展，所以不能等待，应积极参与"之意。这便与前两句诗人踌躇满志遥相呼应。"冰河"在这里指黄河。"霜峰"和"冰河"写出成诗的时间为初冬之时。"直"和"曲"对应。本联的意思是：时至初冬，临近路边的山峰上已是白雪皑皑，潼关古城被冰冻的黄河环绕。

"古木参差影，寒猿断续声。""参差"有长短、高低、大小不齐之意，同时也有"错过、蹉跎"之意。如"远信不归空伫望，幽期细数却参差"（纳兰性德《浣溪沙》）。"断续"指时而中断，时而继续。所以，本联的意思为：道路两旁高高低低的古木林中传出断断续续的猿猴啼叫。也可以引申为：古木蹉跎了岁月，只余下斜影还证明着存在；猿猴没有为自己早做准备，只能在寒风中不断发出哀号。

"冠盖往来合，风尘朝夕惊。"点出潼关是进出长安的必经之路，同时也用"冠盖"和"风尘"两个词形容这里过往行人很多，车马不绝，不时惊起风尘，也暗指被潼关守护的长安繁荣昌盛。"冠盖"泛指官员的冠服和车乘，也指贵人。"来合"指来来去去。"风尘"既指风扬起尘土，也比喻尘世，指纷扰的现实生活境界。如"虽在风尘里，陶潜身自闲"（皇甫冉《送朱逸人》）。这两句也可以和下两句一起理解为诗人回忆隋末群雄逐鹿天下、时局跌宕的时光。

"高谈先马度，伪晓预鸡鸣。""高谈"指侃侃而谈，大发议论。后人多用典故来解读"高谈先马度"和"伪晓预鸡鸣"。一个为"宋人持'白马非马'论而折服齐稷下之辩者，后乘白马过关，则不得不交纳马税"（《韩非子·外储说左上》），另一个为"战国时，孟尝君食客中有鸡鸣狗盗之技者，在函谷关伪作鸡鸣，使之过关脱险"（《史记·孟尝君列传》）。

然笔者认为，要想理解诗中意义，必须逐字逐词分析。首先了解何为"先马"。杨倞认为"诸侯持轮、挟舆、先马"中"先马，导马也"（杨倞注《荀子·正论》）。"伪晓"是天不亮的意思。"预鸡"为雄鸡啼曙。因鸡与"吉"谐音，故而中国古人也赋予雄鸡啼曙以吉祥的意义。"预鸡鸣"可作为吉祥之喻、光明之象、奋斗之声。如"鸡既鸣矣，朝既盈矣"（《诗经·齐风·鸡鸣》）。总的来说本联两句是讲太宗入潼关时的情景。太宗兴致勃勃，骑于马上，和随行陪驾的官员们高谈阔论，一起回忆起往昔峥嵘岁月。在不知不觉中，皇家车队的先头部分已经到达了潼关，而这个时候天还没有亮，太宗站在潼关城前还可以听到城内雄鸡报晓的声音。

结合上两联四句一起理解本联，我们可以感受到一股浓浓的胜利者的傲气。先以天堑地险之景来延伸豪情，以古木寒猿之景来激奋，再以潼关门前往来行人之景来喻群雄，用"高谈"来笑看，最后闻"鸡鸣"来表达胜利者的豪气。

"弃繻怀远志，封泥负壮情。"张晏说，"繻，符也。书帛裂而分之，若券契矣"（《汉书·终军传》颜师古注引）。所以繻是古时用帛制成的出入关卡的凭证。"弃繻怀远志"是一个励志的典故,写的是"终军弃繻"的故事。"步入关,关吏予军繻。军问:'以此何为?'吏曰;'为复传,还当以合符。'军曰:'大丈夫西游,终不复传还。'弃繻而去。军为谒者,使行郡国,建节东出关,关吏识之,曰:'此使者乃前弃繻生也。'"(《汉书·终军传》)因此"终军弃繻"便成为表达有远大志向、远大抱负的意思。如"弃繻当日路,应竞看终军"(姚鹄《送刘耕归舒州》),"密侍全锵佩,雄才本弃繻"(权德舆《奉和许阁老酬淮南崔十七端公见寄》)。

"封泥"本义是官印按于泥上,作为实物和木制牍函封缄的凭证。然而"元请以一丸泥为大王东封函谷关,此万世一时也"(《后汉书·隗嚣传》),把守关比作封泥,因而"封泥"也喻为据守雄关。

所以,本联的意思是人要和终军一样有远大志向,有为朝廷据守边关的壮志豪情。这样的解释看似和前面的诗句关联不大,好似仅仅因景而激励大家。但我们结合前面似写景实抒情来看,再把"弃繻"视为太宗自比,"封泥"比作大唐江山,最后再结合两个"壮"字,诗首诗尾遥相呼应,那么本联就可以直接看作唐太宗志向的表露。它也可以作为本诗以景铺垫、烘托气势的高潮之句。"我(太宗)有着终军的豪情壮志,也能掌控天下大势,必然能够成就千古帝业。"一股舍我其谁的豪迈之气显示出不凡的王者风范。

"别有真人气,安知名不名。""别有",另有。"真人气"指"紫气东来"的典故。"老子西游,关令尹喜望见有紫气浮关,而老子果乘青牛而过也。"(《史记·老子列传》司马贞索隐引刘向《列仙传》)故"紫气东来"比喻吉祥的征兆。同时古代也认为紫气是祥瑞之气,附会为贤圣或帝王出现的吉兆。"贵嫔生于樊城,初产有神光之异,紫气满室。"(《南史·后妃传下》)

"安知",怎么知悉。"惠子曰:'子非鱼,安知鱼之乐?'庄子曰:'子非我,安知我不知鱼之乐?'"(《庄子·秋水》)"名"的解释有两种,一则为"名,自命也"(《说文解字》),一则为"名声、出名"之意,如"山不在高,有仙则名"(刘禹锡《陋室铭》)。笔者认为这里应作第一种解释。

最后一联,很多书籍把"紫气东来"的老子强拉进来,认为太宗李世民觉得只有自己领悟了老子"道可道非常道,名可名非常名"(老子《道德经》)所说的道理,也就是治国之道,遵照规律就能够成就千古帝业。这种解释笔者不敢附和。笔者认为最后一联才是本诗的点睛之笔，也是太宗先似写景实抒情到最后情绪积累到极点的总爆发。结合前面诗句，最后一联的意思应该是：只要依旧怀有雄心壮志，自然会有紫气东来，帝运加身，至于天子神授之命有无，谁又能说得清？在这股豪情壮志之间，我们也能感受到太宗情绪的压抑，如赌气般的言语不能不说含有一份不甘的哀怨。

二、结合当时的社会背景去解析

1. 泰山封禅对古代皇帝的重要意义

泰山封禅祭祀是中国古代帝王在泰山之巅举行的祭祀天地的大型典礼。按史书记载，皇帝必须受命于天、君权神授，且国家国泰民安，百姓安居乐业，才有资格封禅泰山。于是绵延几千年的泰山封禅祭祀便不再是简单的祭祀天地的仪式了，而成了古代皇帝们粉饰太平、自我神化、宣示君权神授的政治礼仪活动。司马迁说："自古受命帝王，曷尝不封禅？"（《史记·封禅书》）

然中国古代历史上，在泰山上封禅的皇帝却只有九位：秦始皇嬴政、汉武帝刘彻、汉光武帝刘秀、隋文帝杨坚、唐高宗李治、唐玄宗李隆基、宋真宗赵恒、清圣祖康熙、清高宗乾隆。难道封禅也有要求吗？是的，简单概括起来，有统一、盛世、祥瑞这三条标准。如秦始皇一统天下后东巡封禅泰山，汉武帝以盛世大汉封禅泰山，宋真宗以祥瑞照拂封禅泰山。在这里有人可能会说，"秦皇汉武，唐宗宋祖"，唐太宗也是历史上有名的贤君明主，开创了"路不拾遗，夜不闭户"的贞观之治，国泰民安，百姓安居乐业，这既符合平定天下、统一国家的条件，又符合太平盛世的条件，他也完全够格，起码比他儿子唐高宗要强。那为何他没有在泰山封禅呢？

贞观之治确是中国历史上少有的盛世。其实，唐太宗李世民本人是非常想去泰山封禅的，他在位期间有过三次去泰山封禅的计划。第一次刚提出，群臣皆同意，却被魏征搅黄了。魏征对太宗说："天下若太平，百姓安居乐业，则虽不封禅，也可以比德于尧、舜；若是百姓不足，外族内侵，那么即使封禅，亦于事无补。"唐太宗听他这么一说，只好放弃。但是，李世民对于封禅扬名，内心还是非常渴望的。毕竟由于历代帝王对泰山的顶礼膜拜，才使泰山封禅在中国封建王朝中有着举足轻重的政治象征作用，这也就成为每一位皇帝毕生追求粉饰太平、证明自己是君权神授、是贤能皇帝的大事。皇帝们可以通过泰山封禅来树立自己的至尊地位,巩固自己的封建统治。于是在贞观十五年(641年),太宗又计划封禅,但行至洛阳,因天上彗星之变而终止。贞观二十一年,第三次计划封禅,又因为战争和水灾而作罢。贞观二十三年,李世民就去世了,所以,封禅泰山就成了他一生没有实现的美丽梦想。

  2. 从成诗时间以及太宗的心理活动去解析

  《入潼关》作于贞观十五年,也是唐太宗第二次计划泰山封禅的那一年。唐太宗做好了一切准备,正式下诏泰山封禅,一行车队浩浩荡荡从长安起身。然而,车队到达洛阳时,一天夜晚,突有彗星划过天空,群臣都认为这是不祥的预兆。于是那个爱顶撞的魏征再次上奏,希望太宗不要前往封禅。这就是著名的《魏郑公谏止唐太宗封禅》。魏征表示:"今有人十年长患,疗治且愈,此人应皮骨仅存,便欲使负米一石,日行百里,必不可得。隋氏之乱,非止十年,陛下为之良医,疾苦虽已乂安,未甚充实。告成天地,臣切有疑。"好在唐太宗从谏如流,立刻停止封禅行程,留在东京洛阳,九月底才往长安返回。

  经过函谷关时,李世民命爱妃徐惠作诗一首,徐惠写下《秋风函谷应诏》。第二天到达潼关。在潼关门前,唐太宗有感而发,写下了这首气势磅礴的《入潼关》。这既是对徐惠所写《秋风函谷应诏》的应和,也是对自我心境的抒发。

  结合屡屡受挫的封禅活动,我们再来解读诗中最后一句"安知名不名",便可以体会到唐太宗那种愤愤不平的怨念。而"别有真人气"便是在屡屡封禅遇挫后对上天的一种怒吼。可这些怨念又不能言与他人听,毕竟君权神授本来就是古代君王们自我粉饰的政治把戏。而否定天予皇权就是否定自己以及自己的统治集团,这样不光自己的李氏皇族不答应,高居朝堂的群臣们也不答应。所以唐太宗只能寄情于诗篇之中,隐晦地抒发自己的不甘和悲愤。

三、结语

  综上分析,《入潼关》并非如世人所说,是因景而抒情的一首气势磅礴的激励诗篇。它是诗人在豪迈壮志和磅礴大气之间发泄出来的不甘的幽情哀怨,是对不能如愿的怒斥。而这种心情又不能与人言,于是便成就了深藏于全诗豪迈之气中的悲叹。

12. 潜心蛰伏得始终

——悲唐宣宗李忱隐藏在《百丈山》中的凄苦

百丈山

唐宣宗李忱

大雄真迹枕危峦，梵宇层楼耸万般。
日月每从肩上过，山河长在掌中看。
仙峰不间三春秀，灵境何时六月寒。
更有上方人罕到，暮钟朝磬碧云端。

在中国历朝历代诸多帝王中，没有哪一个比唐宣宗更富有传奇色彩了。在当天子之前的36年间一直装疯卖傻，被认为是傻瓜，但当了天子后，却一下子恢复了睿智和气魄，雷厉风行，创造了晚唐著名的"小贞观"，给晚唐历史打上了一抹绝无仅有的辉煌亮彩。如此坚忍励志的精彩经历，就是电视连续剧都不敢这么编写，可见其隐忍36年的坚韧之心。他足可以算得上是像勾践一样经过忍辱负重最后成功的励志榜样。

唐宣宗李忱（810—859年），唐朝第十八位皇帝，唐宪宗李纯第十三子，穆宗李恒异母弟。初名李怡，初封光王。唐武宗死后，以皇太叔的身份为宦官马元贽等所立，在位13年，年号"大中"。宣宗在位时期是唐朝继会昌中兴以后又一段安定繁荣的时期，历史上称为"大中之治"。他明察沉断，用法无私，从谏如流，重惜官赏，恭谨节俭，惠爱民物，故大中之政，直至唐亡，百姓仍思咏之，称其为"小太宗"。

唐宣宗"恭俭好善，虚襟听纳，大中之政，有贞观风。每曲宴，与学士倡和,公卿出镇,多赋诗饯行。重科第,留心贡举。常微行,采舆论,察知选士之得失"(善从《中国皇帝全传》)。除此之外,他还爱好诗赋,"其对朝臣,必问及第与所试诗赋题,主司姓氏,苟有科名对者,必大喜。或佳人物偶不中第,必叹息移时。常于内自题乡贡进士李道龙云"(善从《中国皇帝全传》)。爱屋及乌,他对诗人白居易也尤为敬重。在得知白居易死讯后,赐谥"文",赠尚书右仆射,给了至高无上的殊荣。悲痛之余,唐宣宗还提笔写下字字啼血的悼亡诗《吊白居易》。该诗不仅堪称帝王诗中的极品佳作,同时也是千古悼亡诗的典范。唐宣宗流传至今的完整的诗有5首,分别为《吊白居易》《幸华严寺》《百丈山》《重阳锡宴群臣》《题泾县水西寺》。

《百丈山》是一首七言律诗。据《庚溪诗话》记载:"帝为光王时,为武宗所忌,多晦迹为方外游。至百丈山作诗云。"(《御制全唐诗》卷四引)其诗主要描写百丈山壮丽巍峨的美景,并托物言志,写出诗人欲主宰天下的勃勃雄心。诗中也暗射诗人当时的落寞处境,隐约透露出皇位更替的辛酸。同时更寄寓着不甘落寞、思有作为的情怀。此诗虽不如《吊白居易》千古流传、脍炙人口,但也是唐宣宗真情流露之作。

一、从文辞研究方面进行解读

本诗共四联八句,可分上、中、下三部分解读。启联,借宏伟之景抒发对帝位的渴望。中两联幻想自己成为帝王后实现理想抱负。尾联则把视角转回,从景到声,通过"暮钟"哀叹帝位争夺之艰以及自己凄苦的现实处境。

首联"大雄真迹枕危峦,梵宇层楼耸万般"。"大雄"为释迦摩尼的尊号。"真迹"为遗迹。"梵宇"这里代指佛寺。"层楼"出自繁钦《建章凤阙赋》中"象玄圃之层楼,肖华盖之丽天",在这里表示雄伟壮丽的高楼。"万般",总括一切之意。本联的意思是:佛主的遗迹枕靠在巍峨的山峰,梵音环绕着的高楼仿佛耸立在一切之上。

这一联看似写百丈山上寺庙的雄伟壮丽,表达诗人对释家的敬仰之情,实则是诗人另辟蹊径,借咏山而言皇帝之位。其中"大雄真迹"喻帝位,"枕危峦"象征皇位相争的惨烈。"枕危峦",睡在危险的山峰。自古以来,朝堂之上贵为天子之人,治理国家哪个不是谨之慎之、如履薄冰?"梵宇"看似写寺庙,可史料记载，唐朝很多皇帝登基祭祀之时皆有得道高僧梵音赐福。所以，这里的"梵宇"还是指帝王。而"耸万般"则描写皇帝掌控天下，立于万般之山之意。所以，当时还是光王身份的宣宗在首联借咏山来表达自己对帝位的渴望之情。

额联"日月每从肩上过，山河长在掌中看"。如果说首联还隐晦地借咏山而言帝位，那么这一联则通过极富有想象的诗句把诗人对帝位的渴望敬仰，以及登上帝位之后的豪迈之情写得淋漓尽致。同时该联两句也是古代帝王少有的霸气豪迈的经典诗句。本联的意思是：日月每次都只能从肩头经过，而天下山河一直在手心掌控之中，让自己慢慢欣赏。这一联间接地借写景抒发自己远大的帝王志向。这样豪迈且充满霸气的诗句，也只有胸怀天下的千古帝王才可以书写。

颈联"仙峰不间三春秀，灵境何时六月寒"。"三春"指孟春、仲春、季春，在这里泛指春天。"灵境"指寺庙所在的名山胜地。本联意思是：美丽如仙景的山峰不间断地展示三春季节的秀丽景色，名胜古刹什么时候可以在炎热的六月体会阵阵凉爽？这一联是极富想象力的诗句，用"三春秀"和"六月寒"把百丈山的秀丽渲染得引人入胜。但我们知道本诗是一首借物咏志的诗，所以这一联其实和上一联一样，还是展现了诗人对帝位的渴望之情。"仙峰"和"灵境"在佛家属于极乐大同世界，诗人在这里借指政通人和、百姓安居乐业的盛世。诗人不仅希望自己可以像额联中那样翻云覆雨般主持朝政，自由地实现帝王志向，更希望打造一个政治清明、国泰民安的太平盛世。

尾联"更有上方人罕到，暮钟朝磬碧云端"。与前几联不同，本联在写景、抒情之间，给人空灵缥缈、意境凄迷的美感。"上方"，主持僧居住的内室，亦借指佛寺。"暮钟朝磬"指寺庙晚上击钟，早晨击磬。本联的原意是：这座处于深山、远避尘嚣的寺庙平时很少见到人，唯有晚上击钟、早晨击磬的声音响彻云间。这给人以意境空灵的感觉，仿佛让人感觉寺庙坐落在云中，为仙人所属。前几联，我们其实可以感受到诗人的不凡抱负和想要表达的高远气象，然而这一联却把镜头拉高拉远，通过"人罕到""暮钟朝磬"以景结情，余韵悠长，仿佛要为全诗定下凄凉的主调。"更有上方人罕到"，这里也暗指帝位争夺。从来都是一将功成万骨枯，实际上的帝位争夺更加残酷。"暮钟朝磬"反映诗人似乎有些消沉，有些意欲遁入空门以求解脱之意。然"碧云端"却又翻转过来了，原来诗人的消沉是为了响彻云间。这种激励其实是最悲痛的，是自我的安慰，是一种无奈的酸涩之痛。

《百丈山》一诗看似咏山,实际上却抒发了唐宣宗在光王时期虽然落寞,但依旧心怀锐志的不屈精神。诗中也有李忱当时的落寞凄凉之情流露,但艰难曲折的生活和道路最能磨炼人的意志和品格。心怀锐志的人同样要有智慧,知道自己该什么时候隐忍,什么时候拼搏,什么时候发挥。在最佳时机到来之前,必须要做的便是蛰伏与潜藏。所以尾联虽流露出宣宗在光王时期的丝丝凄苦,但更多的是表现自己不服命运的抗争精神。

二、从诗人出身以及当时的皇室环境来研读

要想了解唐宣宗在诗中表现的复杂情感,首先就要从诗人的庶出出身以及当时的宫廷内斗去解读。

李忱原名李怡,是唐宪宗的亲儿子,被封为光王,更是敬宗、文宗、武宗三朝的皇叔。按理说,又是三朝皇叔,又是亲王身份,身份如此尊贵,怎么会在前半生一直被当作智障呢?其实这是李忱的避祸之策。

李怡是标准的庶出身份。其生母为郑氏,原是镇海节度使李锜的侍妾。后李锜举兵造反失败,落得被腰斩的结局。郑氏被迫入宫,成为郭贵妃的侍女。郑氏侍奉郭贵妃没几年,唐宪宗就看中了郑氏,并临幸了她。不久,郑氏生下了皇子李怡。曾经在身边的丫鬟突然变成了皇帝的爱妃,还诞有子嗣,郭贵妃难免产生嫉妒之心,时常利用权势去欺凌郑氏母子。作为唐宪宗的第十三个皇子,虽贵有皇子身份,但因是身份卑微的女婢所生,按照封建时代皇帝"嫡庶"的原则,他是无法与其他血统高贵的皇子们相提并论的。所以虽被封为"光王",但也备受皇室冷落。

幼年的李怡只能在郭贵妃及其子女的欺凌敌视中长大,无法得到像其他皇子那样的荣宠。缺乏安全感的李怡逐渐养成了沉默寡言的性格,常常不发一言,整日在自己的居所里幽居,表情木讷。别人拿他开玩笑逗乐,甚至是欺负他、刻薄他,他也一副乐呵呵的神情,宛如天生智障似的。于是宫里宫外的人便以为李怡是一个傻子。但其实李怡非但不傻,反而聪明绝顶。

李怡幼年时,发生过一件事,使得他更加通过疯傻来藏拙。唐宪宗晚年常服用长生药,药物的副作用使他的性情变得暴躁易怒,常常诛杀左右宦官,使得宫

中人人自危。内常侍陈弘志等人为求自保，杀了宪宗。这给李怡以警告，原来皇家墙垣之内也有生命危机。

元和十五年（820年）正月，太子李恒即位，是为唐穆宗。其生母郭贵妃晋升为太后。不过穆宗很快驾崩，他的三个儿子李湛（敬宗）、李昂（文宗）、李炎（武宗）相继即位。从穆宗即位到武宗驾崩，长达26年，郭氏一直以太后的身份操纵朝政，其间出于防范、嫉妒心理，屡次给郑氏母子穿"小鞋"。穆宗父子四人也对李怡怀着很深的敌意。

由于这些原因，李怡的母亲一直教他低调做人。李怡小时候，常常梦见自己乘龙上天，且将此事告诉母亲。郑氏跟他说："这个梦你不要乱说，以免招来横祸。"秉承着母亲的意思，李怡从小就一直沉默寡言，后来甚至装哑巴，无论在什么场合都以一副痴呆、愚笨的形象示人。这些行为对当时的李怡来说确实为明智之举，为他避免了许多额外的祸端。而这些藏拙的行为，也铸就了李怡隐忍的性格。但人的情绪压抑是有限度的，压抑得越深，爆发的力度就越大。这也是李怡之所以在《百丈山》颔联和颈联天马行空般地写出如此极富幻想，且大气磅礴、豪迈霸气的诗句的重要原因。

三、假扮"痴傻"仍难逃猜忌

李怡一直以"痴傻"的形象示人，虽然在很多时候可以躲避一些无妄之灾，但过于独特的形象也为他招来了一些麻烦。

无论什么场合，李怡都是被人取笑和捉弄的对象，不仅皇族兄弟姐妹们笑话他，就连一些皇族晚辈们也经常拿他来逗乐戏耍。文宗即位后，曾多次举行皇家宴会。在宴席上，众人欢声笑语，唯独李怡闷声不响。于是，文宗就拿他取乐，说："谁能让光叔（李怡当时为光王）开口说话，朕重重有赏！"所有人一哄而上，对他百般戏弄，但李怡始终无动于衷，像根木头一样，甚至嘴角也不动一下。看着李怡呆头呆脑的样子，大家更加开心，文宗也笑得合不拢嘴。诸王见到文宗如此，也纷纷跟着起哄。尤其是文宗的弟弟，即后来的武宗李炎最来劲，对李怡最没有礼貌。但无论遭到什么样的戏谑或羞辱，李怡都不曾发怒，脸上只有麻木痴呆的表情。

看到李怡这个样子，李炎止住了嘲笑。他觉得一个人可以在任何时间、任何场合都不被外物所动，要不是愚蠢至极，就一定是深不可测。李炎觉得李怡很可能是后者，一股不寒而栗的感觉直透后脊梁。所以，李炎登基之后，对李怡的猜忌始终没有消停。他觉得李怡如此深不可测，迟早是个祸害。

于是在武宗的授意下，围绕李怡的种种"意外事故"就开始频繁发生，如玩马球时突然从马上坠落，在宫中走路时忽然被绊倒并从台阶滚下去等等。最著名一次的是诸亲王随同天子出游聚宴畅饮回宫时，没人注意到的"透明人"李怡再一次从马背上"意外"跌落，并昏倒在雪地里。第二天一早，人们在十六宅里看见他脸上青一块、紫一块，走路一瘸一拐。

虽然经历这么多次"意外事故"，但李怡却数番死里逃生，一次次躲过了杀身之祸。之所以能够这样，除了因为李怡自身有强大的化险为夷的能力之外，还因为他的心思十分缜密。只有提前做好应对险境的所有准备，才能如此顺利地逃脱。

不过，李怡一次次的"死里逃生"反而更加重了唐武宗的猜忌之心。最后唐武宗横下一条心，不再去挖空心思制造"意外"了，决定用直接的方法，永久铲除这个潜在的祸患，一了百了。一日，四名宦官绑架李怡，把他扔进了宫厕。内侍宦官仇公武对武宗说："他没那么容易死，不如一刀杀了他吧。"武宗点头。而垂死的李怡却被赶到宫厕的仇公武偷偷地从粪坑里捞了出来，然后用粪土覆盖在他的身上，神不知鬼不觉地运出宫。当然，仇公武私自解救李怡，是为了日后能有个砝码在身上。而劫后余生的李怡从此逃离长安，在民间漂泊数载。

《百丈山》正是李怡在逃离长安途中游百丈山时所作，所以在诗中虽有豪迈的帝王壮志，但也流露出落寞孤寂之情。后世苏轼途经此处，追忆李怡的这段传奇人生时，还特地留下了一首诗《北寺悟空禅师塔》："已将世界等微尘，空里浮花梦里身。岂为龙颜更分别，只应天眼识天人。"也间接地写出了李怡身为光王时备受欺辱的凄苦处境。

四、历经磨难，方得始终

艰苦曲折的生活最能磨炼人的意志，志向高远的人会把苦难的生活转换为前进的动力。在隐姓埋名的避世期间，李怡不光写下了这首《百丈山》，他还与香严闲禅师在瀑布前对吟了著名的《瀑布联句》："千岩万壑不辞劳，远看方知出

处高。"（香严闲禅师）"溪涧岂能留得住，终归大海作波涛。"（李怡）

李怡所作后两句，由"遥想"而来，由眼前瀑布之流经溪涧而去，联想汇聚成河，终归大海，发为大波巨涛！由岩端壑顶之高到大海无际之阔，由岩壑溪涧细流之始到大海波涛汹涌之终，使人感受到一种不可阻遏的博大志向和内在动力。他把瀑布加以人格化，刻画了一种高远博大的胸襟抱负，以及不达目的不罢休的那种坚韧品格，显示出一种超俗不凡的精神力量。

自古诗为心声。禅师与光王两人深谙心迹，所以前两句上联以"千岩万壑"暗喻其境遇，"不辞劳""出处高"暗合其胸志。李怡深被触动，方有下联"溪涧留不住，归海作波涛"的抒情。结合这联诗，我们更能理解李怡在《百丈山》中潜伏于心的襟怀抱负，也就更能理解他登上帝位后的大有作为。

机会往往留给有准备的人。正当盛年的武宗因为一味求仙丹妄想长生而中毒死去。会昌六年（846年）三月，唐武宗病危，而他的儿子尚年幼，王朝没有储君，整个朝野人心惶惶。这时，早已被人们遗忘的光王李怡在宦官仇公武、马元贽等人的簇拥下回到了长安。宦官们需要的就是一个傀儡，一个可以任由他们摆布的木偶和应声虫。被宦官救出来的"弱智"光王成了新储君的不二人选。为了能够掌控皇位，幕后操纵朝政，宦官们将李怡带回长安，谋划让他登上皇位。

李怡改名李忱，顺利登基，是为唐宣宗。当唐宣宗龙袍加身，端坐龙椅，接受百官朝贺的时候，宦官们才恍然大悟，这一回他们自以为是的如意算盘彻彻底底地打错了，因为唐宣宗在金銮殿上给自己安排了一个华丽的"草根逆袭大行动"。即位后的唐宣宗骤然爆发出前所未有的气势、伶俐和胆识。他神色威严，目光从容，言谈举止沉着有力，看上去和从前判若两人。宦官们想要操控这个傀儡皇帝时，才发现事情和他们想象的完全不一样，这哪里还是当初那个口齿不清的光王？唐宣宗李忱一改往日的模样，励精图治，改革朝堂构架，罢免庸官，选拔人才，做出了许多亮眼的成绩。其精明强悍的举止，犹如太宗再世。

所谓"鹰立如睡，虎行如病"，心怀锐志之人更懂得什么时候隐忍，什么时候等待，什么时候奋起勃发。隐忍了大半生的唐宣宗刚一即位，就施展了一系列雷霆手段。首当其冲者就是武宗一朝的强势宰相李德裕及其党人。唐宣宗用行动全盘否定了会昌政治，同时迅速提拔了一大批新人，完成了对中枢政治的换血，建立了属于自己的宰执班子。唐宣宗明察果断，用法无私，从谏如流。他在大中年间所采取的政治举措，直到唐亡，仍然被人称颂。

唐宣宗在位 13 年间，国势蒸蒸日上，国民日渐富裕，是唐朝继会昌中兴以后又一段安定繁荣的时期，历史上称为"大中之治"。而史家们更是将大中之治比作汉朝的文景之治，将唐宣宗比作和唐太宗、汉文帝一样的明君。唐宣宗也因此被后人誉为"小太宗"。而这些都是与唐宣宗的自律和勤政密不可分的。皇子二十多年的政治斗争经历锻炼了他的权谋智略，流落民间的非人待遇使他更加了解民间的疾苦，因此在登基之后便将自己积攒下来的所有魄力都爆发了出来。

欧阳修曾对唐宣宗做出这样的评价："宣宗精于听断，而以察为明，无复仁恩之意。呜呼，自是而后，唐衰矣！"（《新唐书·本纪第八》）

五、结语

隐忍了大半生的唐宣宗李忱，从装傻、积蓄力量再到凭借着常人莫及和难以想象的忍耐、韬略，一步步登上皇位，并且开创"大中之治"，这样的传奇人生无不令后人为之惊叹。而他少时装疯卖傻，突然当上了皇帝，突然又秒回正常，以至成为千古名帝，这肯定不仅仅是靠耍个小聪明能够实现的。正是靠着默默隐忍，厚积薄发，多年蛰伏锤炼，才换来了他的伟大成就。虽然路程多么艰辛、多么孤寂，但只要潜心蛰伏，终会方得始终。

13. 奈何期盼憾终身

——从《菩萨蛮·题华州齐云楼》中探究唐昭宗李晔的悲愤

菩萨蛮·题华州齐云楼

唐昭宗李晔

登楼遥望秦宫殿，茫茫只见双飞燕。
渭水一条流，千山与万丘。

远烟笼碧树，陌上行人去。
安得有英雄，迎归大内中。

唐昭宗李晔是唐懿宗的第七子，唐僖宗的同母弟弟。他于唐代末世即位，在位16年，虽有心重振大唐雄风，却力不从心，只能哀叹自己生不逢时。"自古亡国，未必皆愚庸暴虐之君也。其祸乱之来有渐积，及其大势已去，适丁斯时，故虽有智勇，有不能为者矣。可谓真不幸也，昭宗是已。"（《新唐书·本纪第十》）

唐昭宗李晔（867—904年），原名杰，"体貌明粹，饶有英气"（蔡东藩《唐史演义》）。6岁被封为寿王。乾符四年（877），授开府仪同三司、幽州大都督、幽州卢龙等军节度、押奚契丹、管内观察处置等使。"帝于僖宗，母弟也，尤相亲睦。自艰难播越，尝随侍左右，握兵中要，皆奇而爱之。"（《旧唐书·本纪第二十上》）于是文德元年（888年）二月，僖宗病危，宦官杨复恭请立母弟寿王杰。三月僖宗崩，遗诏命太弟嗣位，改名为敏，即位于柩前，又改名为晔，是为昭宗。

唐昭宗是晚唐历史上一个比较有抱负的皇帝，无奈势单力薄，且当时已经大权旁落，内有家奴，外有藩镇，就算天纵才华也无力回天。在位16年，一直处于水深火热之中，不是和内臣就是和藩镇斗智斗勇，最终被叛臣杀死，实属悲剧一生。《旧唐书·昭宗本纪》记载李晔"攻书好文，尤重儒术"，是个文艺天子。然而由于战乱，现流传下的诗词也只有《菩萨蛮》二首、《巫山一段云》二首、《尚书都堂瓦松》、《思帝乡》以及《咏雷句》。其中《菩萨蛮·题华州齐云楼》一词，虽只是登高之作，但也以化虚为实的手法，真切地反映了唐昭宗奔逃避难的悲苦之情，以及对兴复大唐的渴望，同时也反映了唐末动荡不安的政局，唐昭宗纵然百般努力但也无力回天的无奈和悲哀。

一、通过文学修辞方面来解读

《菩萨蛮》原为古缅甸曲调，在唐玄宗年间传入唐朝，被列为教坊曲，也用作词牌名、曲牌名。变调，四十四字，两仄韵，两平韵。作词牌名时，其词原本以男女恋情和离情别绪为题材，但到了晚唐时期，因社会环境原因，所描写的题材也逐渐发生变化。这首《菩萨蛮》就以昭宗长安出逃避难期间登齐云楼远眺为题材，表达他"思得非常之材"，志于兴复大唐的愿望。

这首词共分上、下两片，上下衔接，一气呵成，情真语真，浑朴苍凉。上片描写昭宗登临齐云楼极目远眺的所见所感，融情于景。下片由景生情，情由景生，在翘目远望中抒发内心的忧愤，生出对"英雄"人才的企盼之心，渴望探寻大唐的政治出路，力图从无可奈何的忧愤中挣脱出来。尤其是最后两句，是诗人无力的呐喊，也是对大唐命运的悲哀，凄楚悲怆如杜鹃啼血。

"登楼遥望秦宫殿，茫茫只见双飞燕。"这里"秦宫殿"代指唐宫殿，也引申为大唐京师长安城。以秦宫殿来代指唐宫殿的原因，一则长安城在古代属秦地，二则也表明诗人内心对当时时局的绝望之心。秦到二世而亡，而秦灭亡的标志就是公元前207年刘邦率领起义军攻入咸阳城。所以，"登楼遥望秦宫殿"不光是心怀故都，更多的是对自己未来命运的忐忑。昭宗作为大唐天子、万民之王，可是即位后接连被宦臣和叛臣逼迫。此番沦落华州，又被韩建所约束，自己却无能为力，其内心因愤懑而悲观。这也是诗尾渴望"英雄"拯救的缘由。

长安城与华州相距百余里。诗人站在齐云楼上远眺，望不见长安城，只看到两只燕子在茫茫的天际飞翔。"茫茫只见双飞燕"，此处写双飞燕，是以乐景写哀情，以渲染燕子的快乐来反衬自己的失意与痛苦之情。同时"双飞燕"还有信使之意。如："袖中有短书，愿寄双飞燕。"（江淹《杂体诗·效李陵〈从军〉》）结合"遥望秦宫殿"，反衬诗人对混乱时局的关注，以及希望得到好消息的期待之情。

"渭水一条流，千山与万丘。""渭水"，水名。由于对时局的关心，诗人融情于景。渭水自西向东，奔流不息，连接着长安与华州两地，相距虽然并不很远，但却被"千山与万丘"，即起伏不平的山川与丘陵蔽掩阻挡，因而长安宫殿无法看得见。这里"千山与万丘"还有比拟政治上的障碍的意思。联系诗人成诗背景，此时的唐昭宗已被韩建控制，周边都是虎视眈眈、监视其动向的人，个人根本就没有自由可言。这些"阻隔"挡住了诗人"遥望秦宫殿"、思念长安的心，更阻隔了诗人对时局的了解。所以诗人心情愈加烦躁。想要从愁绪中解脱，只能无奈地将目光转向别处。

"远烟笼碧树，陌上行人去。""远烟"，远处原野上的云雾烟气。"笼"，笼罩。"陌上"，田间的小路。"行人去"，出行的人匆匆而走。远处茫茫的烟雾笼盖在绿树上，而田间行走的人们都急匆匆地行走。这两句承上接下，上接前两句，诗人转移目光，继续远眺，从而引出看到的只是"烟笼碧树"和"行人去"。虽然视野从"遥"到"远"，视角拉近，但入目之处依旧一片萧瑟之景，这也让诗人的心情更加烦闷，徒增空寂无依之感。这里诗人借萧疏的景色来抒发内心的满腹愁情。而这两句其实也是当时昭宗真实处境的写照。虽贵为天子，可身边皆是虎视眈眈之人，一如"烟笼碧树"，让昭宗看不到希望，看不到未来。昭宗身边可信任之人或被调走隔绝，或已惨遭奸人杀害，而其他唯利是图的臣子们也早已离他而去，各自投奔新的主人，一如诗句所写的"行人去"。作为唐朝的皇帝，却过着身不由己、四处躲避的生活，没有一个安身立命之地，且四周皆是监视之人，身边也没有一个可用之才。这样的生活又怎么不让昭宗悲哀？所以从下片开始，诗人的情绪因景生悲。诗人无力改变现实，唯有期盼。

"安得有英雄，迎归大内中。""安得"，怎么才能求得，哪里能够得到。"英雄"指昭宗可依靠的实力人物，也指可以挽救大唐命运的人。"大内"又称宫城，皇宫的总称，这里引申为朝政中心。这两句是诗人昭宗面对残酷的现实，怀着满腔幽愤，对天地发出的责问：哪里有挽救大唐的能人贤士？迎我重回朝政，结束这叛乱如云的乱世。

尾篇两句既是责问天地，也是一种期盼。虽然满怀悲愤，却是传神之笔，有破空而来之势。昭宗贵为大唐当朝天子，天下之人本应奔走而来，争抢着为之效命，然而现实却是昭宗祈求英雄相助而不得，一筹莫展，其无限悲凉之意溢于诗外。

纵观全词，以一个"望"字贯穿全篇，上片与下片都有对所见景色的描绘，"遥望"、"远"望。"遥望"是心怀故都，关心时局，"远"望是因景生情，悲愤感慨。全篇最后两句更是发出质问悲慨。全词融情入景，情景交融，通过对景色的铺排，成功渲染、烘托了愁苦幽愤的心境，也暗示了诗人处境艰难。此词脱尽浮华，情真意切，尤其最后两句更是将作者的失意、悲苦之情推向极致，读来催人泪下。全词上下紧接，一气呵成，怆怀国事，寄意深沉。

二、从诗人的生平去解析悲苦

1. 聪颖贤德，成功继位

唐昭宗李晔为唐僖宗的同母弟弟，因此受到僖宗的信赖。"僖宗遇乱再出奔，寿王握兵侍左右，尤见倚信。"（《新唐书·本纪第十》）文德元年三月，僖宗病危，群臣认为吉王李保最贤德，按长幼又排行在寿王前面，因此建议拥立吉王继位，只有左右神策观军容使杨复恭请求任命寿王监国，立为继承者。于是僖宗遗诏立李晔为皇太弟。史载："文德元年三月，僖宗疾大渐，群臣以吉王长，且欲立之。观军容使杨复恭率兵迎寿王，立为皇太弟，改名敏。"（《新唐书·本纪第十》）僖宗殂后，昭宗继位。

从昭宗的继位过程，我们看到先是李晔"握兵侍左右"，再到"群臣以吉王长，且欲立之"，最后，"观军容使杨复恭率兵迎寿王"，可见昭宗并非庸腐无才智之人。他把握时机也是非常精准，在群臣本打算立吉王时，让观军容使杨复恭力排众议，暗以武力为要挟，"右军中尉刘季述遣兵迎杰于六王宅"（《资治通鉴·唐纪七十三》），最终得到了皇位。

2. 励精图治，欲振兴晚唐

唐昭宗即位时已经21岁，不能算是少年天子。比起父兄懿宗和僖宗，昭宗"体貌明粹，有英气，喜文学。以僖宗威令不振，朝廷日卑，有恢复前烈之志"

(《资治通鉴·唐纪七十三》），是个有理想、有激情、有志气的新皇帝。即位之始，"英猷奋发，志愤陵夷"（《旧唐书·本纪第二十下》），"以先朝威武不振，国命浸微，而尊礼大臣，详延道术，意在恢张旧业，号令天下"（《旧唐书·本纪第二十上》）。朝廷气象为之一新，"践阼之始，中外忻忻然"（《资治通鉴·唐纪七十三》），给人一种走进新时代的感觉。

3. 空怀兴国志，无力回天

然而当时朝政"内受制于家奴，外受制于藩镇"。昭宗即位时，藩镇割据和宦官专权其实已经成了大唐的根本性症结所在。谁都看得出来，但谁也没有办法解决。昭宗在继位之初也曾励精图治，试图解决帝国的宦官专政和藩镇割据的问题，但是此时的大唐帝国已经再也没有可能恢复生气了。他颇想有番作为，整顿内政，重振武备，但是事与愿违，大唐事实上早已支离破碎，任何一个手中有些兵力的藩镇几乎都能随心所欲地置大唐于死地。昭宗在位16年，一直坚持解决这两大难题，但都以失败告终，非但没有解决任何问题，反而最终葬送了自己的身家性命以及大唐三百年江山。

乾宁二年（895年），唐昭宗被迫离开长安，被韩建软禁三年；后来回到长安，又被宦官软禁、废黜。光化三年（900年），唐昭宗在朱温帮助下复位，但也彻底没有了自己，成了朱温的"傀儡"皇帝。天复三年（903年），唐昭宗被朱温逼着迁都洛阳，不久被杀。

三、成诗的时代背景

《新唐书·本纪第十》记载："（乾宁三年）六月庚戌，李茂贞犯京师，嗣延王戒丕御之。丙寅，及茂贞战于娄馆，败绩。七月癸巳，行在渭北。甲午，韩建来朝，次华州。"所以，这首诗成诗时间应该是乾宁三年（896年）七月。

昭宗时，藩镇势力已成尾大不掉之势。东北面有河东李克用、河中王重荣，西南面有王建，西面有李茂贞、王行瑜等诸多势力。昭宗认识到，皇室微弱的主要原因是没有一支足够震慑诸侯的武装力量，所以藩镇才拥兵自重，目无天子。僖宗时，中央禁军已经被彻底摧毁。昭宗即位后，颇有重整河山、号令天下、恢复祖宗基业的雄心壮志，便招兵买马，扩充禁军，得十万之众，"欲以武功胜天下"，试图实现以强兵威服天下的目标。

然而多年来，各地强藩势力与朝廷百官、内廷宦官的关系盘根错节，往往牵一发而动全身。年轻气盛的昭宗本想毕全功于一役，但却引发了更大的政治危机。

大顺元年（890年），昭宗下令新军挥师东进，攻击李克用部，结果大败而归，士兵十不存一。景福元年（892年），朝廷再次派覃王率军前去攻击西面凤翔节度使李茂贞，结果又是失败，逼得唐昭宗只得下旨诛杀数位朝廷大臣来向对方赔罪。唐昭宗在一次次的失败中，进一步认识到中央禁军腐败虚弱的现实。他决定在已有的左、右神策军之外重新建立一支忠于自己的军队，重振武备，加强中央军队的战斗力。

然而这一举措却让凤翔节度使李茂贞深感不安。李茂贞认为皇帝就是为了讨伐自己，因此对朝廷的怨恨不断加深，日夜操练兵马。不久之后，李茂贞率凤翔兵对京畿地区发起攻击。由于中央禁军刚刚组建，还没有经过正式的军事训练，因此刚一交锋便全线溃败。凤翔军乘胜追击，直逼京师长安。唐昭宗君臣不得不再度逃亡。

唐昭宗仓皇逃到渭北，节度使韩建为了挟天子以令诸侯，接二连三地遣使请昭宗去华州，言辞极为恳切。昭宗原本对韩建没什么好感，一开始并没有答应他的请求。韩建亲自赶到昭宗面前，匍匐在地，泣不成声地对昭宗诉说忠心。昭宗被其说服了，便下令大队人马朝华州进发。昭宗一入华州便被囚禁了，三年后才被解救。在出逃流亡期间以及刚被囚禁时，昭宗还是对大唐前途抱有希望的，这也是这首《菩萨蛮》成诗的时代背景。

昭宗在诗中渴望的"安得有英雄，迎归大内中"最终没有实现。乾宁五年八月，因政治博弈，唐昭宗被放回京城长安，同时宣布改元"光化"。这一次的军阀混战，也使唐昭宗拥有自己枪杆子的美梦宣告破灭，因为他所能依靠的宗室诸王以及所率禁军都被杀的杀，吞并的吞并，自己已经成了一个不折不扣的光杆司令，唯有看别人脸色、做别人权力工具的份。从此，唐王朝日薄西山，再也无力与各个藩镇抗衡，为灭亡埋下了伏笔。

光化四年（901年），朱温打着救皇帝的旗号拥立唐昭宗复位，从此唐昭宗落入朱温的严格监控之下，完全成了朱温的"应声虫"，非常屈辱地度过了他生命中的最后时光。最终，早有谋唐之心的朱温弑杀了唐昭宗。临终时，唐昭宗悲哀地发现竟没有任何人能救自己和朝廷，自己的一生奋斗却最终换来了王朝灭亡。

四、结语

唐昭宗是唐朝历史上最不得志的一位皇帝。继位后，聪颖贤德而志向高远的他一腔兴国热血，颇想有番作为。他勤政图治、整顿内政、振兴武备，努力改变时局，复兴祖宗旧业。可无奈当时朝廷威令不振，皇室地位日渐低落，各地藩镇不尊号令、拥军自立，社会动荡，人心浮动，分崩离析的大环境也注定了他的悲剧。昭宗纵想有所作为，却也无力回天，而他励精图治的志向，也不过勉强使大唐多存在了几年而已。他在《菩萨蛮·题华州齐云楼》召唤英雄，"安得有英雄，迎归大内中"，但召唤而来的不是忠诚的英雄，而只能是阴谋家、野心家。昭宗济世救国的理想只能成为无奈的悲慨。最终，一个本想励精图治的皇帝，只能看着李家王朝走向衰亡，自己也成为刀下亡魂。

14. 血泪凝成春水流

——在《浪淘沙令》（帘外雨潺潺）中探析南唐后主李煜绝望的悲愁

浪淘沙令
南唐后主李煜

帘外雨潺潺，春意阑珊，罗衾不耐五更寒。
梦里不知身是客，一晌贪欢。

独自莫凭栏，无限江山，别时容易见时难。
流水落花春去也，天上人间。

在我国历朝历代众多的皇帝中，有贤明治世的，有暴虐成性的，也有昏庸至极的，而南唐后主李煜却是一个不想做皇帝的皇帝。他自号钟隐、莲峰居士，热爱诗词歌赋，本想诗词歌酒一生。不料命运却跟他开了个玩笑，太子李弘翼暴毙后，李煜被立为太子。宋建隆二年（961年），南唐元宗李璟驾崩，25岁的李煜在金陵登基，开始了他无奈而又悲剧的皇帝生涯。

南唐后主李煜（937—978年），原名李从嘉，字重光。南唐元宗李璟第六子，五代十国时期南唐末代君主。"煜为人仁孝，善属文，工书画，而丰额骈齿，一目重瞳子。"（《新五代史·南唐世家》）他的艺术造诣非凡，精书法，工绘画，通音律，尤以书法和词的成就最高。李煜虽然性格羸弱，可书法却气势不凡，风骨嶙峋，人称"倔强丈夫"。他的书法名作《春草赋》《八师经》《智藏道师真赞》等在北宋灭亡之前都是书法极品。李煜的词继承了晚唐以来温庭筠、韦庄等花间派词人的传统，又受李璟、冯延巳等影响，扩大了词的表现领域。其词语言明快，形象生动，用情真挚，风格鲜明，亡国后的词作更是题材广阔，直抒胸臆，含意深沉，对后世词坛影响深远，在词坛上留下了千古不朽的美誉。

南唐没能成就一位杰出的皇帝，却成就了一位杰出的词帝。李煜被后世尊称为"千古词帝"。王国维曾赞"词至李后主而眼界始大，感慨遂深，遂变伶工之词而为士大夫之词"（《人间词话》）。据当时记载，李煜著有《文集》30 卷和《杂说》百篇，但现今流传下来的仅有 32 首词作，其中就有惊天地、泣鬼神的千古杰作《虞美人》《浪淘沙令》《破阵子》《乌夜啼》。

相比较《虞美人》和《破阵子》，笔者认为他的绝笔之作《浪淘沙令》（帘外雨潺潺）才是他一生"做个才子真绝代，可怜薄命作君王"的真实写照。只有对《浪淘沙令》进行深入分析，才可以真正体会到南唐后主李煜深藏在内心的爱、恨、孤独和悲哀，也才能真正感受到词中的字字泪珠、千古哀音。

一、从全词文辞去解析

《浪淘沙令》原为唐教坊曲。唐人多用七言绝句入曲，"南唐李后主归朝后，每怀江国，且念嫔妾散落，郁郁不自聊，尝作长短句云……含思凄婉，未几下世"（郑方坤《五代诗话》卷一引《西清诗话》），也就是说《浪淘沙令》是南唐后主李煜始演为长短句的，双调，五十四字，平韵。而这首《浪淘沙令》（帘外雨潺潺）也是后主李煜怀念故国的绝笔之词。此词作后不久，后主李煜便被毒死。

全词分为上、下两片，基调低沉悲怆，情真意切。词人以借景寓情、以景入情的手法，哀婉地抒发了亡国之恨、囚徒之悲的心路历程，道尽了绵绵不断的悔恨之意，字字血，声声泪，如泣如诉，透露出李煜这个亡国之君的故国之思，也流露出诗人自感不容于世，也将不久于世的悲哀。可以说这首词是后主李煜用最后的生命谱写的一首宛转凄苦的绝唱哀歌。

"帘外雨潺潺，春意阑珊，罗衾不耐五更寒。""雨潺潺"，形容细雨滴落声，以声写静，表达诗人亡国后的孤寂之感。这里以雨滴声写出诗人内心的愁绪纷扰。"春意阑珊"，即将消失殆尽的春天。这里既写明了成诗时间，也暗写出诗人对自己时日无多的预感。"五更"，五更天，大约凌晨 3 点到 5 点。"五更寒"是凌晨最冷的时候。结合夜雨，这里以一"寒"字赋予全词悲凉的色调。心凉、雨冷、暮春寒，交织在一起让人痛彻心扉、悔恨无尽，更让人辗转反侧、寝不安席。全词启篇用白描的手法写夜雨和春意，营造出春暮晨寒的氛围，衬托诗人内心的悲凉。

"梦里不知身是客，一晌贪欢。"这两句运用虚实结合、今昔对比的手法。"梦"是虚写，"身是客"为实写，虚实结合。以梦的短对比现实的长，以梦的"欢"对比现实的悲哀，以梦中的主对比现实的"客"，这三重梦表达了诗人沦为亡国囚徒孤寂凄凉的心情。这里"身是客"写得极为伤感，既写出了诗人的孤寂，也写出了诗人对自己不容于世的悲叹。"一晌贪欢"更是和下片中的"无限江山"遥相呼应，写出了自己的悔恨，也让词中"别时容易见时难"的自责尤为明显。

上片的意思是：帘外传来淅淅沥沥的雨响，在这将要消失殆尽的春天，再好的锦衣罗被也抵挡不住这五更天的寒意。只有在梦境之中才能遗忘自己身为羁旅之客，享受片刻的欢愉。而梦醒之后，现实的悲痛重新袭上心头。

上片写梦醒前后的两种境界，使用倒叙的手法，将春寒放在梦前，这是以梦为反衬，突出现实的孤寂凄凉。诗人没有写梦境的具体内容，想来一定是亡国前欢快自由的日子。这里没有具体描述梦境，其实也是诗人不敢回想的意思，回想起来只会让他更加悲痛。虽然不说，却让诗人时时刻刻想起，更突出他对梦中生活的怀念，更反衬他在现实中凄苦悲凉的处境。

"独自莫凭栏，无限江山，别时容易见时难。""独自"写了诗人的孤独。"凭栏"是为了远眺。远眺，纵然有"无限江山"的阻隔，却也不能阻挡自己对故国的思念之情。然而，远眺"无限江山"的那边却已不再是南唐的国土。看着茫茫烟尘中的远方，想着那已是沦丧的国土、易土的江山，诗人只能徒增内心的悲苦。"莫凭栏"，不是诗人不想凭栏，而是不敢凭栏，是为了避免思念故国而勾起无限悲苦。这种不敢的心绪实际上更为凄楚、更为悲凉。所以，"莫凭栏"也表达了诗人对亡国的深深悔恨和对故国难回的悲哀，有反衬现实之意，反映现实中诗人被囚汴京后无限凄凉的生活。

"别时"指当初投降后被押往汴京、辞别金陵和故国的时候。"见时难"指现在被囚汴京，对故国只能苦苦思念，而无缘再见。"别时"的容易和"见时"的难，一易一难鲜明对比，蕴含了诗人多少的伤心和悔恨。更何况，这样的"别时"是永久的离别，而这种永久的离别又是如此的"易"。联系当时历史，南唐作为南方第一强国，本可一战，但李煜不通军事，不能识人，错杀名将林仁肇，在金陵被攻破后便宣布投降，让国家轻易灭亡。所以，当再回想起来时，那种自责和悔恨又让诗人心如刀割。

"流水落花春去也，天上人间。"词的末尾叹息春归何处。这里既指春，也指人。"流水落花春去也"：就像水自长流、花自飘落，春天自要归去，那么我人生的春天也将要完结。"去"字包含了多少留恋、惋惜、哀痛和沧桑。昔日君王的地位和今日阶下囚的遭遇就像一个天上、一个人间般遥不可及。"天上人间"是说相隔遥远，而这里也暗指今昔两种截然不同的人生际遇。"天上人间"语出白居易的《长恨歌》："但教心似金钿坚，天上人间会相见。"意谓天上的人间。李煜将"天上人间"用在自己的词中，也暗指自己来日无多，而"天上人间"便是自己最后的归宿。尾句写得很唯美，将自己的命运和水流花落一起去写，既有长叹水流花落、美好时光一去不返的意思，还给全词赋予了悲壮的格调。

所以，下片的意思是：孤独的我不愿凭栏去眺望远方曾经的南唐，回想起旧日的美好时光，如今故国早已不在，再去想只能徒加伤感。可谓别离容易，再想回归只能是痴心妄想。旧日的时光如同这流淌而去的江水、飘落的红花、悄然逝去的春日一样，似一个在天上，一个在地下。

诗人在下片抒怀，抒发了对故国和旧日的怀念。诗人虽然没有对故国进行具体描述，但用一个"莫"字便道出了心中的思念。"别时"和"见时"对比，再加上"无限江山"，让诗人在悔恨中无尽自责。而最后的长叹息，其实也有对自己、对故国、对旧日时光的告别。此词为南唐后主李煜的绝笔词。结合上片中的"春意阑珊"，可知李煜在写这首词的时候，其实已经知道自己时日不多了，所以这才有全词结尾处这样的告别。

二、从诗人的生平及时代背景解读

（一）李煜性格的形成

很多古书对南唐后主李煜的记载都是"不善政事"或"不恤国事"。其实李煜的兴趣根本就不在皇帝之位，而是成为寄情山水之人。而他的兴趣的形成是和他的父亲和兄长对他的嫉恨分不开的。

1. 类似元宗，深受宠爱

李煜的父亲李璟，龙衮《江南野史》卷二说他"音容闲雅，眉目若画，趣尚清洁。好学而能诗。然天性儒懦，素昧威武"。可李璟秉性疏懒，不求功名。据说被立为太子的时候，居然再三上疏推辞，恳请父亲不要立他为太子。

李璟就是这样一位秉性疏懒、酷爱美丽、总在长短句世界里企求超脱的父亲。李煜的成长受到他极大的影响。实际上，李煜同样纵情诗歌，没有当一国之君的野心。他出生于七巧节之夜，少聪颖，悟性高，喜学问，工书，善画，精通音律。像父亲李璟一样，他从小就有用文字构筑意象世界的天赋，写得一手好诗词。但因性格行为酷似父亲，反而深受父亲的宠爱。

2. 为避太子的嫉恨，潜心诗书

李煜的相貌在陆游《南唐书》卷二记载为"广颡，丰颊，骈齿，一目重瞳子"。"一目重瞳子"，古人以为是帝王之相。比如上古五帝里的舜和西楚霸王项羽都是重瞳。而这种帝王之相也引起李煜的长兄李弘冀的惊恐。

太子李弘冀心狠手辣，小肚鸡肠，猜忌多疑。面对这个拥有帝王之相且文思迅捷的弟弟，一贯猜忌成性的李弘冀感到如芒在背、如鲠在喉。由于李璟的二、三、四、五子相继夭折，所以老六李煜就成了事实上的次子，这也加剧了李弘冀的猜忌心，对李煜更加不放心。"文献太子（李弘冀）恶其有奇表，从嘉避祸，惟覃思经籍。"（陆游《南唐书》卷二）

而李煜显然也感觉到了这种敌意，加上目睹叔叔李景遂的惨死，更令他心惊胆战。为了免遭兄长的毒手，李煜选择了避祸，整天泡在诗词歌赋、琴棋书画的世界里，表现出毫不关心朝廷政事的样子。这可不是装出来的，李煜真的是淡漠名利，对权力争斗毫无兴趣。他还给自己起了一大堆外号，"钟隐""钟峰隐者"以及"莲峰居士"之类。李弘冀几次试探后，才渐渐打消了对他的猜忌和迫害。

3. 无心政治却被推上皇位

建隆二年，李弘冀暴死，李煜被立为吴王。尽管钟谟等大臣反对立李煜为太子，认为"器轻志放，无人君之度"（《南唐书·钟谟传》），主张立第七子李从善为太子，但被从小就十分喜爱李煜的李璟毫不犹豫地否决，李煜顺利当上了太子。没过多久，李璟病死南昌，李煜正式继位。想当皇帝的硬是没当上，不想当的却怎么也躲不过去，让人不得不感叹人生的命运无常。

（二）深受佛教"避世"影响

李煜出生在一个信奉佛教的帝王之家，深受佛教思想的熏陶。佛教对他的思想和文学创作也产生了极为深刻的影响和作用。

在历史上，江南是佛教兴盛之地，南唐烈祖李昪和元宗李璟都信奉佛教。李煜也继承了家族的这个习惯，与很多佛教徒交往甚密，经常与他们谈论佛理。他即位后曾多次下诏鼓励青年人剃度出家，不仅出台了很多对寺庙的优惠政策，甚至还鼓励道士改行当和尚。自己也常常与小周后穿上僧衣、僧帽，跪在佛前诵经，并作揖叩头。据史料记载，李煜为了给佛敬香磕头，竟把前额磕出了大包，痛得呲牙咧嘴。李煜如此敬佛的后果是，南唐朝廷之中文武百官也都跟随皇上信佛崇佛，如狂如痴。可见佛教对李煜的影响非常深刻。

最能体现李煜受佛教影响的是他的名号。在"钟隐""钟峰隐者""莲峰居士"这些名号中，我们可以明显感受到李煜的厌世心理。李煜号"白莲居士""莲峰居士"，都是他自觉以佛教信徒自居的体现。李煜之所以如此信奉佛教，除了上文提到的家庭影响外，还有国家环境和自身性格及经历的因素。李煜生性多愁善感，对尔虞我诈的政治生活丝毫不感兴趣，尤其是对亲人因为争权夺利而相互残杀深感痛惜。而佛教中"避世"的思想也正好为他找到了很好的心灵避风港。从他继位开始，南唐就面临着宋朝的严重威迫。面对极大的政治压力，李煜放弃了作为国家君王的责任，靠着"避世"的心理躲进诗词歌赋的世界里，追求及时行乐，直至亡国。

在他的《浪淘沙令》中，"一晌贪欢""无限江山""天上人间"其实都很好地说明了佛教思想对李煜的影响，同时也反映出他对即位后不能很好执政致使国破为虏的悔意。

（三）被囚后的羞辱

北宋开宝九年（976年）正月初四日，李煜被要求穿着白衣服，戴着白纱帽，跪在明德殿前，向赵匡胤献俘投降，赵匡胤赐封他为"违命侯"。"违命"，违反天命。李煜实际上已是囚徒，虽未杀他，但赐封"违命侯"就是对他这个当过皇帝之人最大的羞辱。而对他这个亡国之君的羞辱才刚刚开始。

李煜由帝王之尊一夕间变为阶下囚，其生活之悲惨、心境之凄苦是可想而知的。而且宋太祖怕他不甘作刘禅，怕江南旧臣聚在一起议论恢复家国之事，因而根本就不让他们有相聚的机会。李煜满腔愁苦，无人可诉，自是更加愁肠百结、寝食难安了。

宋太祖赵匡胤自灭掉南唐后，迅速吞并了吴越，实现了一统江山的宏图。功成名就之人难免心高气傲，何况他贵为万里锦绣山河之主。于是宋太祖在闲极无聊时便常常宴请群臣，谈笑做东。每逢这时，定会邀请李煜前来谈诗论词助兴。李煜不敢不去。作为亡国之君寄人篱下，内心本就苦不堪言，何况还要在宴席间承受来自宋太祖及群臣的明讽暗讥，这也使得李煜在亡国后有了更多的时间去剖析自己的过去，回忆以往的岁月，怀念自己的故国。而这一切正如他自己在词中所说的那样"别时容易见时难"。他的心中对自己没有重视南唐政务军备以及轻易投降的行为充满了愧悔，同时也对自己以前自由纵情的君王生活充满了无限的留恋。然而这种思绪和愁苦却无人可诉，也不敢对人倾诉，那就只有自我排遣了。可是只要头脑清醒，此等亡国被掳之疼又如何能够轻易淡忘？于是李煜终日执杯痛饮，酩酊大醉，以此消磨时日。可一旦酒醒，又陷入更深的悲愁之中。

宋开宝九年十月，宋太祖驾崩，皇弟赵光义即位，是为宋太宗。宋太宗免去太祖赐封李煜的一切头衔，改封为陇西郡公，取消以前优厚的待遇。囚徒的日子也越来越不好过了。李煜的噩梦也正式开始了。

做惯皇上的人一旦又做囚徒，自然会有一种强烈的落差感，也不免会发些牢骚，尤其像李煜这样的人，多情善感，又能诗善文。虽也知道妄言招祸，但酒后的李煜还是常常借诗词来抒发自己的忧伤和悲愤。而这也使得宋太宗对李煜非常不满，经常派人监视。

李煜自幼奢华惯了，靠宋朝的俸禄度日，自然入不敷出，难以为继，只好忍辱含垢向太宗诉贫。太宗很不甘愿地下诏增加了李煜的月俸，并赐给铜钱300万。但心里却十分嫌恶李煜不知足。此后，太宗更是多番折磨李煜。

据说，太宗闻李煜的妻子小周后艳丽，便常常宣入宫中，更无耻的是赵光义还让人把这个过程画下来，这就是野史有名的《熙陵幸小周后图》。

李煜本就苦不堪言，现在又受到宋太宗辱妻的污辱，这更导致李煜郁郁寡欢，常常借酒消愁。当人受到压抑的时候，就会不自然地反思怀旧。于是在这期间，李煜写下了诸多千古名篇。

三、成词的时间背景

随着李煜诸多名篇的相继问世并被世人传颂，宋太宗对这个亡国囚徒越发不满。

宋太平兴国三年（978年）七月初七，正值李煜生诞之日。宋太宗派南唐老臣徐铉名为看望，实为监视李煜。昔日的君臣今日相见，真可以说心绪万千。李煜虽然有所控制，但依旧心情激荡，竟然放声大哭起来，内疚地说："我太后悔了，当年把忠心耿耿的潘佑杀害了，真不应该。"徐铉听后顿时吓得头冒冷汗，很怕李煜再说什么触犯宋朝忌讳的话，就慌忙告辞。徐铉走后，李煜也颇为后悔所说的话。原本数篇亡国之作已让太宗对自己不满，此番自己定难过太宗之关。

果然，徐铉回来后，如实向宋太宗禀报。宋太宗听后更加愤恨，就派人给李煜送去"佳酿"。李煜没有想到太宗的报复来得这么快。他自知这"佳酿"不是好酒，但又不能不喝，于是，他端着酒杯乞命说："皇上如果允许我不死，我愿做个开封百姓，好好看看当今太平盛世。请求皇上开恩不要杀我。"然而李煜的这次乞命已然无济于事。他最终被迫喝下毒酒，结束了"薄命皇帝、悲情囚徒"的一生，时年42岁。

四、结语

君王、诗人，囚房、毒杀，李煜的一生沧桑坎坷，命运多舛。他一生寄情山水诗词，在亡国为虏期间所作诗词也显出他成熟的艺术境界与走向巅峰的艺术水准。他以朴素的词句勾勒出深远精妙的词境，融入了历史沧桑、家国命运、乱世沉浮的悲鸣，一如他的悲情故事，千年来使无数后人产生了强烈的共鸣。但李煜是一个优秀的诗人，却不是一个合格的帝王。纵然他在词中是多么留恋过去，但却又无力再回到过去，一如"别时容易见时难"。所以他的命运注定和他的词篇一样悲愁伤感，最终"流水落花春去也"，他不得不饮下牵机酒，结束了自己悲剧的一生。

15. 啼血悲鸣悲自饮

——从《燕山亭·北行见杏花》中探究宋徽宗赵佶的悲苦

燕山亭·北行见杏花
宋徽宗赵佶

裁剪冰绡，轻叠数重，淡著胭脂匀注。
新样靓妆，艳溢香融，羞杀蕊珠宫女。
易得凋零，更多少无情风雨。
愁苦。问院落凄凉，几番春暮？

凭寄离恨重重，这双燕，何曾会人言语？
天遥地远，万水千山，知他故宫何处。
怎不思量，除梦里有时曾去。
无据。和梦也新来不做。

中国历史上有位皇帝可谓艺术天才。《大宋宣和遗事》中有一段宋人评话："说这个官家，才俊过人，口赓诗韵，目数群羊，善写墨君竹，能挥薛稷书；通三教之书，晓九流之法；朝欢暮乐，依稀似剑阁孟蜀王；论爱色贪杯，仿佛如金陵陈后主。"这个官家就是宋徽宗。这样一个"善鉴工书俱第一，宣和天子太多能"（王文治《论书绝句三十首》），如此聪明才智的皇帝，当政 25 年却让整个国家奸臣当道，遍地虎狼，最终把当时世界经济文化中心的北宋给彻底玩丢了。元朝宰相脱脱感叹："宋徽宗诸事皆能，独不能为君耳！"

宋徽宗（1082—1135），名赵佶，因崇奉道教，又称道君皇帝。宋神宗第十一子，哲宗弟。哲宗病死，向太后立他为帝，成为宋朝的第八位皇帝。作为一个君主，他显然是十分失职的，在位25年（1100—1125年）间，任用蔡京、童贯、高俅等著名奸臣主持朝政，大肆搜刮民财，建造苑囿宫观，穷奢极侈，滥增捐税，搞得民不聊生，河北、浙江均爆发农民起义。对外也缺乏军事战略眼光，与迅速崛起于辽后方的金政权联手灭辽，却于损师丧财之余所获甚微，反而被金窥破了弱点，挟灭辽之威长驱南下，铁骑踏破了宋人的缓歌慢舞、纸醉金迷。北宋的历史在宋徽宗手里翻到了血与火的最后一页。宣和七年（1125），金兵南下，徽宗在京城受围困的窘迫关头传位于儿子赵桓（钦宗），自称太上皇。靖康元年（1126）八月，金国贵族再次领军南下，包围北宋京城汴京，次年三月进入汴京，维持了167年的北宋王朝灭亡。徽宗、钦宗、后妃及大臣、百工、内侍、僧道、医卜……三千多人被掳往北方，充当房奴。徽宗被囚禁在五国城（大概在今黑龙江依兰一带），过了九年幽禁生活后死去。徽宗做皇帝时，长期过着腐化糜烂的生活，为人们所不齿，被房后滚落到社会最底层，才有所醒悟。但为时已晚，最终屈辱地死于五国城。

宋徽宗有广泛的艺术爱好，懂音乐，擅书法，花鸟画十分精工，可谓多才多艺，书法、绘画俱有极高成就。声歌词赋亦擅，后人称他为"诗人皇帝"。诗词现存12首，后人辑为《宋徽宗词》。其中在位时的诗词有十首，如"欢声里，烛龙衔耀，黼藻太平春"（《满庭芳》），"龙楼一点玉灯明。萧韶远，高宴在蓬瀛"（《小重山》），都写他在位期间享受的所谓太平盛世。却不知有朝一日这样的"太平盛世美梦"终破，留给他自己的只是彻底的孤冷。剩余两首是国破被囚后所作。

从历史上看，宋徽宗实在不是一个能让人同情的人物，可以说既是昏君又是懦夫。他让自己的国家慢慢沦亡，却没有勇气直面残酷的下场，在金兵围城的紧要关头把皇位推给儿子钦宗，以近乎鸵鸟的姿态等着似乎已经命定的结局。他自己酿就的苦酒终究无法逃避。当中原半壁河山支离破碎，一座精致美丽的东京城变成人间地狱之时，他也和钦宗一起，连同妃嫔宫女、皇子公主以及京城中的宗室亲属、文武百官，数千人同被金兵掳掠而去，经受着肉体的折磨、精神的羞辱，直至死亡才得以永恒解脱。这个自幼锦衣玉食、风流恣肆的无愁天子，最终却沦落得身为臣房，别说帝王的尊严不再，就是作为一个最普通的"人"的权利也无法保证。回首家国万里，永不能返，悔恨千般，啮脐难及。从这悲惨的遭遇来看，他又实在是可怜复可叹的。这首《燕山亭·北行见杏花》就是徽宗被掳押送北上时，途中见杏花百感交集时写下的血泪篇章。

一、从全篇文辞方面去研读徽宗的血泪

《燕山亭》，词牌名，长调，上、下二阕，各十二句，上阕五十字，下阕四十九字，计九十九字。对于这首词，有人说："南唐主《浪淘沙》曰：'梦里不知身是客，一晌贪欢。'至宣和帝《燕山亭》则曰：'无据。和梦也有时（应为"新来"）不做。'其情更惨矣。呜呼，此犹《麦秀》之后有《黍离》也。"（贺裳《皱水轩词筌》）

宋徽宗的才艺学问和为人为政，与李后主有极相似之处。在历史上，两人的处境也大致相同。宋徽宗以败国之君被囚禁，有国不得回，因而与亡国之君在感情上也并无多少差异，所以他们怀念故国的词很难分伯仲，只不过宋徽宗缺少忏悔而多忧戚之情，故明代文学家杨慎评价道："词极凄惋，亦可怜矣。"（杨慎《词品》卷五）

上片，宋徽宗没有直接悲咏自己的命运，而是通过写杏花的凋零，借以哀伤自己悲苦无告、横遭摧残的命运。"裁剪冰绡，轻叠数重，淡著胭脂匀注。"开篇三句，宋徽宗描写杏花外形，并将杏花描写得极美丽。"裁剪冰绡"中的"绡"本义指薄丝绢，但加上一个"冰"字便赋予一种洁净如冰的感觉。而"裁剪冰绡"便是将杏花的花瓣形象化，如同用冰一样洁净的薄绢裁剪而成。"轻叠数重"，是说花瓣被轻轻地重叠了好几层，这里也指复瓣杏花。这里的"轻"字尤为特别，赋以杏花柔软感。"淡著胭脂匀注"，花瓣上淡淡地上了一层胭脂的颜色，十分匀称。此三句从视觉角度将杏花的外形写得美极了，尤其是连续出现的三个词语"裁剪""轻叠""匀注"，赋予杏花美轮美奂的视觉形象。其意思是：杏花的瓣儿好似一叠叠冰清玉洁的缣绸，经过不知哪里来的蕙心纨质的仙女巧夺天工，裁剪出了重重花瓣，又逐朵轻柔匀称地染上浅淡的胭脂。朵朵花儿都是那样精美绝伦地呈现在人们眼前。

"新样靓妆，艳溢香融，羞杀蕊珠宫女。"接下来的这三句把杏花拟人化，描写杏花的香气与风韵。"新样靓妆"，把杏花比为美丽的少女们。"靓妆"指温

柔静雅的打扮。"新样靓妆"的意思就是她们穿着美丽而又淡雅的新衣。"香融"指各种不可名状的香味融合为一体。"艳溢香融"的意思就是她们流光溢彩，美不胜收，身上飘出的馥郁香气沁人肺腑。诗人先把杏花比拟为装束入时而匀施粉黛的少女，她们容颜光艳照人，散发出阵阵暖香，犹如天上蕊珠宫里的仙女。"蕊珠宫"是传说中道教的仙宫。"羞杀"两字，是说连天上仙女看见她都要自愧不如，由此进一步衬托杏花的形态、色泽和芳香都不同于凡俗之花，也充分表现了杏花盛放时的动人景象。此三句以拟人的手法，从嗅觉角度着手，将杏花比作少女，结合启篇前三句写出杏花外形高雅、气韵飘逸的香韵美感。

"易得凋零，更多少无情风雨。"在描写了杏花的美丽后，诗人突然笔触一转，转而联想杏花遭到风雨摧残后的黯淡场景。"易得凋零"，美丽的花儿总是容易凋落。"更多少无情风雨"，更何况这世间有多少凄风冷雨摧残着它？这一句反问是诗人突如其来的大转折，使得对杏花的描写从前面六句的艳美变成了此后的凄美。

"愁苦。"杏花这样美好的景物竟会被现实的凄风苦雨摧残。面对这繁花易落的悲剧，真叫人忧愁烦恼！诗人在这里似乎只是用"愁苦"来悲叹花春开秋落的自然现象，其实也是用花开花落来引出对自身的悲叹。

"问院落凄凉，几番春暮？"诗人在这里不仅是怜惜杏花，更有自怜的意味。再结合"愁苦"两字，诗人看似在悲叹暮春之时庭院无人，美景已随春光逝去，显得那样凄凉冷寂。诗人是在被软禁的屋中发问，好像在问这凄凉的院落，其实是在问自己，表现自己的无助和愁苦。这两句的意思是：院落啊！你经历了多少暮春？你看见过多少次杏花的飘落？人生啊，命途多舛，又该承受多少次折磨？春光已逝，故国不存，诗人不单单是写杏花命苦，更是写自己的亡国之苦。试想，诗人以帝王之尊，本该享受"盛世繁华"，却成了亡国之君、阶下之囚，被敌人掳掠至远离故国的千里之外，其心情之愁苦非笔墨所能形容。杏花的烂漫和花开花落以及易凋零这些景象让诗人感同身受，引发种种联想和感慨。往事和现实交杂一起，使他感到杏花凋零，犹有人怜，而自身沦落，却只空有"故国不堪回首月明中"的无穷慨叹。唐圭璋云："怜花怜己，语带双关。花易凋零一层，风雨摧残一层，院落无人一层，愈转愈深，愈深愈痛。"（唐圭璋《宋词三百首笺注》）后世也赞此词"愁苦"接"问"字，其含意与李后主的"问君能有几多

117

愁，恰似一江春水向东流"相仿佛。

上片先以细腻的工笔描绘杏花，由外形而神态，勾勒出一幅绚丽的杏花图。接着近写杏花之香味，对一朵朵杏花的形态、色泽以及气味进行具体的形容。最后再因杏花高雅艳丽、香气浓郁而想到它容易凋残，进而联想到人生。诗人曾是一国"盛世"君王，可如今却成了亡国被囚之人，过去的繁华一如梦境，一如花开花落。诗人以杏花的由盛而衰暗示了自身的境遇，述写了对自身遭遇的沉痛哀诉，也表达出了内心的无限苦痛。

词至下片："凭寄离恨重重，这双燕，何曾会人言语？""凭"，请，"请求"的意思，如杜牧《赠猎骑》中"凭君莫射南来雁，恐有家书寄远人"。此处的"凭寄"一句可以理解为"请把我深深的离恨寄给故国故人"的意思。这三句写出诗人被掳北上后的屈辱而又绝望的心境。诗人深知自己一个亡国之君竟然命薄如杏花，此番北上可能今生再也没有机会归来，不禁情不能已，肝肠欲断。这时，他看到窗外有双燕比翼齐飞，不禁有所触动：请它们传信吧，可是信是不便写的；那就托它俩传话吧，可惜它们又怎么能够领会和传达自己的千言万语？一切落空，只得惆怅不已！诗人在这里借着问燕表露音讯断绝之后对故国的思念之情。当然也有诗人被监禁在屋内，看到窗外的燕子自由飞掠时，不禁羡慕燕子的自由自在，从而联想到自己，无限悲怆。

"天遥地远，万水千山，知他故宫何处。"这里的"天遥地远，万水千山"两句描写亡国后自己与宗室臣僚三千余人被驱赶着一路向北行去，跋涉了无数的山山水水，路途是那样的遥远艰辛。这八个字其实还写出了他被押解途中所受的种种屈辱折磨。"知他故宫何处"，回首南望，再也见不到汴京城中的皇宫，真可以说是"别时容易见时难"，也抒发了诗人对故国的思念之情。这里的"故宫"是"从前的宫殿"的意思。当然，这里其实也有接上面寄语给燕子的意思：纵然燕子会说人话，可以替我回去看看故人、故宫，可是路途如此遥远，相隔万水千山，它们又怎么可能飞到汴京，又怎能找到我心思万千那曾经的皇宫？这是诗人的悲叹，也更是诗人知道此生再不能南回的绝望。

"怎不思量，除梦里有时曾去。""怎不思量"，诗人以反诘语气表达怀念故国之情，一颗眷恋故国的心矢志不移。被掳后离开故国越远，这份思念之情就越强烈，于是诗人发出了"叫我如何不想它"的感慨。然而，诗人也悲慨地明白自己此生再无南返再见汴京、再见曾经居住的皇宫的机会了。没办法，再想见到思念中的故国，只能求之于梦寐之间了。"除梦里有时曾去"，在梦中自己几度回到了思念的汴京，重临旧地，见到故人，虽然梦中是那么短暂，却给自己孤寂的心带来一丝安慰。这两句抒情入微，诚血泪语，是绝望之情的流露。晏几道的《阮郎归》末两句"梦魂纵有也成虚，那堪和梦无"，以及秦观的《阮郎归》结尾"衡阳犹有雁传书，郴阳和雁无"，都是同样意思。梦中的一切本来是虚无空幻的，但近来连梦都不做，真是一点希望也没有了。这也反映出诗人内心百折千回的痛苦，可说是哀痛已极，肝肠断绝。

"无据。"些微的喜悦也是靠不住的。梦中重回故地，似有实无，朦朦胧胧，毫无证据，也说不明白。诗人通过反复申说，再到一个转折，为的是在体现思念之深切的同时突出自己亡国后的苦痛。这种痛连美梦中重回故国、故地都成了一种奢望。

下片结尾之句"和梦也新来不做"可以说表现了诗人彻底的绝望，也是全篇的情绪总爆发。连没有凭证的梦都已经不敢去做了，这真是上天无路，入地无门，告人无法，慰己无方。诗人在"无据"转折时，其实就体现了这种绝望，这种绝望还只是在现实中的；到了尾句时，这种绝望已经到了梦中，成了一种连梦中回归故土都是奢望的绝望，这是多么凄悲的啊！由此可见，诗人的绝望是如何痛入肠肝，痛入心扉。

下片诗人直接从繁花易落联想到自己的悲惨命运，先是寄语燕子南归带去自己的思念，再是期盼梦回故里，最后连做梦回故土都觉得是一种奢望。诗人通过对内心深处的描写，写出自己被掳囚一路北上的屈辱惨怛，写出自己思念故土、怀念过去的凄绝痛苦，且问且叹，如泣似诉。尤其是尾句绝望的悲叹，更是诗人痛不欲生的命运哀鸣。

二、从诗人的生平去解析诗中的苦痛

这首词，诗人写得可谓啼血悲鸣，乃至觉得连做梦都是一种奢求。而要理解到诗人在词中的悲苦，就必须结合他的生平。

1. 虽轻佻但聪明，终继位大统

赵佶，生于元丰五年（1082年），是宋神宗与陈美人之子。因他生得健壮，所以神宗赐名为"佶",意思是健壮的驸马,取自《诗经·小雅·六月》中"四牡既佶,既佶且闲"句。赵佶的母亲陈美人出身平民,为人端庄颖悟。她对神宗很有感情,在神宗驾崩不久后也忧郁而终,此时赵佶年仅4岁。赵佶虽然父母早亡,但身为皇室子弟,自幼还是受到了良好的教育。他生性聪慧,不喜欢学习正统的儒家经典,却对丹青、笔砚、骑射、蹴鞠,甚至豢养禽兽、莳弄花草等都很感兴趣。尤其在书画方面,他有着过人的天赋。他自创的"瘦金体"运笔飘忽快捷,笔迹瘦劲而又不失其肉,锋芒毕露,是一种别有风韵的字体。

赵佶虽聪慧机敏,却不是一个行为端正的人,相反,他轻佻放浪。他的密友王诜是英宗之女魏国大长公主的驸马,此人风流好色,家中姬妾成群,还经常出入青楼妓馆,公主根本管不住他。赵佶跟着王诜学到了不少恶习。他称帝后的大奸臣高俅也是王诜引荐的。因为高俅蹴鞠踢得好,后来成了赵佶的宠臣。赵佶在外面风流快活,在宫中却很守规矩,他尤其对神宗的皇后、现在的向太后非常恭敬,天天都去请安问候。这样向太后自然钟爱赵佶超过其他诸王。

元符三年(1100年)正月,年仅25岁的宋哲宗病死,且没有留下子嗣。在接班人的问题上,有话语权的只有宋神宗的皇后,即哲宗的从母向太后。由于端王赵佶日常对向太后恭敬,再加上向太后自己的小九九,于是机缘巧合之下促成了赵佶的"脱颖而出"。赵佶就在向太后的大力支持下登上了皇帝宝座,即宋徽宗,次年改元建中靖国。

2. "艺术"皇帝,终无道失政

赵佶继位前,当时的宰相章惇就曾表示反对,认为"端王轻佻,不可以君天下"。这个章惇后来被视为奸恶小人,但他的话却不幸而言中。宋徽宗的表现何止是"轻佻",简直就是一个浪漫的享乐主义者,普天下最大的败家子。党人碑、花石纲、艮岳、教主道君皇帝……每一个名词,于史鉴都是"无道失政"的代名词,而他仍然乐此不疲地追求着人生的惬意。

《宋史》中对徽宗的评价颇为经典:"迹徽宗失国之由,非若晋惠之愚、孙皓之暴,亦非有曹、马之篡夺,特持其私智小慧,用心一偏,疏斥正士,狎近奸谀……自古人君玩物而丧志,纵欲而败度,鲜不亡者,徽宗甚焉,故特著以为戒。"(《宋史·本纪第二十二》)

同为亡国君王,徽宗并不是西晋惠帝那样的白痴,也没有东吴末帝孙皓那样的残暴无度，在朝中更没有出现曹操、司马师那样操纵人主的权臣。单就智商和权术手腕而论，宋徽宗可以说得上是个绝顶聪明的人物。他在艺术上的天分不用多说，在任用臣属方面，他也绝不是任由奸臣摆布的糊涂君主。相反，当时朝廷重用的蔡京、王黼、童贯、梁师成、李彦、朱勔所谓"六贼"，都被他利用来互相制衡，借此打彼，使他们没人敢有一丝懈怠，个个努力侍奉他享乐奢靡。史评他"恃其私智小慧"。

徽宗其实算是一位艺术家皇帝，他拥有艺术家的敏感、脆弱，同时他的热情来得快去得也快。治理好国家要占用一个帝王绝大部分精力，而这与徽宗的本性是相抵触的。历史上执政经验丰富、精力充沛的乾隆，在晚年也为了摆脱烦人的政务而将权力与和珅分享，更不必说艺术玩得比乾隆专业得多、"玩"性更强的宋徽宗了。徽宗在逐渐赢得朝中各派官员的广泛支持后，很快露出了本性。

徽宗早期其实还是畏惧人言的。他曾想在宴会时用一个玉杯，又怕朝臣说他挥霍。蔡京说："现在连辽国皇帝都用玉杯，还嘲笑我们用不起这玩意。陛下本就该享受天下供奉，区区玉杯算得了什么！"在蔡京的蛊惑下，宋徽宗把他的聪明都用在怎么使自己活得更恣意上面，而根本不管这个赖以生存的国家已经被自己过度的索求逼到了崩溃的边缘。就个人而言，他既不昏聩，也不平庸，可是"君臣逸豫，相为诞谩，怠弃国政，日行无稽"（《宋史·本纪第二十二》），其后果就是自己把国家送上了不归路。从这一点来说，他又实在是昏庸无比的典型亡国之君。

3．"享乐主义"终致亡国

历史上常把宋徽宗和南唐后主李煜相比，因为两人的人生经历惊人地相似。两人都是文采风流的"艺术家"皇帝，但都成为一代亡国之君，受尽羞辱折磨而死。甚至后世还生出附会传说，认为宋徽宗其实就是李后主的转世，前者之所以亡国辱身，也是所谓"天道好还"，报复的正是当年他祖上造下的罪案：宋太祖灭亡南唐，俘虏李煜至京囚禁，最后以一杯毒酒夺去了这个孱弱的君主"此夕唯以泪洗面"的凄惨余生。这般具有宿命论的解释，似乎也削减了人们对这个北宋沦亡的罪魁祸首的责问，而更由衷地同情起这两个命运相类的薄命君王。

但宋徽宗和南唐后主李煜亡国的罪孽却是不同的。徽宗因为享乐无道失国，要比南唐的灭亡更加罪孽深重。南唐被灭，是汉民族的内斗，并不是文化的毁灭，也并没有使南唐人民从此陷入苦难地狱。而北宋的亡国，却实实在在是将半壁江山、千万人民推入外夷手中。这不光是文化的破坏，更是汉民族的血泪。史册记载，金破汴梁之后，除了挟皇室贵戚和大批金珠北上之外，"凡法驾、卤簿、皇后以下车辂、卤簿、冠服、礼器、法物、大乐、教坊乐器、祭器、八宝、九鼎、圭璧、浑天仪、铜人、刻漏、古器、景灵宫供器，太清楼秘阁三馆书、天下州府图及官吏、内人、内侍、技艺、工匠、娼优，府库畜积，为之一空"（《宋史·本纪第二十三》）。这真是一场文化的浩劫。而金人带给京城百姓的，除了掠夺，还有践踏和毁灭，其中女性的遭遇犹惨。有一个不完全的统计，金人共有女俘11635名（《开封府状》）。而据《呻吟语》记载，金兵押解俘虏分七批北上，其中单第一批就有妇女3400余人，抵达燕山的时候仅存1900多人，短短一个月死亡一半，可想当时金人摧残之烈。这还是宗室贵女的命运，民间的妇女更无法想象经受了何等的蹂躏。所以，徽宗在词中表达的屈辱痛苦是真实的，正是因为他贪图享乐，最终致使万千北宋子民遭受苦难。

三、成诗时间及时代背景

1. 成诗时间

《燕山亭·北行见杏花》这首词在写作背景上与徽宗的另一首《眼儿媚》相同。虽都是国破被掳后所作，但《眼儿媚》在时间上可能稍迟一些。靖康二年（1127年）正月，金军先后把北宋太上皇宋徽宗和皇帝宋钦宗拘留在金营，二月六日金主下诏废宋徽宗、宋钦宗为庶人，另立同金朝勾结的原宋朝宰相张邦昌为伪楚皇帝。四月初一日金军俘虏徽、钦二帝和后妃、皇子、宗室、贵戚等3000多人北撤，宋朝皇室的宝玺、舆服、法物、礼器、浑天仪等也被搜罗一空满载而归，北宋从此灭亡。这就是所谓的"靖康之耻"。徽宗和钦宗为金人掳去，囚禁于五国城。《眼儿媚》便作于徽宗囚禁五国城期间。到了那个时候，宋徽宗的眼里早已没有了汹涌的泪水，而是消极地认识到了自己的未来，"春梦绕胡沙"，就是梦里再也走不出这万里胡沙、绝迹荒寒，回不到梦里的故国了。所以《燕山亭·北行见杏花》也大致为宋徽宗在1127年被掳前往北方五国城途中见杏花后托物兴感而作。

宋人确庵、耐庵编纂的《靖康稗史笺证》一书内含七种稗史，从不同角度记载了北宋都城陷落始末及宋宫室宗族北迁和北迁后的情况。其中的《宋俘记》

记录了被掳宋俘北行途中的悲惨之状。汴京破时，两位皇帝的女儿们都未曾出嫁，然而好几位公主却在两个多月内都怀孕了。三月四日，在今延津、滑县间渡黄河时，"万户盖天大王迎候，见国禄与嬛嬛帝姬同马，杀国禄，弃尸于河，欲挈嬛嬛去，王以奉诏入京语之，乃随行"（《青宫译语》）。开始几天嬛嬛帝姬一直和千户国禄在一起，盖天大王横刀夺爱，后又强暴了赵构之妻邢妃，在途经今河南汤阴县时邢妃自尽，但没有死。公主妃子尚且如此，可见当时亡国君臣在押送他们的金军眼中的地位。书中还有一些数据也从侧面记载了这一路上的惨状，城破时被掳走的第一批"妇女三千四百余人"，三月二十七日"自青城国相寨起程，四月二十七日抵燕山，存妇女一千九百余人"（《宋俘记》），一个月内死了近一半，可见当时被掳君臣在北行途中已经是朝不保夕了。因此，才会有徽宗在词中连梦回故土都觉得是奢望的悲痛。

我们可以想象当时的情景：靖康二年三月，一群群北宋亡国俘虏如同牲口一般被凶狠的兵士押解，艰难跋涉于北上的道路。他们曾经是这个国家最娇嫩、最尊贵的金枝玉叶，这时却连生存都难以保障，就像零落的花朵，肆意遭受践踏凌辱，死亡相继，苦恨万端，在一片惨淡哀痛的气氛中被驱赶着走向敌国的囚禁地，先是韩州（今辽宁省昌图县），后又迁到五国城，都是东北荒寒之地，在当时是人烟荒芜之所。北国的早春没有东京汴梁城的繁花似锦，拂面的东风中甚至带着凛冽的寒气。在这空无所有的荒野之中，忽然看到一树如粉如霞的杏花孤独地开在道旁。作为北宋太上皇、此刻却沦为阶下囚、被辱封为"昏德侯"的徽宗，在过去恣情放荡的二十五年帝王生涯中自然无数次地赏春花、玩秋月，他看过"杏花笑吐香犹浅"的艮岳丽景，看过"骏骑骄嘶，杏花如绣"的东京风光，看过"玉楼人醉杏花天"的青楼春色……前半生的风花雪月，到此一变成为无休止的悔恨，无穷尽的哀怨，而这凄苦肃杀的天地之间，这一树"易得凋零"的繁花，成为他对生命中所有美丽和欢乐的追忆，也成为这一刻满心沉痛凄伤的来源。"天遥地远，万水千山，知他故宫何处？"在这凄凄惨惨、连归去美梦都不可复得的残酷现实面前，他只有绝望的悲鸣。可是悲鸣又有何用？

2. 亡国君臣北上一路的屈辱

靖康之变后，徽宗的第九子赵构逃到南京（今河南商丘）称帝，即宋高宗，史称南宋。而被俘的徽宗等人于同年十月被押送到大定府（今辽宁宁城西）。第二年七月,又被押送到金国都城上京会宁府(今黑龙江哈尔滨市阿城区南)进行献俘仪式。徽宗在被俘之后就受尽了屈辱,金太宗还封他为"昏德公"加以羞辱。

到达会宁后,因当时南宋和金正处于交战状态,金太宗为了羞辱宋高宗赵构,令靖康之变被俘的高宗生母韦太后和嫡妻邢皇后这两位南宋王朝最尊贵的女人一同为他侍寝。在会宁的金国太庙前举行献俘大典时,除了徽、钦二帝二后稍有点尊严外,其他所有被俘人员一律"肉袒",就连南宋宋高宗的嫡妻邢皇后也逃脱不了在异族男人众目睽睽下袒胸露乳的厄运。献俘礼结束后,被俘的皇后、妃子连同其他宫嫔、公主共三百多人又都一同被遣送到"浣衣院"。从字面看,浣衣院好像是洗衣服的机构,其实不然,它实际上是供金国君臣消遣的场所,也就是金国君臣的专用妓院。

献俘大典没过多久,被俘的徽宗与钦宗等宋朝君臣宗亲共计900多人又被押往韩州,后又押往五国城。在金朝苟且偷生的几年里,每逢丧祭节令,徽宗都会得到金人赏赐的财物酒食,不过他每次都必须写一封谢表。这些谢表后来被金人集成一册,拿到边境与南宋贸易的榷场去卖,一直卖了四五十年。这样徽宗也被宋朝臣民痛骂了几十年。

3. 终在屈辱悲惨中离世

南宋绍兴五年(1135年)四月,受尽折磨的徽宗病死在五国城,终年54岁。一代风流帝王就这样悄无声息地埋骨于胡天荒漠之中。他去世的消息直到绍兴七年(1137年)九月才传到南宋。宋高宗赵构追谥他为"显孝皇帝",庙号"徽宗"。绍兴十二年(1142年)八月,即徽宗死后七年,才根据协议将其棺木从金朝运到南宋京都临安(今杭州),随后葬于永佑陵(今浙江绍兴东南35里处)。而徽宗死后140多年,南宋亦亡于蒙古。

四、结语

宋徽宗在位25年,宠信奸佞,玩物丧志,最后落得国亡被俘,惨死异乡。他的惊世才华令后人叹服,他因贪图享乐而任用奸佞、无道亡国的经历也令世人扼腕。曾经繁盛一时的北宋王朝到他这里就灭亡了,他被掳北上途中写下的这首《燕山亭·北行见杏花》既是他怀念昔日、思念故土的悲叹之作,也是他百感交集、悲叹命运的血泪之歌,更是他痛悔自酿苦酒的啼血悲鸣。

16. 苦命悲情老终殇

——结合《在燕京作》看宋恭帝赵㬎一生的悲歌

在燕京作

<small>宋恭帝赵㬎</small>

寄语林和靖，梅花几度开？
黄金台下客，应是不归来。

在中国古代，有许多非常有特色的皇帝，如亭长当皇帝的汉高祖刘邦、和尚当皇帝的明太祖朱元璋、驿卒当皇帝的大顺永昌帝李自成等等。他们大多利用自己的聪明才智，通过一步步努力，从草根逆袭成为皇帝。但也有从皇帝之位转为草根的，并且还成为一代高僧。那便是南宋皇帝宋恭帝赵㬎，一个命运坎坷的苦命皇帝。他年仅三岁便登上皇帝宝座，两年后便沦为亡国之君，随即成为异族的阶下囚，十余年后才摆脱幽禁的命运，出家做了和尚。然而让人没想到的是，这位在佛学界已经颇有成就的高僧，在晚年却因年轻时所作的一首"隐晦反诗"而被杀。

宋恭帝赵㬎（1271—1323年），宋朝第十六位皇帝，南宋第七位皇帝（1274—1276年在位），冲龄践阼，在位仅两年，无庙号，张世杰等人曾为其上过尊号孝恭懿圣皇帝。他是宋度宗赵禥次子，母亲皇后全氏。咸淳十年（1274年），度宗病逝后，权臣贾似道为能控制朝政，力主立嫡子赵㬎继位。谢太后也有意立赵㬎为皇帝。最终，赵㬎被拥立为帝，是为宋恭帝。而他又和他的哥哥宋端宗赵昰、弟弟宋怀宗赵昺合称为"宋末三帝"。恭帝即位时，因为年龄太小，表面上由谢太后临朝听政，但实际上南宋的军国大权仍然牢牢地掌握在一代巨奸贾似道手中。德祐二年（1276年）正月，谢太后向元朝献上降表、玉玺投降，"太皇太后命用臣礼"。投降元朝后，忽必烈宣布废其帝号，封为瀛国公。"瀛国四岁即位，而天兵渡江，六岁而群臣奉之入朝。"（《宋史·本纪第四十七》）至元二十五年（1288年），忽必烈诏令他出家，并将他送往远离中土千里之外的吐蕃西藏萨迦寺出家学习佛法，法号为合尊。至治三年（1323年），因一首年轻时所作的诗被猜忌认定为反诗，元英宗下诏将他赐死，终年52岁。

恭帝赵㬎幼时登基，两年后便成了亡国之君，被掳到大都宫苑内囚禁。元朝宫廷大多信仰喇嘛教。懵懂的赵㬎一天天长大，在周围环境的熏陶下，开始对喇嘛教产生了兴趣。少年时奉诏出家，在西藏钻研佛法。他的文学事迹在历史上并没有记载，但在佛学研究方面却取得了很大的成就，成为一代高僧。在零星散乱的藏文材料中偶有记录他出家后的生活。赵㬎在西藏长期过着虔诚的僧侣生活，每日潜心钻研佛经研究和翻译工作，成为把汉文佛典译成藏文的翻译家，并且还担任过萨迦大寺的总持，成为当时西藏的佛学大师。他四处讲经，把《大乘百法明门论》和深奥的《因明入正理论》这两部佛教经典翻译为藏文，为佛法经典在西藏喇嘛教中的传播作出了很大贡献，被藏族史学家列入翻译大师的名单。赵㬎一生流传下来的诗词作品很少，只有一首《在燕京作》，又名《赐汪元量南归》。

这首诗是赵㬎在汪元量即将南归之时的赐诗。诗人通过与北宋大诗人林和靖隔时空对话的方式来抒发愤懑的胸怀，表现了亡国之君对故国的怀念和有家难归的悲凉心情。"始终二十字，含蓄无限凄戚意思，读之而不兴感者几希！"（陶宗仪《南村辍耕录》卷二十）"意愈悲而读之不露，殊有唐风，然可哀愈甚矣。"（胡应麟《诗薮》外编卷五）也正是因为这首诗，让敏感多疑的元英宗看到了赵㬎的谋反之意，一旨诏书让已是年过半百的他魂归西去。关于赵㬎的遇难，官方史书并无记载，释念常《佛祖历代通载》却提到此事，书中写道："是年（至治三年）四月，赐瀛国公合尊死于河西，诏僧儒金书藏经。"就这样，南宋的亡国之君恭帝赵㬎走完自己曲折、坎坷的一生。而这首"反诗"也成为恭帝赵㬎一生的悲歌。

一、从全诗文辞方面解读恭帝的悲愤

这首诗为五言诗，诗意简单明了。分为上、下两部分，平淡如白水的二十个字中，却隐含着无限悲戚，读来令人黯然神伤。

上半部分："寄语林和靖，梅花几度开？"启篇两句，诗人别出心裁，没有像其他文人一般用景来铺垫，而是直接使用隔时空对话的形式进行抒情。"寄语"指所传的话语，有时也指寄托希望的话语。而这里用"寄语"，是因为诗人所对话的人并非当世之人。林和靖是北宋著名的隐逸诗人。大约在40岁左右的时候，他选择在当时人烟稀少但风景秀丽的西湖孤山开始长达20年不入城市的隐居生活。白居易的诗篇中也曾有"孤山园里丽如妆"的诗句，描绘孤山的美丽风景。孤山原本是有梅的，只是为数不多。林和靖居住后，因梅有孤芳自赏、高洁优雅等品格，无不与林和靖的性格情趣相契合，便广栽梅树。他从住处开始种梅，一路种来，一直到湖边，又因山傍水延伸开去。从青梅如豆到枝头累累，从孤山到梅花屿，每一株梅树都灌注了他的心血。他如此爱梅，曾有"梅妻鹤子"一说。恭帝赵㬎在诗作中与北宋诗人林和靖遥遥对话，询问梅花的开落，既可以看做是诗人对林和靖隐居避世、优哉山林的向往，也可以看做是诗人向往自由的美好心情。然而诗作真如字间意思的话，赵㬎也不会被猜忌而老年丧命。

西湖孤山本在临安城外，而临安是南宋的故都。恭帝赵㬎与古人时空对话询问梅花，其实是因为诗人思念故国，却又不敢明说怀念临安、怀念故国。前朝旧事历历在目，三百年前南唐后主李煜就曾因写了一句"小楼昨夜又东风，故国不堪回首月明中"便被诗人的先祖宋太宗毒杀。诗人与李煜相同的是，都是亡国之君，都被囚禁没有自由，所以诗人怎敢怀念临安、怀念故国呢？不能够直抒胸怀，就只能通过诗作含蓄表达，用一种看似向往田园生活的笔触隔着时空悄悄问一问生活在临安的老诗人：从我走后，梅花几度开落？开篇这两句都是无意识的"痴语"，仿佛牵扯不到"故国之思"上去，而淡淡的哀愁却从这"痴语"中流露出来。所以这一句既包含了诗人对故国的怀念之情，也抒发了对元朝侵略南宋的愤慨。这种有国难归、有家难回的无奈，同时也是诗人对自己无力抗争、改变命运的悲叹。

下半部分："黄金台下客，应是不归来。""黄金台"是一个典故。《战国策·燕策一》记载："于是昭王为（郭）隗筑宫而师之，乐毅自魏往，邹衍自齐往，剧辛自赵往，士争凑燕。"战国时期，燕国国君燕昭王一心想招揽人才，但时人皆认为燕昭王仅仅是叶公好龙，不是真的求贤若渴。燕昭王寻觅不到治国安邦的英才，整天闷闷不乐。智者郭隗便给燕昭王讲述了"马骨千金"的故事，说："你要招揽人才，首先要从招纳我郭隗开始。像我郭隗这种才疏学浅的人都能被国君重用，那些比我本事更强的人，必然会闻风千里迢迢赶来的。"燕昭王采纳了郭隗的建议，拜郭隗为师，为他建造了宫室，后来没多久就引发了"士争凑燕"的局面。所以，后世亦称"黄金台"为招贤台。

德祐二年（1276年），南宋降元。忽必烈在得到南宋降表后，为了笼络人心，没有大肆杀害南宋降元君臣，只是将小皇帝赵㬎、其母全太后以及皇族宗室、文武百官全部押往大都。五月初二，忽必烈召见赵㬎，废其帝号，封为瀛国公，并妥善安置了南宋皇室成员，并且赐予丰厚的赏赐，但限制众人的自由。所以，这里的"黄金台"代指燕京、大都。赵㬎在这里通过"黄金台"的典故，赞美蒙元皇帝忽必烈是一个贤良有大志的皇帝，和战国的燕昭王一样。同时也通过"黄金台"又是招贤台这一典故，表示希望帮助元朝招揽天下贤能人士。"下客"在这里也是侧面说明自己来到燕京，并非是国灭被虏，而是被蒙元皇帝忽必烈的真诚招贤所感染，心悦诚服地当客卿、门客。

有了前面路线正确地对元朝的鼓吹，就有了尾句"应是不归来"，如同汉末三国蜀国亡君刘禅"乐不思蜀"一般的妙趣。把自己不能南归的原因解释为深慕蒙元皇帝忽必烈的贤能而不愿意归去，不愿意回到临安。事实上是"命中注定"不可能回去了。赵㬎不敢像南唐后主李煜那样随性而发，说什么"无限江山，别时容易见时难"，从而给自己带来杀身之祸。他只能用在元朝看来"路线正确"的歌颂口吻，把自己的忧思深藏在诗中。"应是不归来"的"应是"二字便包含了"无可奈何"的悲伤。这里的"应是"与前面的"寄语"遥相对应。为什么要寄语？因为永远不可能再回到临安了。诗人在这两句中隐晦地抒发了自己内心的愤慨，以及对自身囚禁身份的悲哀，也奏响了全诗悲慨的乐符。

二、从诗人的生平去解读诗人的悲愤

1. 幼年登基降元被虏

恭帝赵㬎生于风雨飘摇的南宋末年，其父正是可与晋惠帝齐名的"白痴皇帝"宋度宗赵禥，生母则是全皇后。宋度宗虽然天生愚痴，但在纵欲享乐方面却天赋异禀，其荒唐程度跟养父宋理宗相比是青出于蓝而胜于蓝。宋度宗即位后，虽不擅长治理国家，但吃喝玩乐花样繁多，将国家大政一股脑儿交给权臣贾似道，自己则每天在帝王的光环下宴坐后宫，与妃嫔们饮酒作乐。其在位十年，每天放纵欢乐。贾似道也是个荒唐龌龊的主儿，占据着摄政的职务（太师、平章军国重事），但每天却不理政务，只以斗蟋蟀、盘剥百姓为乐（"尝与群妾踞地斗蟋蟀，所狎客入，戏之曰：'此军国重事邪？'"《宋史·列传第二百三十三》）。这对贪图享乐的君臣将富庶繁荣的江南搞得疲弊不堪，也把国家推到了毁灭的边缘。咸淳十年（1274年），就在蒙元大军以摧枯拉朽之势进军临安时，宋度宗却因为过度放纵而驾崩了，侥幸与"亡国之君"的身份擦肩而过。度宗生前没有册立太子，所以在他病死后，谢太后、贾似道以赵㬎是嫡子为由（皇长子赵昰是庶出），主张扶立他为天子。就这样，年仅三岁的赵㬎在懵懂中被推上龙椅，史称宋恭帝。

恭帝在大臣们的辅佐下登上皇位后，因年幼无知，谢太后便在其后垂帘听政。但军权在奸臣贾似道手里。恭帝此时还不知道，南宋已经被度宗倒腾得只剩一个空壳。他也不知道南宋即将灭亡。小皇帝的宝座还没坐热乎，懵懂的双眼还未认清楚这乱象丛生的世界，稚嫩的内心还不懂得什么叫做国耻家仇，蒙元大军便已兵临城下。德祐二年（1276年）正月十八日，穷途末路中的太皇太后谢氏决意投降，并以赵㬎的名义发布退位诏书，随后便派人向敌军主帅伯颜献上降表和传国玉玺。恭帝三岁登基，五岁便成了亡国之君。

谢太后、宋恭帝投降后，连同皇室大部分成员一起被掳往北方，沦为蒙元的阶下囚。好在元世祖忽必烈对年幼的宋恭帝还算客气，不仅保全了他的性命，还封他做瀛国公，待遇颇为优厚。

2. 亡国被囚的羞辱让恭帝慢慢懂事

刚入上都时，元世祖忽必烈为了笼络汉人人心，对降元的宋朝君臣还算客气。可过了几年后，忽必烈在榨取完南宋君臣的最后一点价值后，就毫不耐烦地将他们迁到更北的上都。到了至元十九年（1282年），中书省奏请皇帝将瀛国公迁居到上都（今内蒙古多伦县西北石别苏木），元世祖批准了这个建议。

可怜这一对孤苦伶仃的母子俩，毫无权势力量，在亡国之痛外还要感谢元世祖的不杀之恩。这种毫无民族气节的人很是让元朝人看不起，遂将他们软禁在深深的宫苑之中，经常加以凌辱，还不许他们与外人接触。据传，当时随二人前来

129

的几位宋朝宫女，由于不能忍受元朝人的凌辱与虐待，来到大都不久后就自缢身亡了。其中一位宫女曾留下绝命诗一首："既不辱国，幸免辱身。世食宋禄，羞为北臣。妾辈之死，守于一贞。忠臣孝子，期以自新。"全太后也是顾及年幼的恭帝无人照料，才没有自杀，强忍着元人的羞辱罢了。在这种凄惨的生活下，随着年龄的增长，赵㬎渐渐了解了自己过去至尊的地位和眼下屈辱的处境，心情凄伤，抑郁不开。他懂得了亡国之恨，学会了隐忍，学会了把心思埋于心间。这也造就了《在燕京作》这首诗，虽有万般愤慨，却不得不在屈膝卑微中抒发。

3. 南宋降臣的爱国启蒙教育

南宋降元以后，文武百官皆随"三宫"（太皇太后、谢太后、恭宗）被虏到大都，后因利用价值被榨干而被迁居更北的上都。在被虏的南宋文武百官中，有不少是非常有正义感的爱国文人，比如本诗的另一个名字《赐汪元量南归》中的汪元量。

汪元量，字大有，号水云，钱塘人。他是恭宗的琴师，也是一位诗人。他的诗多记录南宋国亡前后的事情，慷慨悲歌。后世文人将他比作杜甫，所以他的诗也有"诗史"的称号。汪元量一生著有诗集《水云集》《湖山类稿》，词集《水云词》。清人钱谦益在《跋汪水云诗》中称汪元量的诗："记国亡北徙之事，周详恻怆，可称诗史。"

汪元量"度宗时以善琴出入宫掖"（潘永因《宋稗类钞》卷三）。度宗喜好歌舞音乐，而汪元量又特别擅长琴技，所以可以自由出入皇宫，颇得度宗喜欢。度宗驾崩后，他成为恭帝的琴师。南宋献降之后，他便一起随从亡国君臣被虏去大都，后又随从迁居到更北的上都。被囚多年，尤其是亲身感受并目睹了元人对亡国君臣的凌辱，汪元量对于亡国之痛感受极深，经常和同去的宫人"涕泣成句"，并写下了大量的爱国诗篇。作为恭帝的琴师，他也一直属于恭帝近身服侍之人。对于年幼懵懂的恭帝，他既心疼也期盼。赵㬎在被囚期间，蒙元人希望他成为一个不学无术之人，不给他安排启蒙老师，不让他接触汉学文化。汪元量利用自己的琴师的近侍身份，亲力亲为、尽心竭力地对赵㬎进行引导和启蒙。赵㬎自幼在俘虏囚禁生活中长大，在汪元量和其他一些亡国旧臣这里慢慢学会了一些汉学文化，也在汪元量等的教导下渐渐学会了作诗。

汪元量的诗慷慨正直，敢于指名痛斥投降误国的三宫之首谢太后。如《醉歌》中"侍臣已写归降表，臣妾签名谢道清"；还揭穿谢太后屈膝自保的用心，"谢后已叨新圣旨，谢家田土免输粮"（《湖州歌九十八首其八十五》）。甚至在谢太后死去，他还愤慨地写道："事去千年速，愁来一死迟！"（《太皇谢太后挽章其一》）在这么一位"老师"的教育下成长起来的赵㬎，其所作诗也不免充满了慷慨悲歌，充满了对故国的怀念和对亡国的悲痛，这也是这首《在燕京作》中隐晦抒发悲愤的原因。

三、从成诗的时间以及当时的环境去解读

根据史料记载，汪元量在元世祖至元二十五年（1288年）出家为道士，获南归，次年抵钱塘。后往来江西、湖北、四川等地，终老湖山。《在燕京作》又名《赐汪元量南归》，应当是至元二十五年赵㬎"客"居大都时所作。

1279年，南宋最后一个小皇帝——年仅八岁的末帝赵昺被元军逼得走投无路，只好跳海而死，南宋彻底灭亡，元朝一统天下。最早降元的谢太后、恭帝等南宋君臣们也没有了利用价值。但元世祖忽必烈一直没有放松对这些降元君臣的戒心。大约在1280年，谢太后曾以水土不服为由，想让元朝放自己一马，携赵㬎迁徙南方。但忽必烈并未同意，反而加紧了看管，打算把他们囚禁到死。

为了消除南宋降君的复国隐患，忽必烈从一开始便禁止幼小的赵㬎学习汉学知识，反而专门安排蒙元教师教授蒙元文字以及佛学经典，而这也为赵㬎后来入藏成为一代高僧奠定了基础。当然也给了南宋一些忠君爱国、盼望复国的降臣们一丝希望。因为蒙元是藏佛文化，信奉藏佛，他们期盼可以通过赵㬎学佛来消除元世祖的猜忌，从而实现南归的愿望。于是，赵㬎开始苦心研究蒙元文化以及佛学经典，把对故国的怀念以及对蒙元的憎恶深藏心中。他希望通过学习佛学来消除忽必烈对他的戒心，躲避未来的杀身之祸。

至元二十五年，赵㬎已年满十七，悄然成为一个俊朗的少年。当赵㬎喜欢研究西藏文化以及佛学经典的传闻传入忽必烈耳中时，忽必烈很是欢喜。可召见后，面对已是俊朗少年的赵㬎，元世祖的内心又泛起了担忧。他担心留着赵㬎终将成为后患，准备除掉他。得知这一消息后，赵㬎赶忙上书，说自己厌倦尘世，期望可以永生为僧，以绝元世祖的疑虑。忽必烈应允。至元二十五年十月，忽必烈下诏派遣赵㬎去西藏萨迦寺削发为僧，定法号为"合尊"，学习梵书、西蕃字

经。"宋主以王位来归,学佛修行。帝大悦,命削发为僧宝焉。"(释念常《佛祖历代通载》)。同时,为绝后患,忽必烈命人将赵㬎的生母全太后送往另一个遥远的地方当尼姑,将母子二人遥遥相隔。

既已削发为僧,便只能孤身一人。面对忽必烈的诏书,南宋降臣们虽有不舍,但也只能依依告别。同年,汪元量也以出家为道士为由奏请,被获准南归。在大都,师徒二人即将分离,依依告别。面对多年来殚精竭虑帮助自己、亦师亦友的汪元量,赵㬎不禁悲从心起。他再也无法隐藏内心的悲苦,一时之间,故国之思、国耻家仇、生死分离让他久已隐忍的心泛起了波澜。他感到自己的心在滴血。就这样,带着无比痛苦、愤懑的心情,赵㬎写下了这首代表自己一生悲歌的诗作《在燕京作》,隐晦表露他怀念故国故土,而又无法归去的悲苦思绪。

四、巧合被杀,悲凉一生

至元二十五年,元世祖赐给赵㬎许多钱财,遣送他入吐蕃习学佛法。从此,赵㬎长期居住于西藏萨迦大寺,更名为合尊法师,号木波讲师,过着清苦孤寂的庙宇生活,终日以青灯黄卷为伴,潜心于学习藏文,研究佛法。通过多年的苦读,赵㬎通晓了藏文,贯通了佛学,成为佛门学问僧,一度担任过萨迦大寺的总主持。如果按照这种轨迹进行下去的话,赵㬎最终将会以一位高僧的身份载于佛教史册,成为后世景仰的对象。然而令人万万没想到的是,在赵㬎年近半百之时,由于这首隐晦的"反诗",他的人生轨迹发生巨变,并最终断送了性命。

1. 暴躁脾气的元英宗

在赵㬎入藏34年之后的1323年,当年不可一世的元世祖忽必烈早已死去,这时已是元廷第五位皇帝元英宗统治时期。元英宗时期,蒙元在中原的统治基本成形,各地起义、反叛的声音虽也有,但已不再多见。元英宗自幼受儒学熏陶,登基后继续推行"以儒治国"政策。元英宗的新政使得元朝国势大有起色,但却触及蒙古保守贵族的利益,引起了他们的不满。最终发生了"南坡之变",英宗被杀。

元英宗被杀的原因有很多。史学家们总结的原因中有一条是他脾气暴躁。"英宗性刚明"(《元史·本纪第二十八》),这或许是因为英宗长期受太皇太后的压抑,比在他之前的任何一位皇帝都热衷于表现天子的威严。所以,英宗即位之后，多有因言论治罪的案例。至治元年（1321年），监察御史观音保、锁咬儿哈的迷失、成珪、李谦亨等劝谏寿安山佛寺的营造工程，奸臣琐南向英宗挑拨说他们是"讪上以扬己之直，大不敬"（《元史·列传第十一》），于是，元英宗竟然杀害了观音保和锁咬儿哈的迷失，把成珪、李谦亨流放到黑龙江下游的奴儿干。在赐死赵㬎的同一年，与元英宗关系亲密的艺人史骠儿在表演时有"酒神仙"的唱词，正处于酒醉中的元英宗便认为是讽刺自己，大怒，下令杀害史骠儿。当然，元英宗毕竟还不是纯粹的暴君，他在酒醒后发现史骠儿已死，后悔地叹息"骠以酒讽我也"（王逢《梧溪集》卷四）。在赐死赵㬎之后也是"既而上悔"。但是，元英宗明知自己暴躁而不能约束，以一腔热情推进其政治蓝图，最终把自己带入了政治上的死地，酿成"南坡之变"。元英宗去世时年仅21岁。

2. 因无妄文字狱而被毒杀

元英宗自出生以后便一直在父亲仁宗的身边长大，从小便开始接受儒家学说的教育，使英宗的文学造诣非常高深。也是机缘巧合，在赵㬎入藏削发为僧的34年后（1323年），这首写于至元二十五年的《在燕京作》偶然间被元英宗看到。英宗可不是其他马背皇帝，他自幼熟读儒家书籍，诗中的隐晦难不倒英宗。于是，这位脾气暴躁的皇帝勃然大怒，觉得这个南宋前皇帝居心叵测，意图不轨！就问此人现在何处。结果查了半天，发现赵㬎早在34年前就被忽必烈下诏出家了，被"安排"到西藏萨迦寺当喇嘛去了。这么多年过去了，现在已经六根清净，托身古佛了。但是元英宗还是不放心，觉得能写下如此诗作之人必定心怀叵测，于是下诏赐死。

16世纪巴卧·祖拉陈瓦所著《贤者喜宴》有记载："在薛禅汗执政第十三年时，即南宋幼主在位三年，伯颜丞相取得宋政权，随将宋王遣往萨迦，乃出家为僧。后格坚汗（即元英宗）杀之，流白血。"出白血或译流血成乳，这是佛教中的说法，用来表示冤狱，形容被害者死后流出来的血是白色的，像马奶一样。这也是元代藏族史学家对赵㬎之死寄予的同情，认为他的被害是冤枉的，是无妄之灾。

五、结语

纵观宋恭帝一生可谓命运多舛，3岁当皇帝，5岁被囚禁，17岁出家，小心翼翼一辈子，却最终在 52 岁时没能继续复杂又无奈的悲摧一生。就地位而论，他从南宋的皇帝降为元朝的臣子，最后成为吐蕃的佛门高僧，不可谓不奇特。就居住的地方而论，他从景色如画的江南迁居北方的幽燕，又迁居于天高云淡的蒙古高原，最后长期居于西藏寺院，不可谓不罕见。纵观他的一生看似奇妙，却是悲剧。宋恭帝一生的经历，在中国历代帝王中是绝无仅有的。但是，就他本身而言，坎坷的经历是他不幸的悲剧命运带来的。正如他在《在燕京作》悲诉的"应是不归来"，一生的命运不在自己手中把握，故国难回，生命也无法保证。最终，一如诗中"应是不归来"一样，半百之时却因无妄的文字狱而真的"不归来"了。所以，《在燕京作》既是宋恭帝赵㬎一生的绝笔，也是他一生的悲歌。

17. 隐忍守拙叹野望

——析元文宗图帖睦尔在《登金山》中深藏的对皇权渴望的苦涩

登金山

元文宗孛儿只斤·图帖睦尔

巍然块石数枝松，尽日游观有客从。
自是擎天真柱石，不同平地小山峰。
东连舟楫西津渡，南望楼台北固钟。
我欲倚栏吹铁笛，恐惊潭底久潜龙。

元文宗孛儿只斤·图帖睦尔（1304—1332年），元武宗孛儿只斤·海山次子，元明宗孛儿只斤·和世㻋之弟。元朝第8位皇帝，蒙古帝国第12位大汗，也是元朝历史上第一个复位皇帝，两次在位。第一次在位时间从1328年10月16日到1329年4月3日，第二次从1329年9月8日到1332年9月2日，在位时间共计四年。元文宗汗号"札牙笃汗"，庙号文宗，谥号圣明元孝皇帝。

元文宗虽然在政治上作为很少，但在文化方面的成就却斐然可观。跟元朝大多数"马背"皇帝喜武厌文的性格不同，元文宗是元朝少见的文治皇帝。因成长于汉地，自幼便酷爱学习汉文化，加之天赋异禀，有大儒的悉心教导，因此拥有极高的文化修养。"元代诸帝不习汉文，凡有章奏，皆由翻译。其读汉书而不用翻译者，前惟太子真金，从王恽、王恂受学。后惟文宗潜邸，自通汉文而已。"（魏源《元史新编》卷十三）《元史》中也称赞元文宗的汉文化修养超过在他之前的所有元朝皇帝，堪称元朝最有才华的皇帝。他在位期间非常重视文治，元朝的文化发展在元文宗时期得到了很大的进步。他于天历二年（1329年）在大都创建奎章阁，不仅陈列珍玩，储藏书籍，而且还汇集当时最著名的学者文士谈论儒学经史之书，编撰书籍。在奎章阁学士院编纂的诸多书籍中，编修价值最高的莫过于考历代帝王之得失的《经世大典》，全书共有894卷，分君事（帝号、帝训、帝制、帝系）、臣事（治典、赋典、礼典、政典、宪典、工典）两大部分，是研究元代社会经济、政治、军事、工艺技术、中外关系不可或缺的重要资料。他还有许多诗词传世。流传至今的有《青梅诗》《登金山》《自集庆路入正大统途中偶吟》和《望九华》四首。

其中广为世人所熟知的是《青梅诗》和《自集庆路入正大统途中偶吟》。《青梅诗》描写文宗被贬海南时，看中了元帅府的丫鬟青梅，但因为青梅已经定有婚约，而拒绝了文宗的故事。《自集庆路入正大统途中偶吟》描写文宗从江陵去大都途中所见所闻，表现了即将继承帝位的亢奋心情。

对于《登金山》一诗，古今文人墨客皆没有给以重视，甚至史籍也少有记载。然而笔者从该诗文辞研究、成诗时间以及历史背景出发，结合元文宗的生平去分析，认为该诗在平易质朴的用词中体现了文宗高超的文学功底，在写景抒情中洋溢着积极进取的精神之外，还蕴含着一股淡淡的苦涩悲韵。结合文宗生平来看，《登金山》不仅仅是一首写景抒情诗，它更是文宗一生争夺权力缩影的苦涩悲苦之诗。

一、从文辞研究方面进行解析

《登金山》为一首七言律诗，全诗八句，分四联。全诗用沉郁顿挫、通俗自然的语言表现了意象鲜明的景色，再借景喻己，借景抒情，将潜龙在渊的心情抒发得淋漓精致。

首联："巍然块石数枝松，尽日游观有客从。""巍然"，高大雄伟。"块石"，大块的岩石。"尽日"，终日，整天。"游观"，游逛观览。"从"，本义是"随行，相随，跟随"，也可以引申为"追赶"。这一联的言语朴实，内容简单平易，意思也很简单：金山就是一个高高大大的石头，带着几棵松树，可就是这样的景色却也整天被游客们追赶着来观赏。

首联看似简单，实际并不简单。元世祖之后，元朝宫廷内乱纷起，帝王更迭频繁，文宗虽居建康，却志在魏阙。由于政局动荡，他不得不在潜邸韬光养晦，谨慎度日，常游赏山水，以避锋芒。"怡情词翰，雅喜登临。居金陵潜邸时，常屏从官，独造钟山冶亭，吟赏竟日。"（陈焯《宋元诗会》卷六十六）所以，在分析这首《登金山》时不能只阅字面意思，要知道文宗的文学修养是非常高的，要深入解析平实质朴的词语中隐藏的含义。如将金山引申为皇权帝位，便明了文宗心中之大志。首联，文宗既从旁观者角度鄙视了历史上为了皇权帝位而你争我夺的现象，也从另一个角度哀叹自己又何尝不是争夺皇权帝位的随众者。

领联："自是擎天真柱石，不同平地小山峰。"这一联颇为霸气，尽显成吉思汗子孙之帝王气概。"自是"，自然是，自以为是。"擎天"意为托住天。"柱石"，这里喻为担负国家重任的人。如果单从字面去理解，和首联相联系，领联的意思是：为什么这么多游客来看这个大石头？是因为这个大石头是真的高，比其他平地上的小山峰都高。

因文宗需要避嫌，词意比较隐晦，所以领联的意思就不单单只是夸耀金山的巍峨，而是写帝位皇权至高独尊。但是需要注意的是诗人在领联中"自是"和"真"的独特用法。准确地说，领联还不单单夸耀皇权帝位的无上性，更深层次的是，诗人是通过自喻来抒发豪情。其中"擎天真柱石"是自喻，"不同平地小山峰"则颇有睥睨天下豪杰之气势。所以领联的意思就是：我是真正可以安定天下，撑起元朝大统的人，要比那些在其位却能力低劣的人强太多。领联曲折隐晦地抒发了文宗虽贬在建康，却心怀天下的豪情壮志。

颈联："东连舟楫西津渡，南望楼台北固钟。""舟楫"指行船，船夫。"西津渡"，西津渡口。"北固"，山名。从颈联可以看出文宗良好的汉文化修养，对唐诗有较深的造诣。用"东连""西津渡""南望"和"北固"四个词将东南西北四个方位巧妙地嵌入诗中。单纯从字面意思上看，颈联比较直白：东边可以看到西津渡口上的船只，向南望去可以看到北固山上的楼台和大钟。而如果结合领联，便可以看成是文宗心怀天下远大志向的延伸，即东西南北、普天之下尽归于我的壮志雄心。

尾联："我欲倚栏吹铁笛，恐惊潭底久潜龙。""倚栏"，凭靠在栏杆上。"吹铁笛"为典故。据胡仔《苕溪渔隐丛话后集》卷二十六记载，东坡被贬黄州时，友人置酒于长江赤壁矶下为他庆寿。酒酣，忽闻笛声起于江上。探问，知是进士李委因东坡生日，特作新曲《鹤南飞》来献。东坡题诗一首："山头孤鹤向南飞，载我南游到九嶷。下界何人也吹笛，可怜时复犯龟兹。""潜龙"为《易经》第一卦乾卦的象辞："初九，潜龙勿用。"隐喻事物在发展之初，虽然势头较好，但比较弱小，所以应该小心谨慎，不可轻举妄动。意思就是说，在潜伏时期还不能发挥作用，必须坚定信念，隐忍待机，不可轻举妄动；时机未到，如龙潜深渊，应藏锋守拙，待机而动。

诗人借苏轼的典故吹笛《鹤南飞》来喻自己的雄心壮志，用潜龙来喻自己的隐忍守拙。尾联看似悠然，实则以平衬奇，真实用意不仅是抒发自己的这份豪情壮志，更是渴望在困境中潜龙腾渊，鳞爪飞扬，乳虎啸谷，百兽震惶。

全诗前以景铺垫，喻朝堂上争权夺利，后再以景抒情，抒发自己渴望如潜龙出渊的豪情壮志。全诗虽气魄宏伟，但由于政治的险恶，诗人不得不蛰伏藏拙，在隐晦中抒发，这也使得这首诗透出一种不敢张扬的帝王之气。而这也恰恰反映出诗人潜藏在豪情壮志中的一丝丝苦涩，欲潜龙腾渊却只能临渊羡鱼。

二、从成诗时间及"兄终弟及、叔侄相传"的谎言分析

《登金山》一诗成于泰定二年（1325年）正月，当时图帖睦尔被泰定帝封为怀王，又出居建康。这首诗约写于出居建康不久。

要了解这首诗的时代背景，必须要明了元朝"兄终弟及、叔侄相传"的谎言。大德十一年（1307年），元成宗去世，由于独子早逝，皇位飘忽不定。而成宗的两个曾孙海山（元武宗）和爱育黎拔力八达（元仁宗）就成了皇位最有力的竞争者。元仁宗在成宗去世三个月后发动宫廷政变，囚禁了成宗的皇后和她意图拥立的安西王阿难答。随后，武宗也从漠北率大军赶来。在武宗的强大武力逼迫下，仁宗被迫同意拥立武宗，而武宗许诺会"兄终弟及""叔侄相传"。1307年，元武宗即位。四年后（1311年），元武宗去世，元仁宗继位。

元仁宗继位后，却不愿意遵守与哥哥的承诺。在他心中，这个皇位本就应该归属于自己。政变是由自己发起的，而政变时，众多蒙古贵族们也是支持自己的，而非远在漠北的武宗。只是后来武宗率大军前来，自己才不得不接受武宗的提议，拥立武宗。现在武宗已死，自己已是元帝国说一不二的统治者，为何还要遵守那可笑的承诺？

于是，仁宗继位后，迅速立自己的儿子硕德八剌（后称为元英宗）为皇太

子，而把武宗的两个儿子贬斥出政治中心。长子和世㻋（后称为元明宗）封为周王，出镇云南。次子图帖睦尔年幼暂留。

延祐三年（1316年），和世㻋前往云南赴任。在抵达延安时，同情武宗世子遭遇的陕西行省丞相阿斯罕，不满仁宗违背"叔侄相传"的诺言，发动了叛乱，企图帮助和世㻋复位。然而，阿斯罕兵败被杀。和世㻋西逃至察合台汗国。几年后仁宗病逝，皇太子英宗继位。因为英宗的皇位是父亲仁宗背弃了当日和武宗海山"叔侄相传"的约定传给他的，所以，英宗即位后对已经是弱冠少年的图帖睦尔十分忌惮，生怕他来抢夺自己的皇位，于是在继位后的至治元年（1321年）便第一时间下旨，"迁亲王图帖睦尔于海南"（《元史·本纪第二十七》），"出帝居于海南"（《元史·本纪第三十二》）。名义上是"迁居"，实则是发配流放到隔海之遥的荒蛮之地。

图帖睦尔在琼州（今海口）生活了三年多。至治三年（1323年），在又一次宫廷斗争中，英宗被侍卫杀害，史称"南坡之变"。忽必烈的嫡曾孙也孙铁木儿趁势即位，史称泰定帝。泰定帝为巩固其皇位，取得各方势力对他的支持，显示自己的仁义，在泰定元年（1324年）春，"命诸王远徙者悉还其部，召亲王图帖睦尔于琼州"（《元史·本纪第二十九》）。泰定帝将图帖睦尔召回京都，并封为怀王。但好景不长，面对年轻的图帖睦尔，泰定帝实在放心不下，便又将他赶出政治中心，下令迁居建康。

一个兄终弟及、叔侄相传的谎言，让图帖睦尔在年少时便流离坎坷，拥有合法皇位继承者的身份也遭受其他竞争者忌惮，两度被贬。这也使得他在年少时便懂得了皇权争斗的险恶。同时两度被贬，身份的落差，也让他对皇权充满了渴望。尤其是泰定帝，既不是武宗之后，也不是仁宗之后，仅仅挂着忽必烈遥远的嫡曾孙的身份，从内心深处来说，元文宗是不接受的。可不接受又能怎样？面对皇权，他渴望，但无力去争夺，只能在《登金山》这首诗中隐晦地抒发出自己的雄心壮志。而这种抒发其实更多的是一种发泄，也更多的是一种苦涩的痛。

三、通过诗人的生平去解析诗中的苦涩

1. 年少的流放铸就了对权力的渴望

文宗的童年正是父亲和叔父当政的时期，因此度过了一段幸福快乐的时光。

武宗为了培养儿子成才，特意请来当时有名的汉儒教他学习汉文经典，这也造就了文宗卓越的汉文化修养。武宗去世后，仁宗即位，虽忌惮他们哥俩，但对待年幼的文宗还比较好，虽分封南疆，但一直没有赶出京城。英宗的即位是仁宗违背和武宗约定的结果，所以英宗从一开始就对他们哥俩心生恐惧。再加上哥哥在去藩路上发动叛乱，更是让英宗对年幼的文宗心生忌惮，即位后就迫不及待地将他贬逐琼州。

元朝的流放，基本上遵循"南人迁于辽北，北人迁于南方"的原则，再加上有英宗的"特殊照顾"，所以文宗被流放到最南方的海南琼州。元朝时期的海南可不像今日是旅游度假胜地，当时可是蛮荒烟瘴、九死一生之地。苏轼当年在流放海南的时候，曾写诗《六月二十日夜渡海》说"九死南荒吾不恨，兹游奇绝冠平生"。

身份的转换，人生的落差，这段流放生涯也是文宗人生中最难忘的经历了。在文宗的另一首《青梅诗》里便可以感受到这份失落。"元帅陈谦亨家有侍娃，名青梅，通词翰，善歌舞，声色并丽。至治间，文宗在潜邸，慕之，尝示其家以觊窥之，意不就，因赋诗云：'自笑当年志气豪，手攀银杏弄金桃。瀛南地僻无佳果，问着青梅价也高。'"（唐胄《正德琼台志》卷四十二）这首诗看似是爱情诗，写出了诗人的思而不得，实际上是诗人用隐晦的手法自嘲，同时也是诗人对自己身份落差的哀叹。贵为皇子却被流放南疆，屈求卑微的一侍女却不得。这里当然也有文宗人格高尚，不愿强人所难，怅然放手，赋诗自嘲的意思。诗中的"自笑当年志气豪"再到"问着青梅价也高"，正是文宗对身份落差的自嘲。

2. 南坡之变让野心迸发

南坡之变，英宗身亡，让文宗看到了希望。可突如其来的泰定帝的插足，却让文宗的希望再度变为失望。不应该是武宗、仁宗的"兄终弟及、叔侄相传"吗？怎么又突然插入了忽必烈嫡孙？这使得文宗心中对泰定帝充满了憎恨，同时对帝位皇权有了期盼。既然忽必烈嫡孙可以继承帝王，那么作为武宗之子的我不是更有资格继承皇位吗？在泰定帝召回文宗后，也许也感受到了文宗对他的憎恨，所以很快便再次将文宗赶出大都，赶到建康。在泰定帝病危时，为了防止文宗争夺皇位，又令迁往江陵。

泰定帝病逝后，燕铁木儿发动政变，迎文宗继位。文宗激动亢奋的心情可以从《自集庆路入正大统途中偶吟》看出。然而他的心中依然有顾虑，那就是延安叛变后逃至漠北的哥哥周王和世㻋（元明宗），毕竟和世㻋是武宗海山的嫡长子，且在漠北经营多年，精兵强将极多，又有漠北和察合台系诸王的支持。如果和世㻋和他来争夺帝王，恐怕自己还真不是对手，于是他一边迷惑哥哥，一再对外表示，自己继承帝位是形势所迫，哥哥南返后，他就会立即把皇位还于哥哥。另一边却重赏诸王大臣，争取他们的支持，再派出重兵增防北方各处防线。然后才正式在大明殿宣布登基，改元天历。后发生了一段两都之争。

两都之争后，文宗明白了，如果要真正使皇权稳定，哥哥是他绕不过的坎。于是派遣使臣迎哥哥来大都即位。可哥哥也对这个弟弟心存顾忌，没有来大都，而是直接在漠北登基，史称元明宗。明宗在漠北和林即位后，为了防范文宗，大肆发布诏书，提拔自己的亲信进入各级官署。这也让文宗心生恐惧，加快了谋取真正皇位的步伐。八月，明宗设宴款待弟弟文宗，文宗趁机毒死哥哥明宗。随后在上都宣布重新登位。

从文宗的生平可以看到，年少时的流亡让文宗对帝位皇权有了渴望。而这种渴望并没有因为数次被放逐而减弱，只是让这种渴望变得更为隐忍。在琼州时，文宗尚会在《青梅诗》中喊出"自笑当年志气豪"，可到了建康的《登金山》时却已是"恐惊潭底久潜龙"。志向可以隐忍，可野心只会越来越壮大。终于，文宗毒死了自己的哥哥，除掉了自己抵达帝位皇权前的最后一道障碍，"潜龙"终于可以腾渊了。

四、结语

《登金山》既是文宗的纪赏隐忍之作，更可以看作是他野心的写照。处处的隐晦是为了麻痹当权者，其实是为了遮掩自己内心对帝位皇权的渴望，掩盖自己的野心。最终文宗得到了皇权，但也早早病逝。一如《登金山》一诗，意图抒发豪情壮志，成"擎天真柱石"，可奈何英年早逝，如"潭底久潜龙"，尚未腾云，便又伏潜，空留一生的哀叹。

18. 鹿走大漠仍倔强

——感《赠吴王》中元顺帝妥懽帖睦尔不甘屈辱的悲愤

赠吴王

元顺帝孛儿只斤·妥懽帖睦尔

金陵使者过江来，漠漠风烟一道开。
王气有时还自息，皇恩无处不周回。
莫言率土皆王化，且喜江南有俊才。
归去丁宁频属付，春风先到凤皇台。

孛儿只斤·妥懽帖睦尔（1320—1370年），是元朝的最后一位皇帝。他的汗号是乌哈噶图，在位36年，庙号惠宗。明太祖朱元璋认为他顺天应人，为其上谥号为"顺帝"，故史称元顺帝。

作为元朝的亡国之君，史书对元顺帝的评价大多不好，如好观天象、笃信"天命"、迷恋密宗、声色犬马、荒淫无道、鲁班天子等等。其中邵远平在《元史类编》卷十评价道："绝人巧智，惟事荒恣；纲纪懈弛，用殄厥世。"柯劭忞在《新元史·本纪第二十六》怒斥："帝淫湎于上，奸人植党于下，戕害忠良，隳其成功。迨盗贼四起，又专务姑息之政，縻以官爵，豢以土地，犹为虎傅翼，恣其抟噬。孟子有言：安其危，而利其灾，乐其所以亡者。呜呼，其帝之谓欤！然北走应昌，获保余年；视宋之徽、钦，辽之天祚，犹为厚幸焉。"

纵观元顺帝一生，如历史学家张朋的评价：作为元朝在位时间最长，且被《元史》记载为亡国昏君的元顺帝，对于亡国的确难辞其咎。但他在元朝发展中就教育、文化和科技方面所起的积极作用，却是不容抹煞的（张朋《元顺帝：

意欲有为的亡国之君》)。历史学家雷庆也说：元顺帝是一个由好变坏的皇帝，应该有所肯定，也应该有所否定，不能用"昏庸不堪"一词作为他整个一生的评价（雷庆《元顺帝新论》）。元顺帝亲政后"图治之意甚切"（《元史》卷一八三），为挽回元朝末年统治危机，起用脱脱当政，亦实施了一系列改革，史称"至正更化"（又称"脱脱更化"）。在元顺帝的励精图治与脱脱的勤勉能干之下，至正初年的元朝一度呈现回光返照的局面。然自至正二年（1342年）以后，中国进入了灾害多发期。那时候，黄河决口、蝗灾、瘟疫爆发，各地饥荒频频，百姓流离失所，甚至人人相食。多种灾难的爆发导致社会动荡不安，小规模农民起义频繁发生。面对此景，元顺帝迷信观星，沉溺密宗，宠幸佞臣，昏着频出，最终北逃上都，元朝灭亡。

元顺帝受过良好的汉学教育，汉文化造诣相当高，在元朝诸帝中仅次于元文宗。他擅长书法，陶宗仪评价其字"严正结密，非浅学可到"（陶宗仪《书史会要》卷七）。顺帝作诗也不错，现有三首汉诗、一首蒙语诗流传于世。

其中，《赠吴王》是一首回复朱元璋的七言诗。该诗也被称为《答明主》。名字有两个，版本也有两个，大部分内容差不多，但也有个别内容有相当大的差异，使得这两个版本所要表达的意思完全不一样了。然笔者根据多种材料分析，认为《赠吴王》为正诗，《答明主》为后世伪作。

《赠吴王》一诗是对朱元璋手书《东风诗》的回复，也可以看作是国书。全诗言婉意刚，绵里有针。通读全诗，能感受到元顺帝将国运的盛息归于时运，流露出以待时机卷土重来的企念。然而结合成诗背景以及诗人生平、性格特点，笔者认为元顺帝在不卑不亢的倔强之下深藏着一丝不甘心的悲韵。

一、从文辞方面进行分析

《赠吴王》全诗四联八句，一气呵成，语言凝练。风格上阔大典重，格律严谨，对仗工整，颇显帝王雄浑气象。在艺术表现上，借景言事、感慨议论融为一体，行云流水，从容自如，于平淡处见功夫。全诗可分为三个层次，首联借景言成诗的缘由，颔联、颈联借事感慨，尾联借古喻今，发出了帝王最后的倔强。

首联："金陵使者过江来，漠漠风烟一道开。""金陵"指南京，因朱元璋于至正二十四年（1364）正月在南京称吴王，是以这里也指朱元璋。首句中"过江来"中的"过",看似和后世伪作《答明主》中"渡江来"的"渡"字只是用词不同,但前者的意境更加回环悠长。"过"有表示经历、跨越、由甲至乙的过程。这里使用"过"字,有元顺帝对南北隔江对峙,中原北方并未完全失陷的自我安慰之意。而"渡"的对峙意义减弱了很多。

"漠漠风烟一道开",既是写景也是写实。"漠漠"有广阔而迷蒙之意,也有寂静无声之意。"漠漠风烟一道开"本是描写使者远远而来的样子,但"开"字在这里却和"漠漠"结合,真实地写出了战争双方因使者的到来而有了短暂的和平宁静。要知道,元顺帝虽然后期自暴自弃,耽于享乐,却没有一天不在惊慌失措中度过。尤其是北逃到上都后,又"昼夜焦劳,召见省臣或至夜分"(刘佶《北巡私记》)。所以,这一句实际上是写久违的和平让他长舒了一口气。

颔联:"王气有时还自息,皇恩无处不周回。""王气"指象征帝王运数的祥瑞之气,如宋代陈宗傅《军中行》中"天兵偶不利,王气黯然收"。"自息",自己停止、熄灭。这里选择"自息"一词,其实也有元顺帝对命运、时局叹息的意味。"皇恩",皇帝的恩德。"周回",循环往复。

颔联紧接首联,虽然没有正面描写使者的来意,也没有使用过多笔墨描绘双方剑拔弩张的局面,但元顺帝荡开一笔,写出了自己面对时局、命运的彷徨、悲叹。所以颔联的意思也可以理解为元顺帝的自我安慰:国家的运数有开始的时候,也就会有终结的一天,帝王一脉的气数,无时无刻不在循环轮回。

据史料记载,元顺帝善观天象,笃信"天命"。至正二年,突如其来的黄河决口和频繁天灾对本已行将就木的元朝吹响了殇歌。这对于登基以来锐意图治的元顺帝来说不能不是一个沉重的打击。元顺帝也曾欲力挽狂澜,先是命官府加以赈济,并颁诏罪己,至正九年(1349年)又重新起用脱脱为中书右丞相,希冀挽回元朝的颓势。但腐朽的元朝从下到上已无法根本性扭转,史载"及元之将乱,上下诸司,其滥愈甚"(叶子奇《草木子》卷四)。脱脱采取变钞和起用贾鲁治河两大政策,也被人讥讽道:"丞相造假钞,舍人做强盗。贾鲁要开河,搅得天下闹。"(《草木子》卷四)作为现代人,尚且还会在朦朦胧胧中甘心认命,更何况是从小信仰长生天、蒙元佛教的元顺帝。于是在"天命"的灾难面前,顺帝也不再有至正之初的那种勤政朝气,开始宠幸佞臣,沉迷密宗。这也是史上元顺帝从好变坏的主要原因。

颈联:"莫言率土皆王化,且喜江南有俊才。"为何说《答明主》为后世伪作?《答明主》和《赠吴王》最大的不同就是颈联的内容。《答明主》为"信知海内归明主,亦喜江南有俊才"。作为一个政治上、军事上的输家,输掉了可以说几乎所有的筹码,甚至还会被钉在历史的耻辱柱上,为后人嘲笑。在这样的情况下,又有哪个皇帝可以面对赢家镇定自如,甚至还很有风度地祝贺对方?我知道,这个天下是一定会归属于你朱元璋的,我也恭喜江南能诞生这样的才俊。所以,从颈联内容看,《答明主》是后世伪作无疑。

既然《赠吴王》为正作,了解颈联,便可以更明了顺帝的酸楚。"莫言",不要说。"率土",谓境域之内。"王化",天子的教化。"且喜",犹言可喜、幸喜。"俊才",才智卓越的人。在这一联中,"莫言"和"且喜"是两相对应的,其中"且喜"更有庆幸之意。本联意思就是:不要以为你占领的地方就是你的,你就可以无忧地治理这些地方,你唯一值得庆幸的是你得到了很多有才能之人。

颈联从头到尾都有一股酸酸的味道。元顺帝从登基亲政初期就锐意图治,"脱脱更化"期间恢复科举制度,颁布《农桑辑要》,编修辽、宋、金三史,实行儒治。在"至正新政"时期,他更是颁布举荐守令法,以加强廉政,下令举荐逸隐之士,以选拔人才。可见顺帝执政以来一直对人才有着悠悠之心。然而这一系列改革措施并未能从根本上解决积弊已久的社会问题,而频繁天灾又加剧了社会矛盾,终在至正十一年(1351年)爆发了农民起义。所以,这一联从"莫言"开始到"俊才",都透露着元顺帝对朱元璋能拥有众多人才的酸酸的嫉妒。假设自己拥有众多贤能相助,又何止于北逃大漠?同时,也可以看出元顺帝对所谓"天命"的迷信,他认为吴王朱元璋之所以能有贤能相投,不过是"天命"的给予。而以"且喜"这种仿佛不屑的口吻回答,恰恰表现了元顺帝面对"天命"最后的倔强。

尾联:"归去丁宁频属付,春风先到凤皇台。"如果说颈联是元顺帝对"天命"最后的倔强,那么尾联就是元顺帝对"天命"不甘的抗争。

《答明主》和《赠吴王》在尾联中也是有区别的。《答明主》尾联为"归去诚心烦为说,春风先到凤凰台",意思比较简单:我愿意就此离去,希望不要再来说客劝我投降了,你得到了国家的正统。在释义尾联时,很难将"春风"和"先到"放在一起去整体解释,尤其是"先到"一词尤为唐突,使整联读之并不协调。这也是证明《答明主》为后世伪作的重要证据。相比较，《赠吴王》的尾联整体连贯很多，尤其是在情绪的抒发上更是达到了一个先缓缓积累，最后一联整体爆发的效果。

"丁宁"，叮咛，反复地嘱咐。"属付"，嘱咐，叮嘱。"春风"，比喻和悦的神色或良好的成长环境。"凤皇（凰）台"，古台名，故址在今南京市凤凰山。据赵宏恩《江南通志》卷三十载："凤凰台在江宁县保宁寺后。南宋元嘉十六年，秣陵王觊见三异鸟，文彩五色。众鸟附翼群集，时谓之凤，乃置凤凰里。起台于山，因名。"

尾联的意思很好理解：千叮嘱万嘱咐金陵来的使者啊，你回去后一定要告诉朱元璋，他不过是遇上合适的环境、时机，比我先登上金陵的凤凰台而已。

在整首诗中，首句的"金陵"和"凤皇台"相对应，首句的"过江来"和"归去"相对应，颔联的"不周回"又和"春风先到"相对应。整首诗虽悲情，但诗词对仗工整，情绪抒发整体浑然。尤其是尾句"春风先到凤皇台"更是将成吉思汗子孙那桀骜不驯的倔强性格体现得淋漓尽致。诗中首联交代使者从金陵来，然后再未分出笔墨解释干什么，而尾联却千叮嘱万嘱咐要使者回去告知朱元璋，你不过是运气好，"恰遇天命眷顾"，先登上了金陵的凤凰台。元顺帝对"天命"的不甘跃然纸上。同时，这首诗也是对朱元璋《东风》一诗中"春满乾坤始凤台"的回应。面对志得意满的朱元璋《东风》一诗，元顺帝把自己政治失败的原因归在"天命"上面，同时也对"天命"眷顾朱元璋表示愤愤不平，表达了对自己政治失败的不甘心，以及复谋中原的企望。

二、通过成诗的时代背景来进行分析

《赠吴王》成诗于明洪武元年（1368年），朱元璋于南京称帝，国号大明，年号洪武。这一年，徐达率军直逼元大都，元顺帝带领三宫后妃及众多朝臣开健德门逃出，经居庸关奔上都。元朝在中原北方的统治基本结束，明朝获得了在长城以内诸多地方的统治权。但因元顺帝及元朝朝廷依旧存在，中原北方依然有不少地方仍未归明，"元"的国号依然在使用。为了正朔王朝的地位，朱元璋手书并内附《东风》诗一首，遣使致元顺帝招降。元顺帝接朱元璋手书后，写《赠吴王》回赠。

历史上有很多人因诗名含"吴王"一词，认为《赠吴王》成诗时间是至正二十四年朱元璋被百官推举为吴王的时候。根据史料记载，至正十六年到至正二十七年间，朱元璋还正处在陈友谅和张士诚两大势力之间，正在趁北方元兵疲于征伐无暇南顾时进行着先西后东、先强后弱的统一江南的战略，所以，这个时候是不会招惹元顺帝的。还有"高筑墙，广积粮，缓称王"是朱元璋一贯实行的方针。朱元璋正是在这一低调的方针下一步步完成统一江南再到北伐统一中国的帝业的。所以，《赠吴王》一诗不可能成于至正二十四年。

元朝末年的情况可以用一首元曲来描绘。"堂堂大元，奸佞专权。开河变钞祸根源，惹红巾万千。官法滥，刑法重，黎民怨。人吃人，钞买钞，何曾见。贼做官，官做贼，混愚贤，哀哉可怜。"（《醉太平·堂堂大元》）这首元曲描写了元朝末年政治黑暗、吏治腐败的混乱情况，也揭示了元末农民起义的社会根源。

元顺帝亲政之时，大元帝国的兴盛时代其实早已是过眼云烟。由于武宗等几代皇帝的挥霍以及对皇位的频繁争夺，到了元顺帝亲政时，政治上极度黑暗，国家的财政也趋于崩溃，各地反抗元朝的起义此起彼伏。元顺帝亲政后也曾锐意图新，力挽狂澜，两次启用脱脱，在"脱脱更化"和"至正新政"期间实施一系列新政，在一定程度上减轻了百姓的负担，缓解了汉族知识分子的不满情绪，对笼络汉族知识分子起到了积极的作用，使元朝的政治为之一新。但黄河水患频发，引发了严重的财政危机，漕运、盐税锐减，中央政府财政收入下跌，国库渐虚。同时，河患还导致社会动荡不安，各地灾民啸聚山林，竞相起义，从而使得新政回天乏术。

为了治理黄河水患，挽救国家财政危机，元顺帝和脱脱采纳了吏部尚书偰哲笃的建议，提出了"变钞"和"开河"的措施。变钞以增加财政，开河以治理水患。从表面上看，这两个措施是有益的，然而在实施过程中，却偏离了社会的基础部分，直接激化了社会矛盾，最终成为元朝末年大规模农民起义的导火索。也正是从这一年开始，中原大地烽烟遍布，元朝大军疲于在各地灭火，最终渐渐失去了对中原各地的控制。至正二十七年，朱元璋基本统一江南，决定南征北伐同时进行，以北伐为重点。次年，元顺帝北逃上都，徐达率军轻松攻入大都，元朝在中原大地的统治宣告灭亡。

在徐达率军逼近元大都时，朱元璋曾经下令善待元帝，并希望他能够投降。

元顺帝拒绝了这个提议，执意逃窜。临走之时，他给朱元璋的使者带去了这首《赠吴王》，作为对朱元璋的答复。而为何称吴王而不是明皇，是因为正朔的原因。元顺帝虽北逃漠北，但"元"的国号依旧存在，不承认明皇而只承认吴王，也是元顺帝心中最后的一丝帝王的倔强了。

三、通过诗人的生平解读元顺帝的不甘悲韵

1. 元末因权势争夺而导致社会矛盾激化

分析元朝灭亡的原因，与其说是元朝末年的政治腐朽、土地兼并、官员贪腐及水患灾害频发等，不如说是在权力蛊惑与怂恿之下的兄弟阋墙、君臣倾轧。

在元朝统治中原的短短98年中，一共诞生过11位皇帝，其中开国之祖忽必烈当政24年，元朝末帝元顺帝当政36年。中间这38年，元朝更换了9位皇帝，如此频繁的皇位更迭在历史上是罕见的。统治集团内部为了争夺最高统治权而相互斗争，其结果是导致元朝统治基础和实力被削弱。再加上元朝统治阶级长期推行的阶级压迫和民族压迫政策，导致社会矛盾累积进而激化，最终引发大规模的起义。元朝皇室忙于争权斗争而不自知，等到发现时已经为时已晚，丧钟已敲响。

2. 幼年的坎坷让元顺帝在权力上寻求"安全"

元顺帝孛儿只斤·妥懽帖睦尔是元明宗长子，元宁宗长兄。父亲明宗暴死后，妥懽帖睦尔被文宗相继流放到高丽大青岛、广西静江一带。文宗死后，妥懽帖睦尔的弟弟即年仅7岁的元宁宗继位。元宁宗在位43天后病逝，妥懽帖睦尔才被太后卜答失里下令迎回，至顺四年（1333年）六月八日即位于上都。

顺帝即位后，因年幼，明为君王实为傀儡。朝中大权被权臣中书右丞相和太平王唐其势把持。唐其势密谋改立文宗儿子燕帖古思为帝，阴谋败露，被伯颜诛杀。伯颜自恃功高权重，逐渐肆无忌惮，也密谋废立。最终，顺帝在脱脱的帮助下除掉伯颜，开始亲政。为了显示除旧迎新之意，改"至元七年"为"至正元年"。

顺帝幼年过着流放生活，每天都处于朝不保夕的情境，即位后又两次险些被废，这段经历让他开始迷恋起了权力。只要牢牢掌握了权力，他就能获得安全，获得荣耀，获得一切。为了牢牢掌握权力，顺帝在亲政后启用了一直真心拥戴他

的脱脱、苏天爵、王守诚、察罕帖木儿等贤臣，宣布与天下更始，大量清除反对势力，不仅恢复了科举制度，还颁行《农桑辑要》，整饬吏治，征召隐逸，蠲免赋税，开放马禁，削减盐额，编修辽、宋、金三史，实行儒治，举办开经筵与太庙四时祭、亲郊祭天、行亲耕礼等活动。

3. 锐意的新政也终因权力的"安全感"而夭折

随着"脱脱更化"措施的实施，元朝政治为之一新。面对脱脱在朝野日隆的威望，顺帝对他起了猜忌之心。脱脱被迫辞去相位。至正七年（1247年），在皇后奇氏的劝说下，再次启用脱脱为相，史称"至正新政"。而在至正十四年，顺帝宠信的奸臣近侍哈麻利用元顺帝对脱脱的猜忌心理，使得顺帝相信脱脱蓄意谋反。至正十五年，脱脱全家被流放云南大理，途中又被哈麻假借皇帝之命用毒酒杀害。虽然哈麻最后也因为想要染指皇权而被元顺帝贬斥诛杀，但随着脱脱的死去，病入膏肓的元朝再也无力回天。脱脱两次被猜忌罢相，使得元朝的新政得不到连贯执行。虽然顺帝锐意图治之心十分迫切，并卖力地整顿政府，期望能扭转元朝的颓势，但朝令夕改，依然使吏治积重难返，地方上许多官员阳奉阴违，仗着天高皇帝远肆意欺压百姓，搜刮民脂民膏。而这时，元朝又进入多灾年，天灾水患频频发生。面对遍地的饥民，顺帝只得下诏罪己，然后命令官府努力赈济。

4. 面对天灾，选择相信"天命"

如果说顺帝第一次猜忌脱脱是因为怕威望日隆的脱脱成为权臣，那第二次猜忌脱脱就是对自我的不自信。顺帝在早期亲政时，尚有励精图治之心，但水患天灾的频发让他对自己的执政充满了怀疑。尤其是顺帝连下罪己诏书后，灾害仍然不断，这更打击了顺帝的进取心，导致顺帝后期懈怠朝政，沉迷密宗，好观天象，笃信"天命"。

虽然元顺帝后期耽于享乐、沉湎酒色，但他对权力的欲望一直没有松懈。在顺帝执政后期，皇后奇氏和太子爱猷识理答腊曾密谋逼迫顺帝退位，但顺帝及时识破阴谋，贬斥皇后，逼逃太子。

朝堂上君臣相互倾轧内斗，地方上各地军阀更是相互征伐、连年混战。面对烽烟四起的各地起义，元军疲于征伐，逐渐失去对南方的控制。这也给了南方起义军崛起的机会。朱元璋率领的起义军迅速崛起，在翦灭群雄后迅速北伐，攻入大都，顺帝只好北逃漠北。

四、结语

纵观元顺帝的一生，是传奇的一生，也是悲剧的一生。幼时坎坷，致使权力欲望极强。亲政后励精图治，却被突如其来的天灾水患搞得怀疑自我，沉迷天命之中。从《赠吴王》中便可以感受到顺帝对"天命"的笃信。元顺帝如诗中所述，在面对"天命"时仍然保持了最后的倔强。至正二十八年（1368年）十月初，重新振作的顺帝启用扩廓帖木儿在韩店击败了明军。但明朝问鼎中原已成定局。最终顺帝如北逃上都时留下的半阕诗"鸟啼红树里，人在翠微中"一般，只能在悲痛和不甘中病逝于应昌，而《赠吴王》便成了元顺帝对命运发出的不甘悲韵。

19. 萧萧华发悲故国

——叹《逊国后赋诗》中明建文帝朱允炆的无奈悲愤

逊国后赋诗

明惠帝朱允炆

牢落西南四十秋，萧萧华发已盈头。
乾坤有恨家何在，江汉无情水自流。
长乐宫中云气散，朝元阁上雨声愁。
新蒲细柳年年绿，野老吞声哭未休。

在我国历史上，不少王朝都有削藩政策。它是指一朝皇帝为了维护自己绝对政权，把各个分封地或诸侯国权力收回的一种政策。削藩往往会带来分封藩国的反扑，如汉景帝削藩引发七国之乱，唐德宗发起削藩战争导致二帝四王之乱。所以，削藩成功与否，很大程度上要看皇帝自己对政权把控的实力。历史上就有一位皇帝，自己继位未稳，便急于削藩，最终皇城被攻破，自己也不知下落。他就是明建文帝朱允炆。

建文帝朱允炆是明太祖朱元璋的第三个孙子，明王朝第二位皇帝。明太祖一生有26个儿子，朱允炆的父亲朱标就是太祖和马皇后所生的长子。1368年，朱元璋称帝，就册立长子朱标为太子。太祖在位时，朱标病亡，太子之位悬空。又因朱标的长子朱英早亡，所以次子朱允炆就成了嫡长孙。洪武三十一年（1398年），太祖病逝，皇太孙朱允炆继位称帝，次年改元建文，后世称明惠帝，亦称建文帝。

建文帝性格柔弱，又忠厚宽仁，在位四年就因"削藩"被皇叔朱棣起兵造反，夺走皇位，史称"靖难之役"。靖难之役后，建文帝也下落不明。

建文帝从小就聪明好学，自幼熟读儒家经书。在位期间崇尚儒家仁政之说，优容文士，"专欲以仁义化民"（张廷玉《明史·志第七十》），宽刑省狱，免除各地拖欠租税，赈灾济民；令官府为民间卖子为奴者赎身；限制僧道占田数量，余田均与平民；改变祖父朱元璋的一些严厉政策，给民间以生息。这些措施缓和了社会矛盾，对社会的安定产生了积极作用，一时政通人和，史称"建文新政"。《明史》称赞："惠帝天资仁厚。践阼之初，亲贤好学，召用方孝孺等。典章制度，锐意复古……皆惠民之大者。"（《明史·本纪第四》）

后世曾将建文帝和后蜀后主孟昶、南唐后主李煜、宋徽宗赵佶并列，认为建文帝也是一个被皇帝耽误了的诗人。可见建文帝诗词水平非凡。明人郑晓《今言》曾记载说明惠帝"性颖敏，能为诗"（郑晓《今言·一百六十六》）。然而"靖难之役"后，燕王朱棣为了摆脱篡位嫌疑，将侄儿朱允炆的四年皇帝岁月直接抹去，他不仅没有给侄儿谥号，并且完全否定了建文帝在位的合法性，声称自己不是承继侄儿建文帝的帝位，而是继承父亲太祖高皇帝朱元璋的帝位，并把攻入南京后的次年（即1403年）称为永乐元年。即位后的明成祖朱棣命令销毁建文帝的一切档案资料，仅留下了关于财政和军事方面的，同时禁止一切关于建文帝时期的文字论述。还将与建文帝有关联的人或处死，或流放，或监押。因此，建文帝朱允炆的诗作大多被销毁，流传至今的仅有三首，即《金竺长官司罗永庵题壁一》《金竺长官司罗永庵题壁二》和《逊国后赋诗》。传闻此三首皆为建文帝流亡时所作。

关于建文帝是否在"靖难之役"中殉国，历史上一直是个谜。明成祖朱棣宣称在宫中找到了建文帝的尸体，并为他举行了葬礼。《明太宗实录》卷九下也说朱棣"备礼葬建文君，遣官致祭，辍朝三日"。但《明神宗实录》卷三十记载了万历帝朱翊钧与大学士张居正的一段对话："上从容与辅臣语及建文皇帝事，因问曰：'闻建文当时逃免，果否？'辅臣张居正对言：'国史不载此事，但先朝故老相传，言建文当靖难师入城，即削发披缁，从间道走出，后云游四方，人无知者。至正统间，忽于云南邮壁上题诗一首，有"流落江湖数十秋"之句。'"在《明史·姚广孝传》中也记载了这么一段话："初，帝入南京，有言建文帝为僧遁去，溥洽知状，或言匿溥洽所。帝乃以他事禁溥洽，而命给事中胡濙等遍物色建文帝，久之不可得。溥洽坐系十余年。"溥洽是建文帝主录僧。主录僧为明朝皇家特色。无论皇帝还是亲王都各自有一名主录僧，是帮助皇帝或亲王做法事的一群和尚的首领。所以，流传至今的这三首诗很有可能是南京陷落后，建文帝从地道出逃流亡期间的作品，但真伪难辨。

明末钱谦益在《列朝诗集小传》中记载："帝（建文帝）逊位后入蜀，往来滇、黔间，尝赋诗一章，士庶至今传诵。"作为东林党首领，钱谦益如是说一定是经过严肃考证的，并非臆断之词。所以相比较起来，《逊国后赋诗》为建文帝逊国后云游西南诸地时所作还是可信的。

《逊国后赋诗》为七言律诗，共四联八句。全诗以明净、凝练的语言，运用比喻、比拟、对比等多种修辞手法，淋漓尽致地表达了诗人逊位后的苦闷，对故国的怀念以及对皇权更替、世事无常的感伤。全诗感情深厚强烈，情绪悲愤慷慨，也可以说是建文帝怀念建文时期而写的挽歌。正如法国作家缪塞说："最美的诗歌是最绝望的诗歌，有些不朽的篇章是纯粹的眼泪。"

一、从文辞分析建文帝的悲苦

首联："牢落西南四十秋，萧萧华发已盈头。""牢落"，指稀疏零落貌，零落荒芜貌。"牢落"用得非常有意思，既形容西南的荒芜地貌，也将诗人流落的窘迫写得格外生动。"萧萧"，指马鸣声、风声、草木摇落声等。"华发"，花白的头发。"萧萧华发"，诗人用落寞的萧瑟声，结合前一句的"秋"，来反衬头上的白发，给人一种时间流逝的悲哀，给全诗笼罩了一份凄凉。"盈"，盛满、充满。首联的意思比较简单：在荒芜的西南待了四十个秋天了，不知不觉中已是满头白发。

颔联："乾坤有恨家何在，江汉无情水自流。""乾坤"为道教术语，本意为乾卦、坤卦，这里引申为天地。这里的"乾坤有恨家何在"有一个典故。"太宗文皇帝师入南京，继统皇极。工部尚书茹瑺入殿，首贺即位。文帝呼谓之曰：'瑺，吾今日得罪于天地祖宗，奈何？'瑺叩首曰：'殿下应天顺人，何谓之得罪乎？'文帝大悦，进封忠诚伯。"（《建文皇帝遗迹》）以朱棣如此强悍之人，夺位后自称"得罪于天地祖宗"，可见他对靖难之役并不理直气壮，心中还是惶恐的。诗人用诘问的手法责问天地，也是抒发自己的皇位被夺后的心中悲愤。

"江汉"指长江和汉水交汇地，这里泛指江河水患。这里也是有典故的。元末时期，中原大地水患频发。元顺帝曾几次下罪己诏，都不能阻挡水患。各地"水旱频仍，盗贼滋起。人心既去，天命随之矣"（清末民初史学家屠寄《蒙兀儿史记·本纪第十四下》）。于是，明太祖朱元璋借势而起，建立了明朝。因此，后世将元亡归因于水患。这里的"江汉无情"也有"皇权更替有天之预兆"的意思，和前一句中的"乾坤有恨"作了对比。

颔联气势雄伟阔大，用天地有恨和江河无情的对比来表达自己对天地不公、自己无故逊国的无尽恨意。简单地说，颔联的意思是：通过责问天地不公来抒发心中愤慨。既然朱棣说他得罪了天地，如果天地心中有恨的话，可以主持公道，那么我的皇位为什么却没有了？江河是无情的，都说失道亡国前有水患的预兆，可现在江水依旧流淌，我却失去天下。

颈联："长乐宫中云气散，朝元阁上雨声愁。""长乐宫"，汉宫名，意为"长久快乐"。汉高祖刘邦在位时居于此宫，这里引申为南京的皇宫。"朝元阁"是唐朝皇帝的家庙。"云气"，传言龙居住的地方必有风云相伴，这里也可以引申为天子之气。"雨声"，传言雨为天地的哭泣。

颈联可以理解为：本是长久快乐的皇宫却慢慢失去了帝王所应有的风云气息，太庙上空下的雨都是天地祖宗留下的悲伤眼泪。颈联和颔联都是建文帝无尽的悲哭。诗人从颔联天地江河宏大之景转入了颈联朝殿祖庙之景，以天的不公对祖宗的悲愁，至情至感，却把心中的悲苦抒发得淋漓尽致。其中以长乐宫的"长久快乐"寓意对朝元阁家庙上的"雨声愁"，更有一种讽刺的意味。

尾联："新蒲细柳年年绿，野老吞声哭未休。""蒲"为水草。"细柳"，初生的嫩柳条。"新蒲细柳"即细细的柳丝和新生的水蒲。"野老"，村野老人。尾联两句分别出自唐代诗人杜甫《哀江头》中的"细柳新蒲为谁绿"和"少陵野老吞声哭"。诗人也如杜甫一般自称乡村野老。诗人写河岸边依依袅袅的柳丝，河道中抽芽返青的新蒲，是以美景反衬心中的哀恸。江山换了主人，烟柳繁华都如梦一般过去，再见这些美景只会让诗人痛彻心肝，无限伤心，哭又不敢大声哭，只能吞声而泣。

一边是春天里彩幄翠帱，一边是一个泣咽声堵的老人，两两对比写出了诗人对故国的怀念，写出了对世事沧桑变化的感慨，也写出了诗人压抑四十年的悲痛苦涩，尾联给全诗笼罩了十分凄切悲凉的色彩。

全诗中诗人的感情是深沉的，也是复杂的。从首联的感叹到颔联的质问，再到颈联的感伤，再到尾联的自哀，情绪起伏跌宕。诗人触景生情，泪洒胸襟，既表达了对故国的伤悼之情，也表达了自己对世事变幻的悲慨，更表达了对靖难之役后国破家亡的悲恸。

二、从建文帝的生平和时代背景分析

1. 建文帝得位之纯

后世对建文帝褒贬不一，很多人甚至把燕王朱棣争储的事情拿出来诋毁建文帝。其实太祖朱元璋很早就属心朱允炆。毕竟朱允炆无论在哪个方面都算得上一个理想的接班人。从外表看，他风度翩翩；从天赋看，他从小就聪明伶俐；从学识看，他勤奋好学。最重要的是他的性格忠厚孝顺，很得朱元璋的喜欢。朱元璋的遗诏称朱允炆"仁明孝友"，殆非虚夸。尤其是洪武二十三年（1390年）太子生病时，朱允炆含泪侍候在旁，昼夜不离。太子去世后，朱允炆悲痛至极，形销骨立。朱元璋临终前，他也是日夜侍候在侧，衣不解带，唾壶溺器都亲手提献。这些事传出去后，满朝大臣无不叹息感慨。

于是，在"立嫡立长"的封建王朝，朱元璋定下朱允炆皇太孙的身份。"帝生颖慧好学，性至孝。年十四，待懿文太子疾，昼夜不暂离。更二年，太子薨，居丧毁瘠。太祖抚之曰：'而诚纯孝，顾不念我乎。'洪武二十五年九月，立为皇太孙。"（《明史·本纪第四》）

朱允炆在能力方面也是无可挑剔的。朱元璋早年就尝试让他参与处理朝廷政务。"初，太祖命太子省决章奏。太子性仁厚，于刑狱多所减省。至是以命太孙，太孙亦复佐以宽大。尝请于太祖，遍考礼经，参之历朝刑法，改定洪武《律》畸重者七十三条，天下莫不颂德焉。"（《明史·本纪第四》）朱允炆少年老成，处理事情一般都比较周到。特别是对比朱元璋的处事苛刻，朱允炆常济以宽大，群臣无不暗暗高兴，期盼朱允炆早日继位。

2. 为加强统治，削藩失败

后世史家多言建文帝为"守文令主"，其实他根本不是守成之主，他更多的是书生意气，纸上谈兵，或者说是仁厚乐善，但英断不足（孟森《明史讲义》）。

建文帝即位后，自认为熟读史书，通王霸之道，不是想着怎么稳定政局，收拢人心，而是一上台就雷厉风行地展开了在皇太孙时期就产生的"削藩"计划。"惠帝为皇太孙时，尝坐东角门谓子澄曰：'诸王尊属拥重兵，多不法，奈何？'对曰：'诸王护卫兵，才足自守。倘有变，临以六师，其谁能支？汉七国非不强，卒底亡灭。大小强弱势不同，而顺逆之理异也。'太孙是其言。"（《明史·黄子澄传》）

自古以来，"削藩"都是一件非常危险的事情。汉景帝削藩也险些导致帝位不稳。实行削藩，完全可以采用更隐蔽、更高明的手段，把他和诸王之间的紧张状态化解于无形之中。比如，他可以借鉴汉武帝的推恩令，让诸王的权力越分越小。他也可以不动声色地找借口逐步收回诸王的军事指挥权，只给他们一个空头帽子。然而建文帝是怎么做的？第一步居然是"削自己"，进行大裁军。"诏兴州、营州、开平诸卫军全家在伍者，免一人。天下卫所军单丁者，放为民。"（《明史·本纪第四》）

表面上看起来这算是一种仁政，但事实上，把那些发配为军及有特殊情况的士兵放归为民，绝对是对国防力量的削弱。要知道南军久不习战阵，早已没多少战斗力，眼见都要削藩了，大仗一触即发，建文帝还自翦羽翼。

削藩要讲究策略。《明史·高巍传》记载高巍的建议："高皇帝分封诸王，此之古制。既皆过当，诸王又率多骄逸不法，违犯朝制。不削，朝廷纲纪不立；削之，则伤亲亲之恩。贾谊曰：'欲天下治安，莫如众建诸侯而少其力。'今盍师其意，勿行晁错削夺之谋，而效主父偃推恩之策。在北诸王，子弟分封于南；在南，子弟分封于北。如此则藩王之权，不削而自削矣。臣又愿益隆亲亲之礼，岁时伏腊使人馈问。贤者下诏褒赏之。骄逸不法者，初犯容之，再犯赦之，三犯不改，则告太庙废处之。岂有不顺服者哉！"

对付藩国，就得用主父偃、高巍的办法。就算一定要用晁错、黄子澄的办法，那也是在有名将周亚夫的前提下。可有趣的是，建文帝首肯了高巍的办法后，却依然使用了黄子澄的办法，并且迫不及待地在即位之初就积极下手。这样的手法既迅速激化了矛盾，又明显违背了朱元璋的遗嘱，而且还在道义上处于被动。而更致命的错误却是建文帝既要削藩，却又爱惜面子，拖泥带水，优柔决断，从而铸下不可挽回的大错。既要削藩，就要找冠冕堂皇的借口。在诸王中，最大的威胁是燕王。然而燕王平时举动谨慎，没有道德上可指责的地方，拿他开刀名不正言不顺。其他诸王则平时作恶多端，名声很坏。于是建文帝君臣商议多次，决定先拿其他诸王开刀，并且把这个策略命名为"先除枝叶，再除根本"。

因此，从即位后第三个月起到第二年六月，建文帝利用诸王平日里的诸多劣迹，先后削了周、湘、齐、代、岷五王，废去爵位，贬为庶人。并且每削一人，就公布他们的罪状，以安天下。一年之内，就连废了五个亲王，建文帝看上去还真有些魄力。又以边防紧张为名，把燕王护卫中的精锐调到塞外驻守。又派了两名亲信，管理北平地方的行政事务。看起来建文帝的考虑不可谓不周到，布置不可谓不严密，然而，张牙舞爪、气势汹汹了半天，却没有触动燕王的根本，反而把自己的意图完全暴露在燕王的面前。

在削藩已经开始不能停步的时候，建文帝又为了自己的面子而错失良机。史载："（黄子澄）又入言曰：'今所虑者独燕王耳，宜因其称病袭之。'帝犹豫曰：'朕即位未久，连黜诸王，若又削燕，何以自解于天下？'"《明史·黄子澄传》就这样，一步步看似眼花缭乱，却越发显示出优柔寡断。最终燕王朱棣以静制动，让建文帝削藩后劲不足。而燕王朱棣则积蓄力量，一举靖难成功，攻占了南京城，结束了建文帝的统治。

所以，建文帝的失败是他的书生意气、优柔寡断导致的。建文帝在《逊国后赋诗》中写道"乾坤有恨家何在"，恨的应该是他自己的不争和优柔寡断。而"长乐宫中云气散"其实也有幡然醒悟的意思。经过四十年的流亡生涯，虽然心中依旧有着对故国难忘的悲痛，但更多地慢慢找到了自己失败的缘由。这也就导致在尾联中诗人面对春风中的细柳新蒲，虽然不舍但只能泣咽声堵。

三、从建文帝的下落联系成诗时间去分析

1402年朱棣攻入南京后，建文帝不知所终。他的下落如何，一直是后世所关心的事情。后世众说纷纭。而这也决定了《逊国后赋诗》是否为真作。关于建文帝的下落，广为流传的说法有三种：焚死说、出亡说、归来说。

1. 焚死说

《明史》中记载："谷王橞及李景隆叛，纳燕兵。都城陷，宫中火起，帝不知所终。燕王遣中使出帝后尸于火中，越八日壬申葬之。"

我们知道朱棣称帝后,为了遮掩自己篡位的行为,销毁了建文时期编写的《明太祖实录》,重新编写《明太祖实录》。在《明太宗实录》卷九下中,这样记述靖难军进入南京城时的情景:"建文君欲出迎,左右悉散,惟内侍数人而已,乃叹曰:'我何面目相见耶!'遂阖宫自焚。"这样的记载看似言之凿凿,但并不能阻止后人的怀疑。因为对于朱棣一方来说,建文帝必须死。不论事情真相如何,但在舆论宣传上,建文帝一定要死去,不然朱棣登上帝位就"名不正言不顺"。

因此,朱棣把建文帝的主录僧溥洽抓了起来,在监狱里关了十多年,目的就是逼他供出建文帝的去向。同时,朱棣向全国的寺院颁布了《僧道度牒疏》,把所有僧人的名册重新整理,对僧人进行了一次全方位的调查;他又派户科都给事中胡濙以寻访仙人"张邋遢"为名,走遍天下州郡乡邑,历时十六年,来搜寻建文帝下落;后来,因为又有传言说建文帝去了海外,他就又派亲信太监郑和七次下西洋,目的还是搜寻建文帝。所以自焚说不光后世不可信,就连朱棣本人也不信。

2. 归来说

再说归来说,在《明史》中记载了这么一个故事:"或云帝由地道出亡。正统五年,有僧自云南至广西,诡称建文皇帝。思恩知府岑瑛闻于朝。按问,乃钧州人杨行祥,年已九十余,下狱,阅四月死。同谋僧十二人,皆戍辽东。自后滇、黔、巴、蜀间,相传有帝为僧时往来迹。正德、万历、崇祯间,诸臣请续封帝后,及加庙谥,皆下部议,不果行。大清乾隆元年,诏廷臣集议,追谥曰恭闵惠皇帝。"(《明史·本纪第四》)所以,这个归来说也是假的,是同谋僧人伪称的。

3. 出亡说

最后剩下的也就是出亡说了。对此,张岱的《石匮书·胡濙列传》里写得最为详细:"时传建文崩,或云逊去,诸旧臣多从建文去者。文皇(朱棣)益疑,遣濙巡天下,名访张邋遢,又名搜遗书,遍行郡县察人心。时又传建文在滇南,濙以故在楚湖南久。(永乐)二十一年还朝。会文皇驻宣府,濙驰夜上谒。文皇已就寝,闻濙至,披衣急起召入,劳濙赐坐与语。濙言不足虑也。先,濙未至,传言建文蹈海去,文皇分遣内臣郑和数辈浮海下西洋。至是,文皇疑始释。"

因此，我们可以想到，公开宣称建文帝已死是政治的需要，而暗中追寻他的下落，当然是为了防止他卷土重来争夺皇位。所以出亡说相对比较可信。

在出亡说中，后世很多人说建文帝出家为僧，并有《金竺长官司罗永庵题壁》中的诗句"阅罢《楞严》磬懒敲"为佐证。然而出家为僧是需要剃度的，这就又和《逊国后赋诗》首联中的"萧萧华发已盈头"相违背。

在考证建文帝下落的各种资料中，史仲彬的《致身录》值得关注。传言史仲彬是建文帝出亡的随行人员，他在《致身录》里用大量篇幅描述了建文帝的流亡生活，说他在云南避难，东躲西藏，战战兢兢，直到得知成祖去世的消息才放下心来。虽然钱谦益和潘柽章都认为此书"浅陋不经"（潘柽章《国史考异》），是"伪书"（钱谦益《致身录考》），但也有许多人持不同意见，陈继儒、文震孟、胡汝亨都曾为《致身录》作序，肯定了此书的价值。所以出亡却未入僧是比较可信的。

因此，《逊国后赋诗》为建文帝逊国后流亡西南诸地所作。按照诗中"牢落西南四十秋"，该诗成于正统六年（1441年）前后。

四、结语

诗中所说四十年，那么这四十年发生了什么事情？明成祖朱棣永乐二十二年（1424年）在第五次征蒙古回师途中病逝于榆木川，长子明仁宗朱高炽仅在位十个月也病逝，长孙明宣宗朱瞻基在位十年也病逝，曾孙明英宗朱祁镇即位。

四十年岁月沧桑，如白驹过隙。可四十年里，面对自己的仇敌皇叔逝去，皇权数次更替，也让诗人感叹世事的无常。虽然诗人久久不能忘怀皇位的失去，但在四十年里也逐渐接受了现实。这也是全诗唯有颔联发出责问的怒吼，而其他三联则更多是悲愤和感慨的原因。四十年，白发盈首，回望故国已是"云气散""雨声愁"。感慨也罢，悲愤也罢，面对"新蒲细柳年年绿"，诗人只能无奈地吞声而哭。这哭是悲愤自己的命运不公，是感伤四十年的艰辛流亡，是感慨世事无常，时光荏苒，更是对故国的一种无奈而又悲哀的悼念。

20. 以诚待得春风起

——从《蝶恋花·题九月海棠》看朱高炽在太子位上的悲苦

蝶恋花·题九月海棠
明仁宗朱高炽

烟抹霜林秋欲困，吹破胭脂，便觉西风润。
翠袖怯寒愁一寸，谁家庭院黄昏信。
明月修容生远恨，旋摘余娇，簪满佳人鬓。
醉倚小阑花影近，不应先有春风分。

自三代以来，得国最正者唯汉朝和明朝。明朝作为"天子守国门，君王死社稷"的朝代，在历史上存在了276年之久。这其中的原因不光有朱元璋的"治隆唐宋"和朱棣的"永乐盛世"。他们的功绩大则大矣，但若不是仁宗朱高炽登基以后施仁政，平争端，与民休养生息，明朝其实也会像元朝一样昙花一现，转瞬即逝。明仁宗朱高炽一生做了二十年太子，却只当了十个月的天子。在他继位以后，虽然没有八方进贡、四海称臣，但却承上启下，接收了永乐盛世，开启了仁宣之治，使得后世尊称他为"仁宗"。

明仁宗朱高炽（1378—1425年），明成祖朱棣嫡长子，1424至1425年在位。洪武二十八年（1395年），被太祖朱元璋立为燕世子。永乐二年（1404），明成祖立他为太子。当太子期间，明成祖朱棣曾多次亲征漠北，而他留守在京监国，主持朝政大事。朱高炽为人宽厚，爱护臣下，关注民瘼，因此备受称赞。永乐二十二年（1424年），明成祖驾崩，他即位为帝。"然中遭媒蘖，濒于危疑者屡矣，而终以诚敬获全"，言于人曰："吾知尽子职而已，不知有谗人也。"（《明史·本纪第八》）他重用蹇义、夏原吉、杨寓、杨荣、杨溥，实行开明政治，绳愆纠缪，律人以律己，注意与民休息，蠲免田赋，加强吏治，严惩贪官污吏。洪熙元年（1425年）五月，因病驾崩于钦安殿，享年48岁。

朱高炽一生崇尚儒学，喜欢读书，褒奖忠孝。因此在他在位期间，儒家思想得到了充分的发展。他还在京城思善门外建弘文馆，经常在退朝之后与儒臣及翰林学士一起谈论经史，吟诗写文。著有《御制文集》二十卷、《诗集》二卷。现流传下来的诗词共有十首。

《蝶恋花·题九月海棠》是朱高炽当太子时所作。这首词写得娟秀绝伦，但借咏海棠却顾左右而言他，很委婉地表达了自己成为太子后的内心悲苦。他作为长子，虽居于太子储君之位，但日子却一点都不安逸。前有父亲厌恶、挑剔的眼光，后有两亲兄弟朱高煦、朱高燧伺机诬陷、中伤他，使他的太子地位"濒于危疑者屡矣"。这对于性情憨厚的他来说，该是多么难堪和苦恼。尽管他表面上装作一脸轻松、毫不知情，尽管他口头上坚持对人说："不知有谗人，只知尽子职而已……"但他的内心是不可能没有忧虑的。只不过身为太子，自有他不可对人言的无奈罢了，唯有借这一首《蝶恋花·题九月海棠》，很委婉地倾诉自己这种不为人知的悲慨苦愤。

一、从文辞方面进行研读

《蝶恋花》原为唐教坊曲名，后用为词牌名，又名"鹊踏枝""凤栖梧"。《乐章集》《张子野词》并入"小石调"，《清真集》入"商调"。朱高炽的这首词属于典型的正体格律：双调，六十字，前后段各五句，四仄韵。

从古至今，咏物的诗词不少，几乎都是诗人借所咏之物来抒发自己心头感想和思绪的作品。而提及咏海棠的作品，最常被人们想起的当属苏轼的《海棠》诗："东风袅袅泛崇光，香雾空蒙月转廊。只恐夜深花睡去，故烧高烛照红妆。"苏轼在诗中咏的是春天初绽的海棠花，借此表达自己的惜春之情，诗中流露出的担忧、惊怯之情直截了当地传递给读诗之人，让人不禁也跟着苏轼一起爱惜所有一切善良美好的事物来。与苏轼《海棠》诗有所不同，朱高炽在《蝶恋花·题九月海棠》中描绘的是迎着西风开放的秋海棠饱经西风摧残却依然顽强开放的情景。这样的海棠亦如在深宫中成为太子的诗人。如此的深秋总是给人以难言的压抑与忧愁，民间如此，宫中更甚。"萧瑟"是深宫之人在这个季节中最恰当的心情概括，是诗人内心深处的悲苦。这首词分为上、下两部分。

上片首先写景，描写海棠花盛开的艳丽；接着把视角拉大拉远，转移到因西风而引起的"萧瑟""思愁"，呈现宫女们"翠袖怯寒愁一寸"的场景；最终引到"谁家庭院黄昏信"，归于"思愁"。

"烟抹霜林秋欲困，吹破胭脂，便觉西风润。"开头三句意思是：时间已近深秋，但胭脂般鲜艳的海棠花却绽开笑靥；鲜红的花朵迎风开放，使乍起的西风也显得轻软微弱了。诗人首先用写景的方式点明时令，其用词也非常娟秀："烟抹霜林"。"烟抹霜林秋欲困"说明已经是深秋。霜林一般用来指代枫林，枫叶红了，冬天肯定就快来临了。而"胭脂"一般指海棠，这里指盛开的秋海棠，即题中的九月海棠。全词开头没有直接写海棠，而用写景引出秋日的"萧瑟"。再辅以海棠在西风中怒放的色彩，用"吹破胭脂"反衬连刺骨的西风也显得不那么凛冽了。这种侧面反衬使得一种黯然销魂的"秋愁"油然而生。

"翠袖怯寒愁一寸，谁家庭院黄昏信。"身着"翠袖"的宫女们在这样秋风起、黄昏愁的日子里寂寞万分。寂寞生愁，因何而愁？那便是"谁家庭院黄昏信"。"翠袖怯寒愁一寸"虽看似一句叙事，却把在西风中瑟瑟发抖又百无聊赖的宫女形象像一幅剪纸一样形象地勾现出来。"谁家庭院黄昏信"更写出寒风中瑟瑟发抖的宫女们因为天寒袖短而对家乡来信寄物的无比期盼之情，从而引到她们对家乡的"思愁"上面。也使"翠袖怯寒"赋予了"思愁"的色彩，加重了人在西风中的"寂寥"情绪，使得秋景画面变得生动起来了。

本词虽名为海棠，但诗人在上片却仅仅只在启篇三句中用"吹破胭脂"写了海棠，而后便去写"翠袖"。面对宫中海棠盛开的美景，宫女们却无法快乐起来。以"翠袖怯寒"之愁渲染西风的"萧瑟"，这种"萧瑟"是寂寥的，是思愁，更是一种"秋愁"。诗人转换视角，从点到面再引出情感。先写海棠，再拉开视角写海棠边怯寒的宫女，再联想出宫女们因怯寒而思愁，最后转化为诗人在秋风中的孤单心情，抒发了诗人的无比凄凉之感。在这两句中，宫女们的"思愁"其实又何尝不是诗人的"思愁"！诗人虽为长子，但父亲一直不喜，屡有更换"太子"之位的意思。诗人只能一直努力，希望靠自己的能力来获得父亲对自己的欣赏。这种期盼"父爱"的愁绪又何尝不是一种"思愁"！

"明月修容生远恨，旋摘余娇，簪满佳人鬓。"有了上片的情绪渲染铺垫，在下片中，诗人用很多笔触描绘明月下宫女们摘花、插鬓的画面。明明是一幅唯美的画面，可是在诗人的笔下，却始终透着一股难以描述的愁绪。"修容"，为古代宫内女官名，这里为宫女。"远恨"，指远离家乡所产生的惆怅怨恨之情。"余娇"，形容非常妩媚可爱，既是描写海棠花的妩媚，也是描写宫女的娇俏可爱。所以下片这三句紧接上片中宫女们的怯寒思愁。因为"思愁"而惆怅，宫女们只能在这海棠花盛开的宫闱中，在明月下摘花、插鬓，醉倚小阑观花。

"醉倚小阑花影近，不应先有春风分。"诗到词尾，诗人终把情绪抒发了出来。这种情绪的抒发是相连贯的。下片前三句"明月修容生远恨，旋摘余娇，簪满佳人鬓"成了寂寞生愁：明月高高地升起，宫女们空有绝世的容颜，却始终不能和家人们在这美丽的月光下团圆，只能摘花、插鬓，孤芳自赏。而诗人的忧愁呢？诗人没有明说。但何以解忧？唯有美酒。于是诗人用"醉倚小阑"写出了自己在醉意之下俯身花中、不拘形迹、只求醉了的"疏狂"。而"花影近"，则是一种苦中作乐。在醉酒的朦胧之间，海棠花影近在眼前。"不应先有春风分"，仔细一想，春天还远着呢！这里的"春风"对应上面的萧瑟西风，更对应诗人的心情。没有真正快乐却期盼快乐，不觉中发现想要快乐的日子还非常遥远。这种明知不得却又期盼的苦寂心情让诗人越发苦痛。联系当时，诗人本性憨厚，虽以能力成为太子储君，但这个位子从一开始就不安稳。父亲朱棣不喜欢他，处处给他以挑剔的眼光，再加上弟弟们不断地中伤、陷害，让朱高炽在太子之位上如履薄冰，根本没有成为太子储君的快乐。

这首《蝶恋花》非常巧妙地依托"萧瑟"引出"秋愁"，先用"思愁"来解释"秋愁"，最后却又用不明的愁绪来抒发自己现实中的悲苦。"醉倚小阑"，盼有"春风"。诗人的愁绪是浓烈的，却因为一些现实的因素而迟迟不能说破，只能从词的字里行间向读者透露出来。眼看就要写到了，却又煞住笔，调转笔墨，如此影影绰绰，扑朔迷离。也正因为这样，全词才有一种"悲苦"的深沉，情绪回荡，具有很强的感染力。

诗人有着不可与人言的悲苦和无奈，这是作为太子储君一再遭到父亲挑剔、兄弟中伤的悲苦。诗人还必须装作毫不知情，继续做到尊父爱子，兄友弟恭。可是诗人心中的苦闷又有谁知？终于在这个秋去冬来的日子，一腔愤懑化作一首美轮美奂的《蝶恋花》。也只有借这一首《蝶恋花》声东击西，顾左右而言他，诗人才能委婉地倾诉出自己不为人知的悲苦心境。

或许正因为有这样的隐情在其中，所以整阕词中用字严谨工巧，"抹""破""润""怯""生"……生动传神，韵律优美，形象鲜明。主体胭脂般的海棠，衬以翠绿色衣袖的宫女，明月下摘花、插鬓、倚阑、观花等动作，形成一幅绝美的画面。整阕词从字面上看是缤纷明艳的，胭脂、翠袖、娇花、美人、明月、美酒……林林总总的人、事、物汇聚在一起，极为美好，让人不得不由衷地为之陶醉。只不过掩藏在这些美景尤物之中的，却是人心深处的"忧愁"与绵远无尽的"悲苦"。

二、从诗人的生平去探究仁宗诗中的凄苦

1. 诗人出身的高贵

明成祖朱棣一生共有四子、五女。长子朱高炽于洪武十一年（1378）出生，当时燕王朱棣年仅十八。作为第一个孩子，朱高炽不仅深受朱棣的喜欢，就连朱元璋也亲自到燕王府看望过他，并亲自取名为朱高炽。《明史·本纪第八》中记载了仁宗出生时的情景，仁宗的母亲"梦冠冕执圭者上谒，寐而生帝"，这意味着仁宗是天神下凡、受命于天。当然这种套路和古代"天命玄鸟，降而生商"以及周的祖先因踩巨人脚印而出生的神话如出一辙，都是为了巩固统治的需要。但不得不说，朱高炽绝对是含着金钥匙出生的，他的身份极其显赫。爷爷是当朝皇帝朱元璋，父亲是燕王朱棣，外祖父是明朝开国大将军徐达，母亲是徐达最宠爱的长女，高贵的身份预示着朱高炽的人生将有着不平凡的道路。

徐皇后一生生子有三，分别是长子朱高炽、次子朱高煦、三子朱高燧。后来纵然汉王朱高煦、赵王朱高燧那么嚣张地陷害朱高炽，朱高炽也不希望把事做绝。三人为一母所生，仁宗朱高炽顾念亲情而已。

朱高炽的童年也过得非常幸福，父母对他恩爱有加。朱高炽的幼年得到了无数的关爱。父亲教他骑马射箭，母亲教他读书识字。而朱高炽天资聪颖，过目不忘，在同辈中更是出类拔萃。开蒙后，朱高炽接受儒家教育颇深，养成了喜静不喜动的性格，所以看起来也比较沉稳老成。这也让他颇得爷爷朱元璋的喜欢。洪武二十八年，年轻的朱高炽就被朱元璋册立为燕王世子。

朱元璋曾经为了考察自己的子孙们，派燕王世子、秦王世子、晋王世子等代替自己阅兵。当其他人都按时复命后，唯独朱高炽姗姗来迟。朱元璋很是不解，询问原因。朱高炽说道：早晨天气过于寒冷，而士兵还没有来得及吃早饭就要去阅兵，这种方法太过严苛，于是自己就让士兵吃饱饭后再行操练。朱元璋听后龙颜大悦，对朱高炽赞不绝口，夸赞他有"君人之识"。由这个故事也可见朱高炽的敦厚仁义。也正因性格如此，他才能一再遭到弟弟们的中伤陷害而不反击，只是一味隐忍。但老实人也有自己的怒火，这便有了词中"醉倚小阑花影近，不应先有春风分"两句，借酒醉的疏狂向海棠花问询苦痛的日子是否还有尽头。

2. 因肥胖被父亲所不喜

由于朱高炽喜静厌动，又贪嘴，所以造成体型肥胖。再加上从小体弱，他虽然在文化学识上表现突出，但在武力方面却十分羸弱。即使朱元璋对这个"胖孙子"十分喜爱，但是身为"战争狂魔"的父亲朱棣却对他十分不满，而是喜欢次子朱高煦，甚至对朱高煦说过"世子多病，汝当勉励之"这样的话。朱高煦是朱高炽的同母亲弟弟。和朱高炽的肥胖身材不同，朱高煦身材魁梧，是十足的帅哥。但是朱高煦"性凶悍"（《明史·列传第六》）且"材武自负"（高岱《鸿猷录》卷九）。太祖朱元璋在宫中建有"大本堂"，广集藏书，延请名儒，早期朱棣等皇子和勋贵子弟便开始在其中读书学习。后来"皇三代"们也在这里学习。但"皇三代"中，朱高煦是刺头，"不肯学，言动轻佻，为太祖所恶"（《明史·列传第六》）。

那么这位燕王世子到底有多胖？据说已经肥胖到了行动不便的程度，起坐走路都需要两个侍卫搀扶才行。即使这样，朱高炽依然管不住自己的嘴。明叶盛《水东日记》卷七载："仁庙素苦足疾，中官翼之，犹或时失足。"

公元1404年，朱棣成功登上帝位。虽然很不喜欢朱高炽，但朱棣还是按老爹朱元璋《皇明祖训》的规矩立他为太子。即便这样，朱棣仍然怎么看怎么不顺眼，认为一身肥肉、行动不便的朱高炽完全没有帝王之相，便下令让东宫的御膳房缩减太子的伙食，只要饿不死就行，强制给他减肥。对于一个吃货而言，减肥无疑是无比痛苦的过程。饥饿难耐的朱高炽便让厨师偷着给自己做吃的。事后朱棣知道后，直接将厨师处死。即使这样，依然没能阻挡朱高炽在吃货的路上越走越远。

3. 期盼以能力扭转父亲对他的不喜

洪武三十一年（1398年），71岁的太祖朱元璋走到了生命的终点，皇太孙朱允炆继位，史称建文帝。太祖时期，为了巩固朱氏对天下的统治，在全国各地设置了很多宗室藩王，且这些人掌握着精兵强将。这些藩王中，有不少人仗着自己皇亲贵胄的身份骄纵不法，这也成了洪武朝遗留给新朝的最大问题。为了加强中央集权，建文帝公然下令削藩，其力度之大，即使自己的亲叔叔也毫不手软。一时间，各地藩王纷纷裁撤，这也让远在北平的燕王朱棣不禁胆颤心惊。

洪武二十八年，秦王去世。洪武三十一年，在朱元璋去世前夕，晋王也去世了。于是燕王朱棣便成了太祖所封诸王中最年长者。这时，朱棣的羽翼已经丰满，不但有久征惯战的护卫军，权限上也早已超出了"列爵而不临民"（《清史稿·列传第二》）的规定。朱棣可以说是建文帝要面临的最大最强的藩王。

面对建文帝咄咄逼人的削藩举动，燕王其实早有反抗之心，为此他直接装疯卖傻。而在南京为质的朱高炽也心领神会，直接上疏请求回家给父亲看病。朱高炽平时仁孝敦厚，与朝中文武百官交好。建文帝竟毫不犹豫地把他和两个弟弟放走了。这一下燕王朱棣没有了掣肘，直接起兵造反，奉天靖难。

朱棣发动"靖难之役"后，建文帝随即派兵进行征讨。当时朱棣的根据地仅为其封地北平，在打退耿秉文率领的第一次朝廷讨伐军后，靖难军的形势其实并不乐观。北平以北的山海关等边疆一线是朝廷的军队，北平以南也是朝廷的征讨大军，燕王的靖难军面临着遭受南北夹击的不利形势。燕王决定先北后南，出兵山海关，占领大宁，而空虚的北平则全靠嫡长子朱高炽守护。这里选嫡长子朱高炽守护根据地北平的原因，一是朱高炽身宽体胖，腿脚不便，不能跟随他踏雪卧冰外出征伐，二是信任他的能力。

不想，朝廷讨逆军总指挥李景隆十分有谋略，见北平空虚，遂率五十万大军直达卢沟桥，围攻北平。这一计不得不说非常狠毒，直击燕王军队的弱点。朱棣率精兵北上，北平城中只有一万老弱病残的士兵。要知道当时，朱棣只有这么一个城池，而此时前来攻打北平的朝廷军队多达五十万人，力量极其悬殊。可以说，朝廷军队只要拿下北平城，就基本锁定了"靖难之役"的胜利。

面对城外士气高涨的朝廷征讨军，朱高炽知道北平对于此次"靖难之役"的重要性。他带着一万多老弱病残守卫着空虚的北平城。这场大仗充分体现了朱高炽的军事指挥才能。他"旦暮督治守备",礼贤下士,勤勉异常,"四鼓以起,二鼓乃息"(《明仁宗实录》卷一),本来身体就不好还殚精竭虑。敌攻城时,以冰浇筑城墙;敌围城时,派兵惊扰。在最危机的时候,他还亲自上城墙进行督战,以身作则,安抚城中军民。朱高炽抵挡李景隆的进攻长达一个月。后来朱棣回援,逼退李景隆,北平城成功守住,扭转了战局。北平攻防战的胜利,使得朱棣再也没有后顾之忧,开始席卷北方。北方安定后,朱棣迅速率大军南下。在后面的几次战斗中,朱高炽虽没有跟随父亲南下,但他一直主政北平,负责调度军需。古代打仗就是打军需,所以靖难能成,朱棣能够登上皇位,其长子朱高炽功绩当为第一,朱高炽也顺理成章地被朱棣册封为太子。

除此之外,朱棣登基后,从1408到1424年的16年间,朱高炽以太子身份监国多达六次,监国时间总计长达九年八个月,而朱棣在位时间一共也就22年。由此可见,朱棣虽然不喜欢这个"肥胖"的嫡长子,但对他的能力还是给予了极大的认同的。

再到后来,朱棣发现自己征战四方,派郑和下西洋,修《永乐大典》,修长城,修大运河,一项项举世功绩虽然风光无限,但劳民伤财,如不是太子朱高炽在这二十年中鞠躬尽瘁,夙夜忧叹,大明朝恐怕就要毁在自己手中了。加上朱高炽有个好儿子朱瞻基,深得朱棣喜爱,被称为"好圣孙",朱棣也就渐渐打消了改立太子的念头。

4. 太子之位的坎坷

燕王朱棣是通过靖难之役即位的。朱高炽因身体肥胖、行动不便,在靖难之役中自然不能冲锋陷阵,而他的弟弟朱高煦则是一直随父亲朱棣卧冰踏雪四处征伐,累立战功。朱高煦性情凶悍,而朱高炽仁爱敦厚,与朱棣性格大相径庭。朱高炽的性格更像朱棣的哥哥、已故太子朱标。所以,朱棣早先对这个肥胖的长子很是不满,而更喜欢一直跟随自己身边的二儿子朱高煦。

建文四年,江上之战,朱棣的大军惨败于朝廷征讨军,朱棣险些被俘虏。关键时刻,他的次子朱高煦于万军之中杀出一条血路,使得朱棣成功脱困。所以便有了朱棣那句话:"吾病矣,汝努力,世子多疾。"(谷应泰《明史纪事本末》卷二十七)这句话虽然只是给朱高煦的虚幻的激励,但也给朱高炽造成了极大压力。这也使得在朱棣即位之后,围绕太子之位的斗争始终扑朔迷离。

朱棣登上皇位后，在立太子的问题上出现了犹豫。朱高炽由于仁爱、儒雅，深得文臣们的拥戴，而且也是朱元璋亲自为他选择的世子，是皇位的合法继承人。在封建社会，这一点是非常重要的。而朱高煦性格颇似朱棣，武勇英俊，在靖难中立下大功，且朱棣也曾亲自许愿会将皇位传给他。就朱棣本人来讲，他其实是希望立朱高煦的。他觉得朱高炽过于仁弱，将来会遭人胁迫。围绕太子之位的斗争，以靖难功臣为首的一派，如靖难的武将淇国公丘福、驸马永春等，因朱高煦曾同他们一起出生入死，都支持朱高煦。而以兵部尚书金忠为首的一派，包括解缙、黄淮等儒臣都主张立嫡。因为明朝的内阁制度和封建社会长幼有序的宗法制度在某种程度上制约着帝王，而且朱高炽作为世子的时候确实没有什么重大的错误，因此废之无名。还有很重要的一点是朱高炽的长子朱瞻基敏慧异常，深得朱棣的喜爱。解缙亦作《奉敕题虎顾众彪图》一诗："虎为百兽尊，谁敢触其怒。唯有父子情，一步一回顾。"（冯梦龙《智囊·语智部》）众臣以"皇长子仁孝""好圣孙"为由，并用古往今来种种事例说服朱棣，最终使得朱棣下定决心，于1404年立朱高炽为太子。"居守功高于扈从，储贰分定于嫡长。且元子仁贤，又太祖所立，真社稷主。"（谷应泰《明史纪事本末》卷二十七）

三、从成诗时间以及时代背景去探究诗人的困苦

1. 成诗时间及太子位的危机

虽然朱高炽被立为太子，但他在这个位子上坐得并不安稳，其根源还是那句"吾病矣，汝努力，世子多疾"。朱棣在江上之战中似乎随口又似乎不是随口说的一句话，给朱高炽造成了极大压力。在靖难之役中，朱高炽不是没有贡献，而是贡献巨大，其作用一如汉初萧何。但一方面父亲不喜欢他，另一方面大臣们更愿意选择其弟朱高煦，因为后者曾同他们一起出生入死，仿佛完全抹杀了他在靖难之役中所做的一切贡献。这也使得朱高炽被立为太子之后，一切言语行为都如被放大镜放大一般，所有人都用挑剔的眼光观察他。一旦有稍微不对之处，马上便会召来群臣的批评和弹劾。这也使得朱高炽在太子之位如坐针毡，根本没有快乐而言。

史料中有个故事真实地记录了朱高炽太子之位的危机。一次成祖朱棣要北伐北元，他让朱高炽监国。但他并不放心朱高炽，怀疑他会有什么不轨的行为，便

命令礼部侍郎胡濙暗中监视，叮嘱说："人们常说太子失德，你可以到京师，多多观察。要有什么不好的事情，赶紧来奏报。"一方面群臣亲近次子朱高煦，一直不间断地对朱高炽挑刺，再加上原本朱棣就对朱高炽的肥胖身材不满意，渐渐地，朱棣对朱高炽有了倾向性意见。由此所知，当时朱高炽在太子之位上的危险处境真是步步惊心。可喜的是胡濙被太子的老实忠厚所折服，回禀朱棣，"密疏太子诚敬晓谨七事"（《明史·本纪第八》），从而打消了朱棣对太子的疑虑。

这首《蝶恋花·题九月海棠》就作于朱高炽成为太子后的一个深秋。当时他一方面遭到父亲的厌恶和猜忌，另一方面深受以亲弟弟朱高煦、朱高燧为首的群臣的诬陷中伤。他虽为太子，但太子之位实是"濒于危疑者屡矣"。但他还不能反抗，必须要装作一脸轻松、毫不知情的样子。尽管他嘴上始终对人说"不知有谗人，只知尽子职而已"，但他的内心却是悲苦的，而又不能与人言，唯有借这首《蝶恋花·题九月海棠》隐晦地抒发。

2. 以诚待终挫败阴谋

朱高炽成为太子之后，他的两个弟弟朱高煦被封为汉王，朱高燧被封为赵王。这两个弟弟并没有因为朱高炽被立为太子而认命，尤其是汉王朱高煦迟迟不肯就藩，一直留在京城串联群臣，伺机行动。于是在朱高炽成为太子后的六次监国期间，在朝堂之上发生了三次刻意针对他的大案。这三起大案分别为：

第一起是太子府属官解缙之死。解缙是朱高炽被立为储君的第一功臣。朱高炽成为太子之后，曾多次劝谏成祖朱棣，为免于兄弟阋墙，应该让朱高煦即刻就藩，惹得成祖十分不满。朱高煦借机进谗言，让成祖以解缙泄露试卷为借口把他贬黜出京。后又在解缙入京述职时进谗言，以"无人臣之礼"为由，在解缙返回交趾的途中把他杀死。

第二起是大理寺右丞耿通之死。成祖朱棣第一次北伐归来后，曾向辅政的杨士奇询问太子表现，杨士奇答曰"（太子）存心爱人，决不负陛下托"（《明史·杨士奇传》），而大理寺右丞耿通也上疏"太子事无大过误"（《明史·耿通传》）。朱高煦、朱高燧对此十分不满，便诬陷耿通是接受了太子的贿赂而替他说话的。这期间还发生了耿通弹劾成祖当时的宠臣陈英之事。于是朱高煦、朱高燧和陈英等联合诬陷朱高炽在暗暗发展自己的势力，杨士奇、耿通等人皆已成为太子党，导致耿通被杀。

第三起是黄杨之狱。成祖第二次北伐期间，太子监国，黄淮、杨士奇、杨荣辅政。朱高煦借机"日夜谋夺嫡，复造飞语，动摇监国，并中伤黄淮等"（《明史纪事本末》卷二十七），最终黄淮、杨溥等太子党被锒铛下狱。

这三起大案都是汉王、赵王针对太子朱高炽的阴谋，但朱高炽凭借智慧，在朝中大臣们的支持下成功化解，最终朱高煦不仅没能夺嫡，反而被遣送就藩。朱高燧不甘心失败，在朱棣生病期间密谋要杀死他，然后矫诏即位，幸而有人告密，一场灾难才没有降临。事后，朱高炽为朱高燧求情，朱棣总算没有再追究。

朱高炽在永乐七年至永乐二十二年间六次监国。监国期间，朱高炽制定了一系列政策，其影响持续十余年。成祖朱棣从漠北回銮后，对太子制定的各项政策亦不大过问，所以太子可以说是成祖时期各项政策的实际制定者。大明两京一十三省文官多受朱高炽影响，这也为朱高炽的太子之位打下了牢固的根基，再也不可能动摇了。

3. 登基后政治清明

公元1424年，即永乐二十二年，成祖朱棣在第五次远征漠北的回师途中病死，朱高炽正式登基继位，年号洪熙。朱高炽登基后更加勤政爱民，而且大胆承认父亲在"靖难"中的错误，头一件事就是赦免靖难遗孤，这使得大量的无辜百姓得以平反，缓和了当时的社会矛盾。

登基后，朱高炽广施仁政，停掉了朱棣时期一些浪费人力财力的政策，对待周边国家主张和平交往，化干戈为玉帛。对待官员上，朱高炽一改朱元璋和朱棣的高压政策。对待百姓上，朱高炽提倡与民休养生息，遇到灾荒，朝廷免费开仓放粮，让百姓安居乐业。以上措施使得明朝百废待兴，蒸蒸日上。而这些都是朱元璋和朱棣没有做到的事情。朱高炽还做了一件事，就是承上启下的皇权过渡。他吸取了朱元璋立朱允炆的教训，在自己的两个亲弟弟虎视眈眈的时候，派自己的儿子朱瞻基去南京，一是准备迁都，二是安抚江南各藩王，笼络南方士子。这种做法从根本上削弱了藩王力量，也为朱瞻基登基后平定朱高煦之乱奠定了基础，让明朝免除了二次靖难战争。

四、结语

站在朱棣的身后，在二十年的太子生涯中，朱高炽的光芒或许并不耀目。可是成祖朱棣下西洋，收安南，征漠北，迁都北京，修《永乐大典》，一系列大动作下来，国家财政却并未出现严重问题，当时的监国太子朱高炽功不可没。

然而，虽为监国太子，但上有严厉的父皇，下有蠢蠢欲动的兄弟，二十年的太子生涯中，朱高炽早已在心中堆满了无人可述的凄苦。无奈之下，朱高炽只能把悲苦寄情于风花雪月之中，寄情于询问"不应先有春风分"之中。所幸，阴谋诡计终见不得天日，而以诚待人的朱高炽也终有拨云见日之时。虽然这位仁宗皇帝继位不到一年便突然驾崩，在位期间并没有八方进贡，四海称臣，但是他承上启下，接收了朱元璋的"治隆唐宋"和朱棣的"永乐盛世"，开启了独具特色的仁宣之治。而朱高炽的这首《蝶恋花·题九月海棠》，也终激励着世人奋勇前行、百炼成钢。

21. 依依杨柳诉悲愁

——感明睿宗朱祐杬《杨柳·金丝缕缕是谁搓》中的悲诉

杨柳·金丝缕缕是谁搓

明睿宗朱祐杬

金丝缕缕是谁搓，时见流莺为掷梭。
春暮絮飞清影薄，夏初蝉噪绿阴多。
依依弱态愁青女，袅袅柔情恋碧波。
惆怅路歧行客众，长条折尽欲如何？

明睿宗朱祐杬是明朝唯一一个没有真正当过皇帝却被追尊为皇帝的人，也是一个一生欲寄情于山水，却无力摆脱皇位争夺命运的悲苦凄凉的人。他的诗作《杨柳·金丝缕缕是谁搓》可以说是他一生的写照，既是寄情山水之作，也是诗人一生欲摆脱皇位争夺命运的无力呐喊。虽然贵为皇子，但皇位竞争者的身份却让他无法自主命运，唯有凭借诗作才能充分表达内心深处的悲哀和凄苦。

朱祐杬（1476—1519年），明宪宗第四子，明孝宗朱祐樘异母弟弟。成化二十三年（1487年）被明宪宗封为兴王，弘治七年（1494年）就藩于湖广安陆州（今湖北钟祥市）就藩。正德十四年（1519年）薨。正德帝赐谥"献"，其子明世宗朱厚熜即位后追尊为"兴献帝"，并追谥庙号睿宗，史称明睿宗。

朱祐杬自幼勤奋好学，"嗜诗书，绝珍玩，不畜女乐，非公宴不设牲醴"（《明史·列传第三》）。其著作有《北望赋》《阳春台赋》《汉江赋》，著有《恩纪诗集》及杂著记等共计三百余篇。其所作《杨柳·金丝缕缕是谁搓》，全诗巧妙地借用阳春三月的杨柳，隐晦地写出宫廷斗争中一个落寞皇子的穷途哀怨，唯美中带着凄苦悲凉。

一、解析文辞中蕴藏的愁绪

《杨柳·金丝缕缕是谁搓》是非常独特也非常优美的七言诗。全诗只有四联八句五十六字。诗人以拟人的手法描写春暮时节的杨柳，营造出一种高远的意境，让人读来赞叹不已。

首联："金丝缕缕是谁搓，时见流莺为掷梭。"诗人另辟蹊径，既写柳又写春，别开生面。启篇自问自答，由实转虚，点出了阳春三月的"春风""杨柳"。这里突出一个"缕缕"，将一条条垂柳具体、形象地展示出来。接着再来一个"搓"字，把春风拟人化，写出了柳条在春风中的起舞之态。其中动词"搓"给垂柳添加了几许韵味。"时见流莺为掷梭"这一句从点到面，从柳条迅速扩大到春天。诗中从"搓"到"掷梭"，用两个拟人写春风中的垂柳，写出了色彩，写出了形象。

颔联："春暮絮飞清影薄，夏初蝉噪绿阴多。"在点出春暮时节的同时，也将柳枝拟人化。"清影"比喻美丽女子的身影。"薄"字形容柳絮飞舞之中、朦朦胧胧之间的柳枝的倩影，给人以美的遐想。"夏初蝉噪绿阴多"中"夏初"对应"春暮"，也点明了时节。这联用以动显静的手法渲染柳树，以"蝉噪"之声来反衬"绿阴"之静。尤其是"多"字使柳阴显得更为深沉，从而达到了"动中有静意"的美学效果。

颈联："依依弱态愁青女，袅袅柔情恋碧波。"本联用"依依弱态"将柳枝化为一个美丽的姑娘，赋予杨柳以美感。"愁"，忧愁，这里更多的是相思。"袅袅柔情恋碧波"这句先用"袅袅"给人以柔美之感，再用"恋"字和前面的"愁"字遥相呼应，把杨柳比作一个相思的女子，轻柔地抚过水面，引起层层波纹。这里"袅袅"非常形象地写出了女子的一片深情。

尾联："惆怅路歧行客众，长条折尽欲如何？""长条折尽欲如何"中蕴含着古人送别时的风俗"折柳送别"。因"柳"与"留"谐音，表示挽留之意。古人送别亲友，常从路边生机盎然的柳树上折下一枝柳条相送。这联的意思就是：感伤为前路而离别的人实在太多了，纵然把柳条全部折尽又能怎么样？

全诗因景启情而抒怀，十分自然和谐。诗人另辟蹊径，将杨柳比喻为美丽的女子，再联想到多情相思的少女，形象生动地赞美了春天的美好和大自然的工巧。但颔联和颈联中数次以"清影""依依""弱态"这些柔弱之词贯穿，却使得全诗在美丽阳春之中始终笼罩着难了之愁，结合尾联中的"惆怅"和"欲如何"，更使得全诗在唯美中又蕴藏着欲言又止的忧伤和哀叹。

二、失意皇权借诗诉悲苦

但凡咏物必有抒情。这首诗表面上看似在咏物，或者在描写春暮美景，但实际上传递出的却是诗人对人生的看法和感悟。诗人把自己的人生感悟带入那化不开的柔情中，用杨柳自比，为唯美的画面赋予忧伤的色彩。考察诗人生平，我们惊奇地发现，诗人是明宪宗驾崩后一个合法也合理的皇位继承者。所以诗人在诗中用隐晦的手法写出了他对皇权斗争的感伤。

首联"金丝缕缕是谁搓，时见流莺为掷梭"，金丝为何物？金质的丝线，皇家御用之物。古代何人可以使用金丝？皇家之人。诗人用"金丝"隐晦地表明自己是借咏杨柳来写皇家的皇权争斗，进而抒发自己的感伤。这一联，诗人站在高处看待皇权争斗。他把"流莺"比作野心家们，把"掷梭"比喻皇权争斗。其中"搓"字很有意思，把得到皇位的争斗看作是用了一种卑劣的手段。所以本联的意思就是：光鲜亮丽的皇位是怎么得来的？是那些野心家们使用不公平的手段得到的。

颔联"春暮絮飞清影薄，夏初蝉噪绿阴多"。诗人用"春暮""夏初"来表示朝堂上的皇权交替。"絮飞""蝉噪"写出世态炎凉的现实。这两句的意思就是：低谷时世人离去，只留茕茕孑立，身单影薄；而得势后高朋满座，趋炎附势之徒比比皆是。诗人通过这种对比，写出了孝宗即位后，诗人这个"皇位失败者"在京城备受冷落的凄苦处境。

颈联"依依弱态愁青女，袅袅柔情恋碧波"。前两联咏事，本联开始抒情。在本联中，诗人用"依依弱态""袅袅柔情"两个词自比，这也比较符合历史。弘治四年，孝宗皇帝就为年幼的弟弟朱祐杬册立了王妃，并在其封地卫辉修建兴王府，一副欲将朱祐杬赶出京城的样子。"愁青"为清愁。清愁便是那少年藩王在京都的凄凉愁闷情绪。"碧波"表示寄情山水，自由自在。这一联表明诗人对皇权的态度：我向往那山水之间的自由自在。

尾联"惆怅路歧行客众，长条折尽欲如何"的意思紧接颈联，表达诗人心中的无奈：自古以来，为皇权帝位争斗而失意的有很多，我就算不甘心又能怎么样呢？

诗人结合自己的生平经历，隐晦地将皇权斗争的残酷性带入诗中，给美丽的阳春三月渲染上忧伤的色彩，也使得这首诗在从一开始就在抒情，抒发诗人对命运的无奈和悲叹，以及向往自由的情怀。

三、亲情难企悲愤无处诉

自古帝王家无亲情。结合诗人的生平可以看到，诗人的命运其实在父亲明宪宗病逝后就已经注定。哥哥孝宗的猜忌就像一片挥之不去的乌云，永远压在他的头顶。诗人内心的凄苦无处可诉，只能寄托于诗歌，使得全诗充满悲情。

（一）触及继承，孝宗针对

明宪宗朱见深一生共有十四位皇子，其中明孝宗朱祐樘为三皇子，朱祐杬为四皇子。在朱祐樘出生前，明宪宗曾有过两个儿子，但都早夭。长子是万贵妃所生，不到一岁夭折，次子是柏贤妃所生，不到三岁也病逝了。此后，明宪宗"久无嗣，中外皆以为忧"（《明史·列传第一》），明宪宗为此十分苦恼。"帝召张敏栉发，照镜叹曰：'老将至而无子。'敏伏地曰：'死罪，万岁已有子也。'帝愕然，问安在。"（《明史·列传第一》）这便是明孝宗。

宪宗十分宠溺万贵妃。万贵妃因儿子夭折而过度悲伤，扭曲了她的心理。从此以后，她一旦听说哪个妃子有了孩子，就会加以迫害，搞得宪帝很多年都没能有一个儿子。"孝穆纪太后，孝宗生母也，贺县人。本蛮土官女。成化中征蛮，俘入掖廷，授女史，警敏通文字，命守内藏……帝偶行内藏，应对称旨，悦，幸之，遂有身。万贵妃知而恚甚，令婢钩治之。婢谬报曰病痞。乃谪居安乐堂。久之，生孝宗，使门监张敏溺焉……稍哺粉饵饴蜜，藏之他室，贵妃日伺无所得……时吴后废居西内，近安乐堂，密知其事，往来哺养，帝不知也。"（《明史·列传第一》）

孝宗生母身份低微，是个以奴入宫的宫女。而朱祐杬的母亲邵宸妃则是选妃入宫的。孝宗虽然早早就被宪宗立为太子，但只是因为他比朱祐杬早出生几年，能不能继承皇位还不一定。他的弟弟朱祐杬自幼天资奇伟，气禀清纯，宪宗皇帝对他恩宠有加，亲抚教诲说："惟究经史，可以进学；惟修仁义，可以成身；惟行孝弟，可以厚天伦；惟尚节俭，可以立风教。"（《明宪宗实录》卷二百九十二）可见宪宗对朱祐杬的喜爱。

朱祐杬为皇妃所生，又深得宪宗的喜爱。在封建王朝皇位继承权上，孝宗虽占"长"却无"嫡"，而且在宪宗的喜爱程度上，远远不如比他小六岁的弟弟朱祐杬。所以，在皇位继承权上，朱祐杬触碰了孝宗皇位继承的合法性。宪宗逝，孝宗即位，朱祐杬成为一个外放就藩的藩王。虽然年幼的朱祐杬并没有影响朱祐樘的继位，但他拥有的合法继承权的身份，依然使他成为孝宗的眼中钉。

（二）三次试探，寻求容生

孝宗为人宽厚仁慈，躬行节俭，不近女色，勤于政事。历代史学家对他的评价也非常高。然而自古帝王家无亲情，哪怕史上被颂为仁慈的孝宗皇帝，在面对皇位的竞争对手时也会变得冷酷无情。

朱祐杬年幼时，孝宗对这个弟弟还非常疼爱。朱祐杬从西馆肄学后，孝宗命大学士刘吉传授儒家诸书、诗词和书法。弘治三年（1490年），朱祐杬出居诸王馆，孝宗又命长史张进明等人随侍。然而，面对日益长大的弟弟，纵然是非常仁爱的孝宗也慢慢心生忌惮。弘治四年（1491年）九月，孝宗命人在卫辉建兴王府。同年，孝宗给朱祐杬赐婚，并亲自主持大婚，欲将朱祐杬赶出京城去外就藩。

朱祐杬自幼就很聪明，于是上奏说卫辉这个地方太穷了，且经常闹水灾。他向哥哥孝宗请求：郢、梁二王有故邸和田地，在湖广安陆州，希望将自己改封到湖广安陆。郢靖王是明太祖朱元璋第23个儿子，梁庄王为明仁宗朱高炽第9个儿子，两人曾经先后被封于安陆，但因为没有子嗣后代，后来封国被废除。

在封建社会的帝王之家中，子嗣继承是一个重要问题，曾经的郢、梁两代王府都因为无子而被废（黎东方《细说明朝》）。安陆州因为郢靖王和梁庄王的故事，而有了藩王在此就藩后会无子嗣的传说。这些事情，孝宗和朱祐杬都很清楚。朱祐杬换封地的提议其实是对哥哥态度的试探。而孝宗很干脆地答应了，未尝不是出于对弟弟的忌惮。当然朱祐杬提议换封地还有一个原因，那就是他担心孝宗把他的封地设在河南卫辉，是为了就近监视他。而他害怕哥哥日后报复，所以才选择到离京城有3000里之遥的湖广安陆州。这也是诗人在颈联"依依弱态愁青女，袅袅柔情恋碧波"中表达向往自由，意欲逃出"牢笼"的缘由吧。

弘治七年（1494年）八月十六日，兴王拜辞大峪山先祖诸陵。回京后，上书皇兄恳请母妃邵氏一同前往藩国就养，孝宗皇帝以兴王年少，且祖宗无此先例加以劝止。朱祐杬自幼便"嗜诗书"，又岂会不知祖例。而提出这样的请求，其实还是对哥哥孝宗的试探，而孝宗果然还是出于忌惮，没有给予恩准。

弘治七年九月十八日，朱祐杬携王妃到奉天门拜谢皇兄，带着御封金册、玉宝离别皇宫，启程前往安陆州，孝宗及朝中文武百官送至午门外。皇帝亲自送一个藩王出城，这个规格是非常大的。这表明孝宗虽然对他的弟弟有所忌惮，但为了给天下做样子，依旧要显出与弟弟的亲密关系。在《杨柳》首联中，诗人讥讽得位者的虚伪，其实也有讥讽哥哥的意思。

到达安陆州后，朱祐杬并没有住在郢、梁二王留下的王府里，而是以地势低洼为由向朝廷申请新建藩王府。这其实又是朱祐杬对皇兄孝宗的一次试探。

在封建王朝，因为涉及皇家风水，藩王府不是由藩王自己选址修建的，而是由皇帝下令选址敕建的（黎东方《细说明朝》）。朱祐杬虽然和皇帝有兄弟之亲，但祖例制度是不能更改的。不过孝宗在接到弟弟的这个申请后，马上同意了新建王府的选址。以前恳请携母到藩国就养，因为违背祖例而被否决，现在申请新建藩王府选址修建，却异常顺利地得到批准，是因孝宗对弟弟万分宠爱吗？其实，孝宗之所以批准弟弟新建王府的选址申请，就是为了让他早早入住王府。毕竟曾经的郢、梁两代王府都因为无子而除，民间更有安陆藩王无子嗣的传言。由此可见，孝宗对这个弟弟是多么狠毒。

弘治八年，安陆州兴王府建成。弘治十三年，朱祐杬长子朱厚熙出生，五日后殇。之后所生的其他子女均莫名地接连夭折。

朱祐杬的三次试探，既是在寻求安身之策，更多的其实也是在表明心迹。然而背着皇位竞争者身份的朱祐杬，又岂能轻易地让孝宗安心？这也有了朱祐杬在诗中始终挥之不去的苦闷。

（三）监视迫害，无力抗争

《杨柳·金丝缕缕是谁搓》成诗于弘治八年之后。弘治八年二月十六日，朱祐杬入住安陆州兴王府。朱祐杬就藩后，谨慎而严明，勤于政务，增修城池，赈灾救民，推行教化，潜心诗书，累受孝宗嘉奖。孝宗多次嘉奖朱祐杬，也说明他一直"关心"着这个弟弟，从未有过懈怠。在这种情况下，朱祐杬在颔联中隐晦地透露出对自由的向往之情，以及在尾联中发出无奈的感叹："惆怅路歧行客众，长条折尽欲如何？"面对命运，我除了无可奈何又能如何？

也许是长子的病逝给了朱祐杬很大的触动。既然无力改变自己的命运，难道还无力去更改子嗣的命运吗？朱祐杬决定通过医药的方式改变子嗣的命运。当时，安陆州民间有迷信巫师、轻视医药的习俗，于是朱祐杬便重金搜寻医学宝典，同时还令人总结前人医学书籍，编写了《医方选要》《本草考异》《本草食品》等五本医书，而且亲自校阅作序，逐渐改变了当地尚巫轻医的不良风俗。"楚俗尚巫觋而轻医药，乃选布良方，设药饵以济病者。长史张景明献所著《六益》于王，赐之金帛，曰：'吾以此悬宫门矣。'"（《明史·列传第三》）

弘治十八年（1505年），孝宗驾崩于乾清宫，传位于皇太子朱厚照，年号正德。在孝宗驾崩之后，朱祐杬才真正走出人丁不旺的霉运，迎来子嗣的健康成长。正德二年，朱厚熜出生。朱祐杬一生共有二子四女，最终存活的仅为次子朱厚熜和四女永淳公主，而存活的这二人全都是孝宗薨后才出生的。

正德十六年（1521年），武宗驾崩，死后无嗣，其生母张太后与内阁首辅杨廷和决定，由近支皇室、武宗的堂弟朱厚熜继承皇位。最终，皇位再次回到朱祐杬一系，这不能不说是一个讽刺。朱祐杬一生因皇位吃尽了苦头，从小就被皇帝哥哥逐出就藩，入藩后又被哥哥严密监视，所生子嗣也常常莫名逝去。如果有选择的话，朱祐杬一定会和他在诗中所表达的一样，渴望再无皇权牵挂、自由自在的生活。然而命运不能假设，朱祐杬只能怀着悲愤借柳自喻，将心中的哀怨寄赋于诗中。

四、结语

《杨柳·金丝缕缕是谁搓》可以说概括了朱祐杬一生命运的凄苦。他生为皇子，更是皇位的有力竞争者，但别说志向抱负，就是平平常常、自由自在的日子也不再拥有了。压抑的生活滋生压抑的思想和情感，体现在诗歌创作上，便使得这篇《杨柳·金丝缕缕是谁搓》变得掩抑，处处含有弦外之音和言外之意。

22. 可叹帝王生涯短

——在《夏日勤政殿观新月》中探析雍正帝勤苦的无奈

夏日勤政殿观新月

清世宗爱新觉罗·胤禛

勉思解愠鼓虞琴，殿壁书悬大宝箴。
独览万几凭溽暑，难抛一寸是光阴。
丝纶日注临轩语，禾黍常期击壤吟。
恰好碧天新吐月，半轮为启戒盈心。

说起清朝的"康乾盛世"，很多人都认为这是康熙、乾隆两代皇帝创造的伟业，却自觉地跳过了在位十三年的雍正皇帝，认为雍正朝只是一个过渡时期。其实雍正朝是清朝继康熙之治后进一步强盛的十三年，雍正才真正算是清朝的中兴之帝。正因为雍正执政期间大刀阔斧改革整顿，革除了康熙年间的赋役陋制，清查了国库亏空，澄清了吏治，从而极大地增强了清朝的综合国力，为后面乾隆时期的持续繁荣奠定了基础，也才有了真正连接起康乾两代君王的太平盛世。

雍正是中国历史上最为勤政务实的皇帝之一，执政十三年一直"以勤先天下"，呕心沥血，日理万机，"办事自朝至夜，刻无停息"（《世宗宪皇帝朱批谕旨》卷三十三），天下政务"无分巨细，务期综理详明"（《世宗宪皇帝上谕内阁》卷十八）。最能体现雍正勤政的是他留下的大量朱批谕旨。对这些奏折，雍正"亲自览阅，亲笔批发，一字一句皆出朕之心思，无一件假手于人，亦无一人赞襄于侧"（《世宗宪皇帝朱批谕旨·序》）。这样的朱批，每折"数十言，或数百言，且有多至千言者"（《世宗宪皇帝朱批谕旨·序》）。雍正每天要批阅几十件，常常工作到深夜。这些朱批是他夜以继日勤苦工作的记录。在位期间，他用自己极有才华和功力的文墨，亲笔撰写批复的朱批谕旨大约有一千多万字，比现代的专业作家也有过之而无不及，可见其执政的勤苦。

雍正存诗500多首。其所著《世宗宪皇帝御制文集》中，卷二十一至二十七称为《雍邸集》，为他当和硕雍亲王时的诗作，存诗不到400首；卷二十八至三十称为《四宜堂集》，为继位之后的诗作，存诗150多首。即位前所写基本上是风景诗，写得清新流畅，恬淡俊逸；即位后写有不少政治诗，当然是他皇帝生涯的反映。雍正的政治诗虽远没有康熙、乾隆多，但在表现体恤民生方面绝不亚于那两位皇帝。雍正的诗风淡雅秾妍相间，意境幽美，用字考究，对仗工巧而自然，有声有色，情景交融，自成一家。有的诗富于哲理，甚至以禅入诗，但语意晓畅，毫无牵强之感，极富可读性、感染力。

雍正在《夏日勤政殿观新月作》《暮春有感》等诗作中记录了他孜孜不倦勤奋工作的情景。如此高强度的工作让他苦不堪言。他曾在一折批语中说："朕自朝至夕，凝坐殿室，披览各处章奏，目不停视，手不停批，训谕诸臣，日不下千数百言。"（《世宗宪皇帝上谕内阁》卷四十九）长期劳累的工作侵蚀着他的健康，使得他有时对皇帝之位"愀然不乐，意颇悔之"（《清史稿》卷二百二十）。这种心情在他的诗作《夏日勤政殿观新月》中也有反映。

《夏日勤政殿观新月》虽是雍正自勉励志之诗，但也隐约含有他怜己的悲凉心情。"独览万几凭溽暑"看似苦中作乐，又何尝不是雍正的慨叹伤怀！身为帝王之尊，却如此勤苦，本应享尽天下极乐，却日夜独守殿中，"难抛一寸是光阴"，勤于政务，不敢有一丝懈怠。这般的勤苦是为了"禾黍常期击壤吟"，减除百姓的疾苦，更是为了"碧天新吐月"，开启一个清平盛世。所以，《夏日勤政殿观新月》难掩雍正皇帝为天下苍生而勤苦的决心。我们在探究雍正勤政的缘由时，要以他在《夏日勤政殿观新月》流露出的勤苦心理为基础，结合他即位后的施政方针和理想抱负，从多个角度去分析。

一、从诗作文辞方面去探究雍正的勤苦

《夏日勤政殿观新月》为七言律诗，根据内容可分为三部分。首联写诗人夏日依旧勤苦工作，颔联和颈联写勤苦工作的状态和缘由，尾联抒发诗人的壮志并

自勉。

首联:"勉思解愠鼓虞琴,殿壁书悬大宝箴。""勉思",努力深思。孙楚《为石仲容与孙皓书》:"勉思良图,惟所去就。"愠,指恼怒怨恨,后以"解愠"指消除怨怒。"鼓虞琴",相传虞舜弹五弦琴,歌《南风歌》,歌曰:"南风之薰兮,可以解吾民之愠兮。"(王肃注《孔子家语·辩乐解》)"大宝箴"指雍正所书的"为君难"语。在乾隆《御制赋得"为君难"六韵》序曰:"圆明园勤政殿后楹,奎题高揭,盖我皇考取鲁论'为君难'语,御书箴座者也。"这两句的意思是:努力思考得苦闷了可以弹弹琴,大殿的墙上挂着我书写的箴言"为君难",提醒不敢懈怠。

我们从启篇可以看出雍正的内心苦闷,以及对批阅奏折的无奈。虽然开始用"鼓虞琴"来表达诗人忙中偷闲的情趣,可紧接着"书悬""大宝箴"却直接写出了君王必须承受的苦难。从"解愠"便可以看出雍正对批阅工作的苦闷,如果是热爱又何须"解愠"?这般辛苦却只因"为君难"的箴言。首联给全诗笼罩了一层浓浓的抑郁之情。这种工作不是因为热爱,而是因为责任,一个皇帝的责任。

颔联:"独览万几凭溽暑,难抛一寸是光阴。""万几"语出《尚书·皋陶谟》:"无教逸欲有邦,兢兢业业,一日二日万几。"孔安国传:"几,微也,言当戒惧万事之微。"这里的"万几"指帝王日常处理的纷繁政务。"凭"为"不论、不管"之意,如:"凭谁问:廉颇老矣,尚能饭否?"(辛弃疾《永遇乐·京口北固亭怀古》)"溽暑"指潮湿闷热的盛夏。这两句的意思是:不管盛夏是如何潮湿闷热,独坐大殿中处理着繁多的奏折,却不敢有一分一秒的懈怠。

颔联两句是雍正诗作中少有的充满霸气的诗句。由于登基前参禅礼佛,雍正的诗作大多是淡雅相间、极有哲韵的。本诗颔联两句在表现诗人孜孜不倦、勤奋工作的同时,也反映出诗人"自朝至夕,凝坐殿室,披览各处章奏,目不停视,手不停批"的劳累生活。再结合首联"解愠"和"大宝箴",可见诗人是在苦中作乐。而这种勤苦的原因是"大宝箴",是"为君难"的责任。

颈联:"丝纶日注临轩语,禾黍常期击壤吟。""丝纶"指皇帝诏书。《礼记·缁衣》:"王言如丝,其出如纶。"孔颖达疏:"王言初出,微细如丝,及其出行于外,言更渐大,如似纶也。"后称帝王诏书为"丝纶"。"临轩语"指皇帝谕旨。"禾黍",禾与黍,泛指黍稷稻麦等粮食作物,这里代指百姓。"常期"指一定的期限。"击壤吟"指吟《击壤歌》,这里谓天下清平,人民安居乐业。《击壤歌》是远古先民咏赞美好生活的歌谣,用口语化的表达方式吟唱了生动的田园风景。本联的意思是:发布的诏书上写满了皇帝的各种旨意,而这些诏书是为了百姓的安居乐业。

本联诠释了颔联中诗人不畏酷暑勤奋、不敢懈怠的缘由,不是不愿摆脱这种勤苦的工作,而是因为心中有天下、有百姓,希望河清海晏、民康物阜。本联将一个埋头苦干、励精求治的君王形象跃然纸上,表现了诗人锐意拓新、革旧除弊、延续盛世的决心。

尾联:"恰好碧天新吐月,半轮为启戒盈心。""碧天",青天,蓝色的天空。王羲之《兰亭诗二首》其二:"仰视碧天际,俯瞰渌水滨。""吐",从口儿或缝儿里长出来或露出来。"启",开启,开创。《诗经·鲁颂·閟宫》:"大启尔宇,为周室辅。""戒盈心",警惕骄傲自满之心。这里的"盈"应解作《左传·哀公十一年》中"盈必毁,天之道也"的意思。本联的意思是:恰好夜晚蓝天露出了半轮新月,就好像预示着新的开始,我也应该警戒骄傲自满之心,继续为天下清平、百姓安乐而努力。

这首诗是一首自勉奋进之诗。诗人以深夜依旧在勤政殿内朱批谕旨的辛勤工作为情景,写出了繁重工作下的苦闷,写出了皇帝肩负天下苍生的重要职责,勉励自己珍惜时光,不负年华。最后以新月初启为由,激励自己不要满足成绩,应该继续奋发。虽然是首自励的诗,但我们却能体会到诗人对工作的苦闷心情。那么,诗人如此近乎自虐地勤苦工作,真的仅仅是因为首联中所写的皇帝的责任吗?

二、结合诗人的生平以及时代背景理解诗人的"勤苦"缘由

(一)为继统正身而勤苦

野史中对雍正的继位有诸多的阴谋论。雍正继位后不懈怠地勤于政务,也是希望通过自己的勤苦执政来对各种阴谋论加以反驳。

康熙在位 61 年,是中国历史上在位时间最长的皇帝。父已老而儿也壮,这便导致康熙晚年众皇子们为皇权储位开始了互相倾轧。康熙一生有 35 个儿子,

其中九位成年皇子参与了皇位的争夺，这段历史也被称为九子夺嫡。最终，康熙逝后，四皇子胤禛奉诏即位，年号雍正，史称雍正帝。

雍正的继位可以说出乎所有人的预料。毕竟与其他皇子相比，雍正并不具备特别的优势。嫡庶方面，他不如二皇子胤礽；长幼方面，他不如大皇子胤禔；文采学识方面，他不如三皇子胤祉；人脉关系方面，他不如八皇子胤禩；甚至在军事才干方面，他也不如以天子亲征的规格出征，被封为抚远大将军的亲弟弟十四皇子胤禵。

于是，在雍正继位以后，上到朝堂，下到田野，充斥着各种改诏篡位、无诏夺位等阴谋论，这也使得雍正面临着继统的质疑。雍正即位早期也曾多次在朝堂上和给大臣的朱批中就这些阴谋论进行了自辩，但一次次的自辩让他烦不胜烦，于是他想通过勤政做出功绩，来证明自己继统的正确性。

《世宗宪皇帝朱批谕旨·序》记载："雍正六年以前，昼则延接廷臣，引见官弁，傍晚观览本章，灯下批阅奏折，每至二鼓三鼓，不觉稍倦，实六载如一日。""每折或手批数十言，或数百言，且有多至千言者。"如此勤政，堪称古代帝王之典范。雍正希望通过勤政来证明自己继位的正统性，康熙所托非人。

（二）为做圣明君王而勤苦

雍正继位后的勤政，既是为了回击对他继位正统性的质疑，也是为了成为一个圣明君王。

据南开大学冯尔康教授《雍正传》考证，《夏日勤政殿观新月作》成诗于雍正六年（1728年）夏。雍正早年夏天中过暑，以后形成了畏暑心理。这一年酷热之时，意欲休息，但一想到前贤的箴言，帝王的职责，就不敢浪费一点时光，又勉励自己警戒骄傲，去努力从事政务。

虽然成了皇帝，但雍正并不想做一个庸君，他期许自己成为一个圣明的皇帝。雍正元年七月，他给两广总督杨琳密奏上朱批写道："朕虽不谓上等圣明之君，亦不为庸愚下流之主。"（《世宗宪皇帝朱批谕旨》卷一百七十六）

雍正曾多次在朝堂上对大臣们说："古云为君难，若只图一身逸乐，亦复何难？惟欲继美皇考之治，则忧勤惕励，莫难于为君矣。"（《清实录·雍正朝实录》卷十八）意思就是说，当皇帝如果贪图享乐，其实很简单，但要成为明君、圣君，就需要心忧天下，勤苦工作。他不光对大臣们说，还在继位的第一年亲自御书"为君难"三字，做成匾额，挂在自己每日工作的勤政殿上。这也是本诗首联中"大宝箴"的由来。"为君难"三字出自《论语·子路》："为君难，为臣不易。如知为君之难也，不几乎一言而兴邦乎？"

为了实现自己的理想抱负，成为一代圣明君王，雍正勤苦工作，哪怕"宵旰焦劳，无日不兢兢业业也"（《雍正遗诏》）也甘之若饴。

（三）为继美先皇而勤苦

家庭心理学认为，父亲对孩子的成长和性格养成有着非常重要的作用。对于孩子来说，父亲是一种榜样和楷模。

康熙执政六十余年，在全国民众心目中有着非常高的威望。这种威望不光是"除鳌拜""平三藩""收台湾"等一系列光辉的事迹造就的，更是如康熙自言数十年"心为天下耗其血，神为天下散其形"这种全心全意为天下百姓谋幸福的行为造就的。由于康熙执政时间太长，也太耀眼，所以雍正即位后，他的每一言一行都自然而然地被天下人拿去和康熙相比较。这也使得雍正必须贤明，不能堕入昏庸之道，哪怕平平常常做个平庸君王也不行。面对这种把自己放在放大镜下，一举一动都会被拿去和自己父辈相对比的压力，雍正有过紧张，说："圣祖仁皇帝所以乾健日新，为万世立极也。朕兢兢业业，永怀绍庭陟降之义尔。"（《大清会典·雍正朝·序》）但雍正并没有因此而沮丧，反而把这种压力变为督促自己前进的动力。他期望自己追上康熙的脚步，甚至是超越康熙。其中当然也有雍正自己非常崇拜康熙的原因。《世宗宪皇帝圣训》卷二记载过他说的话："我皇考临御以来，良法美政，万世昭垂。"外界的压力，加上自己愿意为之而奋斗的意志，造就了雍正的勤苦之心。本诗颈联"丝纶日注临轩语，禾黍常期击壤吟"就透露出雍正勤苦的缘由。

雍正曾颇引以为自豪地说："自古帝王治天下之道，以励精为先，以怠荒为戒。朕非敢以功德企及古先哲王，而惟此勤勉之心，自信可无忝于古训，实未负我皇考付托之深恩也。"（《世宗宪皇帝朱批谕旨·序》）这句话的意思是说：我虽然在能力上或许不如古代的圣人先祖，但我的这份勤勉却自信可以不输给从古至今所有的君王，这样的勤勉定不会辜负康熙皇帝给我的重托。这里值得注意的是，雍正把康熙和古先哲王并列在一起，除表达他对父亲的崇拜之情外，还有一重意思就是让父亲和古先哲王一起作为自己前进的方向和追赶超越的目标。

雍正将父亲康熙列为自己的榜样和楷模,他希望通过辛苦的尽似自虐的勤奋来追赶父亲,拉近与父亲的距离,为国家打造一个清平盛世。

(四) 为廓扫天下而勤苦

康熙在位期间,亲手打造了一个"太平盛世"。但康熙晚年的宽仁乃至怠政,也给他的继位者留下了严重的隐患,那就是吏治腐败、党派林立、国库空虚、税收短缺,再加上西北和西南一直骚动不安。康熙末年的清朝其实已经充满内忧外患。举个例子:雍正继位时清查国库,偌大的国库储银仅有800万两,可见亏空的数字已经大得惊人。如此看来,雍正继位时的大清帝国其实已经是一个空架子,表面看强盛无比,内里却空空如也。

在严峻的形势下,不管是为公还是为私,清理积欠、肃清吏治都势在必行。雍正别无选择。雍正即位之初,便提出了"惟国家首重吏治"(《世宗宪皇帝圣训》卷五)。他执政十三年最主要的工作之一就是澄清吏治。乾隆时著名史学家章学诚评价说:"我宪皇帝澄清吏治,裁革陋规,整饬官方,惩治贪墨,实为千载一时。彼时居官,大法小廉,殆成风俗,贪冒之徒,莫不望风革面,时势然也。"(《文史通义》内篇卷五)

雍正即位时已40多岁,人入中年。所以,他没有办法像父亲康熙那样从容地施政。雍正经常有时不我待的紧迫感,大刀阔斧地推行各种改革举措,查办亏空,惩治侵贪,希望用这种雷厉风行的手段给清朝开启一个崭新局面。这也是诗中第四联"半轮为启"的意思。

对于这种即位后不是先求维稳,而是急促地乃至有些操切地施政,雍正也曾解释道:"又有议朕求治太速者。朕受圣祖仁皇帝付托之重,实欲治益求治,安益求安。"(《清实录·雍正朝实录》卷四十九)意思就是,我身负康熙皇帝治理国家的重托,自己不敢有一点点懈怠,只想如何能够快速地把天下治理好,使官吏清明,百姓安居。

雍正即位后的许多政策措施,如裁革陋规,破除朋党,特别是士民一体纳粮当差、摊丁入亩、火耗归公,无疑触犯了一些人的既得利益。这使得在雍正执政期间针对他的各种诽谤流言无尽无休。面对层出不穷的流言蜚语,雍正直言无法堵住悠悠之口,便加倍用自己的勤政来换取天下对他的认同。他曾说过:"朕励精图治,欲使天下臣僚振作奋兴,去其怠玩,上下交相劝勉,庶底于有成。苟此志稍有或弛,则庶务积而丛脞矣……朕自朝至夕,凝坐殿室,披览各处章奏,目不停视,手不停批,训谕诸臣,日不下数千百言,悉出于至公至正之心。"(《世宗宪皇帝上谕内阁》卷四十九)

他相信,只要自己勤政,一心为天下,肃清吏治,创造一个清平世界,那么天下民众就不会被谣言蛊惑,就能体会到他勤政为民、体恤苍生的一番苦心。哪怕这种勤政再苦再累,自己也只能"独览万几凭溽暑,难抛一寸是光阴",苦中作乐。

三、结语

综上所述,雍正的勤苦是他在登基后主观内心与客观现实猛烈撞击下的结果,也是他为了自己、为了理想、为了社稷、为了天下百姓的心灵折射。他数年如一日,夙兴夜寐、为政勤勉,每日朱批数千百言,时时刻刻"以勤先天下""朝乾夕惕",巩固了新王朝的统治,肃清了康熙时期留下的隐患,奠定了乾隆盛世的基础。但这种夜以继日的劳累工作,是带有浓烈的悲伤基调的,这让雍正在晚年时"愀然不乐,意颇悔之"。虽然内心苦闷,但雍正只能咬牙坚持。十三年的勤奋工作消耗了他所有的气血,也彻底拖垮了他的身体。最终,雍正匆匆走向他的生命终点。

23. 瀛台明月照幽恨

——从《画舫斋》中探究悲情皇帝光绪的心高命薄

画舫斋

清德宗爱新觉罗·载湉

非舫偏名舫，萧然树石佳。
何须添画壁，即此是书斋。
柳密风生座，荷新水浸阶。
湖山都入胜，鱼鸟共忘怀。
不觉开诗境，因之溯道涯。
栋梁予有待，舟楫汝惟谐。
岂羡双飞鹢，犹嫌两部蛙。
浮家千百辈，民瘼念江淮。

  清朝是中国最后一个封建王朝。如果将清朝的 12 位皇帝（包括后金时期的大汗）做一个排名，那么最为悲情的皇帝非过于光绪。光绪可以算是一位充满悲剧色彩的皇帝，在位 34 年，却在亲政的幌子下过着憋屈的皇帝生活，虽不是亡国之君，却遭受着亡国之君的待遇。戊戌变法失败后整整十年，被囚禁于深宫之中，身边日夜有人对他进行监视。作为当朝皇帝，却完全没有自己的人身自由，直到死去，终年仅 38 岁。2008 年 10 月，北京市公安局法医检验鉴定中心、清西陵文物管理处等单位联合宣布，证实光绪皇帝死于砒霜中毒。可叹一代帝王一生郁郁不得志，英年丧逝，却还是被人毒死。

  清德宗爱新觉罗·载湉（1871—1908 年），清朝第 11 位皇帝，清定都北京后第九位皇帝。文宗嗣子，穆宗从弟。他父亲是咸丰帝的胞弟、醇亲王奕譞，生母醇王福晋叶赫那拉氏是慈禧太后的胞妹。所以论起来，光绪帝既是咸丰帝的亲侄子，也是慈禧太后的亲外甥。同治十三年十二月初五（1875年1月12日），同治帝崩于养心殿，无子绝嗣。四岁少年光绪帝被两宫皇太后立为帝，"承继文宗显皇帝为子，入承大统为嗣皇帝"（《清实录·光绪朝实录》卷一），年号光绪。光绪帝即位后，起初由慈安、慈禧两宫太后垂帘听政。光绪七年慈安太后死后，则由慈禧太后一人垂帘。光绪十三年（1887年）名义上亲政，但仍由慈禧太后训政，直到光绪十五年（1889年）大婚后，才正式亲政，但实际上大权仍掌握在慈禧太后手中，身为皇帝只是名义上的，想要有所作为却无处施展。光绪帝在位期间，先是爆发了中法战争，后又爆发甲午中日战争。光绪帝极力主战，反对妥协，但终因朝廷腐败，而以清朝战败告终。光绪帝痛定思痛，支持维新派变法图强。光绪二十四年（1898年）下《明定国是诏》，推动"戊戌变法"，但却受到以慈禧太后为首的保守派的反对。被袁世凯出卖后，一直幽禁在西苑瀛台，成为无枷之囚，失去了实际权力乃至自由。光绪三十四年十月二十一日（1908年11月14日）暴崩，庙号德宗，葬于清西陵之崇陵。

　　由于一直是一位苦命的傀儡皇帝，所以光绪在政治上始终不能有所作为。其最突出的政治作为也是借着戊戌变法效仿西方实施的一些举措，如开办京师大学堂，改革科举制度，给长久封闭的中国带来了一些西方的先进思想、理论和技术。他精通蒙文、满文、汉文，亦具备一定的英语水平。《翁同龢日记》中多次赞叹光绪："讲史、作诗、温书，极好。"慈禧也曾夸赞他："非常爱好学习，坐着、站着、躺着都在朗读诗文。"受清代诸帝的影响，光绪也盛产诗文。故宫博物院藏有《清德宗御制诗》稿件一册，共收录诗作300多首。但光绪帝所作诗作绝不仅有这么多，只是随着他的悲剧命运的展开，他所作的诗大多散佚。现广为流传的是清末民初徐世昌在《晚晴簃诗汇》（又名《清诗汇》）中收录的诗词共18首，包括《画舫斋》。

　　《画舫斋》是光绪帝在戊戌变法失败后被囚瀛台时所作，也是他唯一一首有记载的被毒杀前的诗篇。这首诗其实算是受乾隆影响而作的。乾隆皇帝曾有诗《画舫斋》："此画真称画，不舟却是舟。那随帆处转，常在镜中游。拂以和风漾，拍哉春水游。虽非巨川济，作楫岂忘求？"光绪皇帝十年囚禁于瀛台，他在瀛台画舫斋中反思、奋发，但终无济巨川的舟楫之臣辅佐他，最终只能郁郁悲伤。而他死后三年，辛亥革命爆发，中国封建时代也寿终正寝了。光绪帝竭力挽救清帝国的灭亡，然而命运却和他开了个玩笑，他成了新旧势力矛盾的牺牲品。他的努力并没有得到好的结果，他的命运也如暴风雨前的落叶，最终被毒杀于深宫之中。而这首记录着光绪帝理想信念的诗作《画舫斋》，也终成了他一生最后的悲歌。

一、从诗篇文辞去分析解读

《画舫斋》是一首五言排律，分四个部分。开篇紧抓"以舟名其斋"，先描写介绍斋的形状结构特点以及周边环境，然后借景抒情，由悲愤到感念苍生，渴望有贤士辅佐，再起风云，挽救天下，情感上一波三折，抒发了自己怀有救世壮志，求贤若渴，然无贤能辅佐的无奈。诗人以舟名斋，用"画舫斋"警醒自己居安思危，时刻不忘百姓疾苦。

"非舫偏名舫，萧然树石佳。何须添画壁，即此是书斋。"开篇深受乾隆诗《画舫斋》"此画真称画，不舟却是舟"的影响，通过一种类同而有些俏皮的颠倒句介绍了以舟为名的书斋。其实，光绪帝选以舟为名的书斋作诗颇有含义。从船的功用看，"舟"是用来"济难"的，而以"舟"为"书斋"命名，从光绪帝的人生经历来看，如行舟在朝堂风波之上，惊涛骇浪，凶险万分。所以，以舟名斋，本身就有警示的意味。这也注定了全诗的主色调是悲慨怜悯的。第一部分的诗句简单明了，其中"萧然"为姿态自然之意。说不是船却偏偏名字叫个船，它依树傍水，坐落在西苑美丽的太液池边。不要在上面再添那些美丽的画壁了，这本来就是个幽静读书的地方。文辞简单直白，也从侧面反映了诗人朴实、务实的性格，这也与诗尾对百姓的怜悯遥相呼应。

"柳密风生座，荷新水浸阶。湖山都入胜，鱼鸟共忘怀。"第二部分主要描写周边的美丽风景。虽是写景，但也有为全诗铺垫情绪的意思。联系诗人当时被幽禁在瀛台，日夜受12个爪牙监控，所以在诗中深藏隐晦的意思。其中"柳密风生座，荷新水浸阶"这两句看似写景，风轻云淡，但细读后会发现也有影射当时世界时局之意。看上去柳叶低垂茂密，可风却悄悄地掀起了柳条。池里新鲜的荷叶正在展开，池水已悄无声息地浸湿了台阶。当时的大清国依旧是世界上的大国之一，纵然几次战败割地赔款，也没有影响到国内的歌舞升平。然而再不变革，再不奋起，终会大风撕扯断柳条，池水侵上台阶。所以第二部分既写景，也影射当时时局，这和光绪帝忧民念每深、求治日兢兢的形象相吻合。

"不觉开诗境，因之溯道涯。栋梁予有待，舟楫汝惟谐。"第三部分因景生情，有感而发。在第二部分写景的铺垫之下，诗人抒发情感。"不觉开诗境，因之溯道涯"，意思是：不知不觉中，我的思绪被打开了，心情也豁然开朗，因为我苦苦求索的真理已经知道了。诗中的"诗境"虽有"诗的意境"之意，但结合全诗，结合光绪帝被囚瀛台的处境，应理解为"开朗的心情，明朗而广阔的胸怀"。"溯"，逆流而上。"道涯"指道的尽头。这两句也有"苦苦探求真理，认清本源，看到事物的症结"的意思。历史上，光绪帝被囚瀛台后并没有自暴自弃，而是一直在钻研英法各国的法律以及政策。所以这两句反映了光绪帝对戊戌变法失败缘由和大清国未来出路的苦苦思索。

"栋梁予有待，舟楫汝惟谐。"这两句可以说是光绪帝被囚瀛台后苦苦反思的结果。这两句看似是写画舫斋，但如果把画舫斋比作一艘满是补丁的破旧大船——大清国，就不难理解诗人的用意了。"栋梁"喻担任国家重任的人。如刘勰《文心雕龙·程器》中"摛文必在纬军国，负重必在任栋梁"。"舟楫"在这里喻宰辅之臣。《尚书·说命上》有"若济巨川，用汝作舟楫"。所以此两句隐晦地表达了光绪帝经苦苦思索，寻找到了治理变革国家的方法，那就是任用有能力、有担当的人去担任国家的"栋梁"之才，任用可以调节好国家矛盾的人去担任宰辅重臣。我们从这两句看到了一个在变革失败后仍然费心竭力苦苦思索改变国家命运的好皇帝形象。尤其是"舟楫汝惟谐"这一句，是光绪帝苦苦思索戊戌变法失败原因的结果。只可惜光绪帝明白得太迟了，直到他生命的最后，也没有再次掌权，也没有真正拥有鼎力能臣。而这两句也被后人改为"欲直无栋梁，欲渡无舟楫"，也从侧面反衬出光绪帝一生的悲哀。

"岂羡双飞鹢，犹嫌两部蛙。浮家千百辈，民瘼念江淮。"如果说第三部分因景铺垫而抒情，那么第四部分就是思想和情绪上的升华。"双飞鹢"，雌雄并飞的鹢鸟，如鹭而大，羽色苍白，善高飞。古代船首绘鹢鸟之形，因而在诗中代指为船。"两部蛙"有个典故。《南齐书·孔稚珪传》："稚珪风韵清疏……门庭之内，草莱不剪，中有蛙鸣，或问之曰：'欲为陈蕃乎？'稚珪笑曰：'我以此当两部鼓吹，何必期效仲举。'"后人遂以"两部蛙"比喻只会鸣叫而不会有所作为的人。在"岂羡双飞鹢，犹嫌两部蛙"两句中，诗人开始展望未来，幻想大清国这艘破旧的老船可以在变革中变得崭新，在未来扬帆起航。而这里的"两部蛙"讥讽那些阻挠国家发展的顽固势力，如同前行大船旁边的青蛙一样，只能"哇哇"地鸣叫，却不能阻挠大船劈波斩浪、奋勇前行。

从"浮家千百辈，民瘼念江淮"两句可以看到诗人希望国家强盛的目的。他希望国家不要只为了如隋炀帝杨广那样对外伐战胜利的虚名，而应该为了千千万万的百姓生活得更好。"浮家"原意是在水上生活的渔家。因诗人以船比喻国家，那么这些在水上讨生活的渔家就可以理解为大清国庇护下的万千黎民苍生。"民瘼"，人民大众的疾苦。明太祖《谕临蒸县官》："好把寸心问民瘼。""江淮"，江南富裕之地。这两句的意思是：挽救万千生活苦难的百姓，让人人都可以过上江淮富饶之地的生活。

全诗语句虽然质朴，却处处透露着诗人忧国忧民的思想。诗人在被囚期间没有自甘堕落、自暴自弃，依旧用简朴、真诚的词语表达了心忧国家、心忧苍生的情怀。然而命运并非诗人所期望，最终，他被毒杀，空留下这首《画舫斋》，为其悲凄的一生划上句号。

二、从诗人的生平去解读分析

结合光绪帝的一生去解读《画舫斋》，我们会看到，这首诗并不仅仅反映他被囚瀛台的悲苦，更是他一生悲剧命运的总结。

1. 不幸的命运从登基开始

作为清朝第一位以非皇子身份登基的皇帝，这既是他的幸运，也是他的不幸。同治十三年十二月初五，年仅19岁的同治帝在做了13年傀儡皇帝后病逝。初六，慈禧、慈安两宫太后宣布以醇亲王奕譞之子载湉承继文宗显皇帝为子，入承大统，为嗣皇帝。

光绪元年（1875年）正月二十日，光绪帝继位大典在太和殿举行，实际上他只有3周岁半。光绪原本与皇位八竿子打不着，慈禧太后为何选择他来继承皇位呢？按照乾隆定下的祖制，皇族的辈分依次是"永、绵、奕、载"四辈，道光时又续了"溥、毓、恒、启"四辈。按理，同治没有儿子，他死后应该由

"溥"字辈选出一人。但是这样做的话，慈禧便成了太皇太后，就很难继续执掌清王朝的政权。于是，慈禧改变了父死子继的祖制，决定由同治的堂弟载湉继承皇位。

载湉年龄较小，有利于对他进行掌控。再加上他的父亲奕譞在"辛酉政变"时发挥了巨大的作用，为慈禧垂帘听政立下了大功。于是，慈禧召集大臣们，当场宣布由醇亲王的儿子载湉继承皇位。大臣们虽然惊讶不已，却没有人提出异议。"十二月癸酉，穆宗崩，无嗣。慈安皇太后、慈禧皇太后召惇亲王奕誴、恭亲王奕䜣、醇亲王奕譞、孚郡王奕譓、惠郡王奕详、贝勒载澄、镇国公奕谟，暨御前大臣、军机大臣、内务府大臣、弘德殿、南书房诸臣等定议，传懿旨，以上继文宗为子，入承大统，为嗣皇帝。俟嗣皇帝有子，即承继大行皇帝。"（《清史稿》卷二十三）就这样，不到4周岁的载湉被接到宫中，正式继位为皇帝，改第二年为光绪元年。这一次的皇位传承既没有遗诏，也没有大臣辅政，一切都出自慈禧之手。她再一次将权力紧握手中，继续垂帘听政。光绪以非皇子身份被选中登基，这既是光绪的幸运，也是光绪不幸的开始，因为他的登基本来就是慈禧为了掌控朝廷的需要。

2. 慈禧对光绪的控制

光绪帝入宫后，奉慈安皇太后居住在东六宫的钟粹宫，史称"东太后"；奉慈禧皇太后居住在西六宫的长春宫，史称"西太后"。光绪帝则独自居住在养心殿。刚入宫的光绪年纪尚小，还需要有人照顾。这时候的慈禧太后对光绪帝还是比较爱护的，甚至让光绪帝睡在她的寝榻上。她每天照顾光绪帝的饮食，并且根据季节的变化为他加减衣服，高兴的时候还会为他讲授四书五经。通过这些努力，慈禧试图和光绪帝之间建立起一种"母子"关系，从而用封建孝道加强对他的控制与约束。为了达到这个目的，慈禧甚至切断了光绪帝与他亲生父母的联系，并让周围的太监不断向光绪帝灌输太后才是他母亲的信息。

同时，慈禧也极力在光绪面前树立自己的权威与尊严。例如，光绪帝在给慈禧请安的时候，没有慈禧的命令，光绪帝是不能起来的。如果碰上慈禧心情不好，光绪帝也只能长跪不起。而且每逢慈禧出行，无论天气多恶劣，光绪帝都必须亲自陪同。在这样紧张的状态下长期生活，光绪帝的心灵逐渐受到压抑与伤害，对慈禧产生了很深的惧怕心理，这也是他一直不敢直接反抗慈禧的原因。而这种幼年时形成的畏惧心理也注定了光绪悲剧一生的命运。

3. 年少时自我意识的觉醒

光绪帝入继大统后，于光绪二年四月开始在毓庆宫读书学习。据史料记载，翁同龢主要教光绪读书识字，夏同善主要教光绪写字，御前大臣教习满语文、蒙古语文和骑射。光绪帝"年少睿智"，且长期在翁同龢的辅导下潜心学习。翁同龢为人正派，学通古今，主张强国富民，因而对光绪产生巨大影响。随着长大，光绪的自我意识开始觉醒，逐渐把自己的身份和国家联系在一起。

光绪对西方列强的野蛮侵略给中国人民造成的灾难痛心疾首，产生了加强武备"以湔国耻"的坚强决心。这种思想在他的毓庆宫日课诗文中得到最强烈、最鲜明的反映。如《马射》："修文兼肄武，暇日习乘骢。骑射承家法，无忘马上功。"除此诗之外，他还有几首诗表现了对国防建设的关心，认为只有强大的国防力量才能保障国家不受列强欺侮以及人民安居乐业，而其中《秋意》是值得注意的一首，诗中提出"武备及时修"的重要主张。15岁时，光绪在《乙酉年御制文》中写道："为人上者，必先有爱民之心，而后有忧民之意。爱之深，故忧之切。忧之切，故一民饥，曰我饥之；一民寒，曰我寒之。凡民所能致者，故悉力以致之；即民所不能致者，亦竭诚尽敬以致之。"短短几句话，说明光绪很想成为一位有所作为的皇帝，奈何自己是傀儡皇帝。同样是15岁时，光绪还写了一首读起来让人大为感慨的诗，名为《围炉》："西北明积雪，万户凛寒风。惟有深宫里，金炉兽炭红。"光绪在诗中透露出对广大劳动民众的同情，读起来令人感怀。这既是光绪自我意识的觉醒，也是他在《画舫斋》诗中"浮家千百辈，民瘼念江淮"所体现出的把自己和国家命运联系在一起的担当精神。然而这样的志向却和慈禧扶立他登基的初衷截然相反，所以一开始便注定了他的悲剧结局。

三、致死光绪的矛盾

1. 亲政脱离掌控的企图

当初两宫皇太后立光绪帝为帝、再度垂帘听政之时，曾把听政解释为"一时权宜"之举，保证"一俟嗣皇帝典学有成，即行归政"（《清实录·光绪朝实录》卷一）。

光绪十二年（1886年）六月初十日，慈禧太后在"懿旨"中重申了前面所说的话，并宣布"著钦天监选择吉期，于明年举行亲政典礼"（《清实录·光绪朝实录》卷二百二十九）。表面上看，慈禧太后信守诺言，而实际上早做预谋，解决幼帝长大后亲政的问题，目的是在光绪帝亲政后，她仍然能够找到一个新的方式操纵清廷大权。醇亲王奕譞在慈禧太后准备让光绪帝亲政的"懿旨"颁布后仅五天，就上奏称与各位王大臣审时度势，合词恳请慈禧太后"训政"，并表示皇帝"将来大婚后，一切典礼，咸赖训教"（《清史稿·列传八》）。他提出的训政模式为："当永照现在规制，凡宫内一切事宜，先请懿旨，再于皇帝前奏闻。"（《清实录·光绪朝实录》卷二百二十九）慈禧太后顺水推舟，表示接受奕譞的训政请求。这年十月，礼亲王世铎就训政的细则奏报慈禧太后允准，其中"凡遇召见引见，皇太后升座训政"一条，实质上与垂帘听政并没有什么区别。

光绪十三年（1887年）正月，光绪帝开始亲政。与其说是亲政，倒不如说是慈禧太后通过训政的方式为控制光绪帝而铺平了一条通道。为了归政后更有效地控制光绪帝，慈禧太后把自己的内侄女都统桂祥女叶赫那拉氏给光绪帝做皇后，即后来的隆裕太后。

光绪十五年（1889年）正月二十六日册封皇后，二十七日大婚。二月三日，慈禧太后归政。此时的慈禧太后没有办法继续推脱，但这并不意味着她甘心让光绪帝行使皇权。她在归政前后搞了一连串的活动，以便对亲政后的光绪帝加以控制，继续操纵清廷大权。为加强对朝廷的控制，她在文武官员的安排任命上多用对其效忠之人，以至于光绪帝亲政之时，所面对的几乎尽是太后听政与训政时期的重臣。为便于把握光绪帝的动向，她决定将他读书的书房由毓庆宫改在颐和园附近的西苑，要求光绪帝每日到颐和园向她请安。亲政后的光绪帝必须将朝中大事向她禀白而后行。显然，慈禧太后为光绪帝亲政设置了重重路障。光绪帝的亲政历程由酝酿到开始经过了两年半多时间，并且是一波多折。但是，已长大成人且渐渐成熟的光绪帝一经正式亲政，其所作所为则是慈禧太后始料不及的。尽管慈禧太后仍不断以各种方式钳制他，然而作为一个年轻的皇帝，他总还要施展一下自己的政治抱负。他与慈禧太后之间的矛盾与冲突已经不可避免。

2. 新旧势力矛盾初显

清朝光绪年间，中国进一步沦为半封建半殖民地社会。深重的内忧外患让中国这条千疮百孔的大船行驶在迷茫的大海中，随时有沉船的危险。洋枪洋炮敲开了古老中国的大门，腐败的清政府抵抗无力，割让领土、卖国求荣已成为常态。

光绪十六年（1890年），慈禧太后归政之后，光绪就迫不及待地希望改变中国的状况。"德宗亲政之时，春秋方富，抱大有为之志。"（《清史稿》卷二十四）他曾写下诗篇《汉武帝》："富庶承文景，雄才奋武皇。右文兴学校，威远服氏羌。"可见他的志向是秦皇汉武。为了复兴大清国，他曾"大购西人政书览之"，"考读西法新政之书，日昃不惶"（康有为《光绪圣德记》）。他还索取驻日公使参赞黄遵宪的《日本国志》，并多次翻阅。日本的明治维新在光绪帝心中留下了很深的印象。

光绪帝要想参考西方、复兴清国，绕不开的就是以太后为首的旧有势力的阻挠。以光绪帝为首的帝党和以慈禧太后为首的太后党，终在甲午战争爆发后展开了交锋。甲午海战后，日本增兵朝鲜，挑起中日战争。光绪帝及帝党成员从中华民族的利益出发，认识到日本进行战争挑衅的严重性，痛感中国从此无安枕之日，积极筹备抗战事宜，表示出主战的愿望。但是李鸿章没有听取光绪的谕旨，与日方草签了《马关条约》。由于该约内容苛刻，光绪帝以割地太多为由，表示对该约"不允"，拒绝签字用宝。但得到慈禧太后授意的李鸿章、奕䜣等人却逼迫光绪帝签字。光绪帝绕殿急步约时许，乃顿足流涕，被迫在《马关条约》上签了字。在帝党和太后党的这一次交锋中，太后党虽然胜利，但也加剧了与帝党之间的矛盾。

3. 新旧势力之间的矛盾加剧

签订《马关条约》期间，康有为曾联合在北京参加会试的1300名举子上书都察院要求拒和、迁都、变法，史称"公车上书"。正在为甲午丧师痛感不安、为签约用宝深怀内疚的光绪帝，亟切需要雪耻自强之方。康有为这份上书中所详细陈述的"富国""养民""教民""练兵"等内容，所申明的必须"及时变法"，"求人材而慎左右，通下情而图自强，以雪国耻，而保疆圉"（康有为《上清帝第三书》）的恳切之言，引起了光绪帝的共鸣。康有为连续七次被召问话，陈言了有关变法的重要性、内容及步骤，并提出了下诏定国的要求，强调中国变法"莫如取鉴于日本之维新"（康有为《应诏统筹全局折》）。希望光绪帝以俄国彼得大帝为榜样，以君权厉行变法。光绪坚定了变法的决心，命充总理各国事务衙门章京，颁布《定国是诏》，开始百日维新。

这些改革措施虽然带有一定的局限性，但毕竟是光绪帝革旧图新决心的体现。然而新政诏令却遭到封建守旧势力的抵制和反对，许多顽固大臣引慈禧太后为奥援，唯"懿旨"是尊，不把光绪帝放在眼里，甚至明目张胆地阻挠新政，致使光绪帝的变法诏书大多成了一纸空文。

4. 戊戌政变，矛盾激化

光绪皇帝生不逢时，想改变现状，建立一个全新的中国，与康有为、梁启超等推行新政。无奈他唤为"亲爸爸"的太后老佛爷慈禧，他的亲姨妈，偏偏又是一个不甘寂寞、热衷权力的皇太后。不同的理念，导致了两人在政治和亲情上分道扬镳。

从新政诏令颁布开始，以慈禧太后为首的顽固守旧势力就预谋对政局的控制。在翁同龢被开缺回籍的谕令发布当天，慈禧太后又胁迫光绪帝宣布以后凡授任新职的二品以上官员，须到颐和园向她谢恩。同日，任命慈禧太后的亲信大臣荣禄署理直隶总督，以控制京津一带的兵权。光绪帝也未一味示弱，他下令将阻挠变法的大臣全部革职，并任命谭嗣同、刘光第、杨锐、林旭为军机章京，参加新政。光绪帝的这些反击措施，进一步引起慈禧太后的忌恨，同时又有众多利益受到侵犯的顽固势力聚集到慈禧身边，请求她出面制止变法。光绪帝交给杨锐一道密诏，就写出了他在当时新旧势力矛盾对撞中的艰难处境："朕维时局艰危，非变法不能救中国，非去守旧衰谬之大臣，而用通达英勇之士，不能变法。而太后不以为然。朕屡次几谏，太后更怒。今朕位几不保。"（康有为《奉诏求救文》）

八月初六日晨，慈禧太后宣布重新训政，下令缉捕康有为等维新派人士，戊戌政变发生。谭嗣同、杨锐、林旭、刘光第、康广仁、杨深秀"六君子"被杀于北京菜市口。慈禧太后临朝训政后，囚光绪帝于中南海瀛台涵元殿。轰动一时的"百日维新"被慈禧太后为代表的顽固守旧势力所扼杀。

四、从成诗的时间看悲情皇帝

本诗作于戊戌维新失败后，光绪帝被囚禁在西苑瀛台期间。当时他日夜受人监控，完全失去人身自由。他虽"不废吟咏，而流传绝尠"（《晚晴簃诗汇》卷四)。在《晚晴簃诗汇》所收录的光绪帝18首诗中,这首诗是唯一一首囚禁在瀛台所作的诗篇,也是所有记载中的最后一首诗作。在诗中,虽被囚禁,但光绪帝仍然心怀天下苍生。可命运恰恰和光绪帝开了一个玩笑,他在诗作中渴望能够有所作为,最终却被人毒死。所以这首诗既是光绪心系天下、期盼奋发图强的励志诗,也是他壮志未酬的生死悲歌。

戊戌政变后,慈禧就明白她和光绪之间已经没有了重新和好的可能。不光自己,包括属于她的政治团体都没有和光绪和好的机会了。光绪的维新变法,冲击了许多顽固守旧势力的利益,所以这些人也不希望和光绪帝和好。而光绪亲政后夺走自己手中权力,甚至同意派兵捕杀自己的行动计划也让慈禧太后心寒。于是,在庚子年八国联军进逼北京,清兵屡战屡败,无力阻止洋兵,慈禧感觉走投无路准备自杀时,她决定不能让光绪活在世上。"七月十八日,洋人愈逼愈近。裕禄之兵在北仓、杨村、蔡村等地大败三次……老佛(即慈禧)言:出走不如殉国,并令皇帝亦殉之。"(景善《景善日记》)

自幼照顾长大,虽心中怨恨,但慈禧一直不忍换之。这也使得光绪帝虽被囚瀛台十年,但一直生死无忧。八国联军退去后,清皇室返京,慈禧也逐渐希望缓和和光绪帝的矛盾。光绪帝不再被囚于瀛台,而是可以临朝,恢复以往的帝位,但慈禧太后对他仍严加控制。而真正决定光绪生死的时间是在慈禧太后病危期间。恽毓鼎《崇陵传信录》有这样的记载:光绪三十四年十月初十日(即光绪死前11天),慈禧生日,光绪率百官贺寿、探病。他扶着太监的肩头活动筋骨,以便跪拜。但慈禧竟拒绝和光绪见面。"时太后病泄泻数日矣,有潜上者谓帝闻太后病,有喜色。太后怒曰:'我不能先尔死。'"

五、结语

空有一腔治国热情而难以施展的光绪帝,最终孤寂地毒发身亡,了却了自己短暂的一生,成为新旧势力较量的牺牲品。其诗作《画舫斋》中的"栋梁予有待,舟楫汝惟谐"也被后人借以改为"欲飞无羽翼,欲渡无舟楫",表达对光绪壮志难酬的同情。光绪帝一生虽心比天高,但终无济巨川的舟楫之臣,一生只能郁郁摧伤,黯然殂落。光绪死后三年,辛亥革命爆发,中国封建时代亦寿终正寝了。而心比天高、命比纸薄的光绪帝也终成为清代最悲情的皇帝。

后　记

  从定下计划开始撰写这本书开始，烟也抽得多了，觉也睡得少了。无数个夜晚，重复着如此的场景：电脑前那个烟雾缭绕中的我睁着通红的双眼，时不时如一个疯子一样奋笔疾书，时不时又如一个石像一样归入寂静沉思。我如同大隐于世的贤者一样，窗外步行街上的喧闹仿佛也丝毫不能激起我心中的波澜，唯有书中每一位古代帝王、每一篇帝王诗词才能吸引我的专注。未写书前不知道写书之苦，真正要完成一本书，才知道在那无数个夜晚之中的坚持是那样的珍贵。

  在历史的沧海桑田背后，似乎有一双最有力量的无形的双手。随着时光流逝，许多帝王将相的丰功伟业、繁华富贵都被这双无情的手抛弃在历史无人顾及的角落。而那些值得被后世铭记的人或事，以及照耀着中华民族前进的优秀诗词，却如浪淘水洗、沙尽金见一般永远夺目。在写这本书的日子里，每每闭眼，脑海之中，历代帝王们那些英伟的身影、壮阔的诗篇以及无人可诉的悲鸣总是来回萦绕。读着他们的诗词，仿佛可以在冥冥之中穿越时空，来到他们的身边，倾听他们的悲苦，聆听他们的无奈悲歌。诗词是中国古代文化的一个非常神奇的内容，总是可以在短短几个或几十个字词之间让人浮想翩翩、联想万千。

  很多人都说写书是一件很痛苦的事情。除了要翻阅如山的书籍，查询无尽的资料外，还要真正走进诗人的心里，亲身感受他们生活的不易，感受他们的喜怒悲欢。帝王亦人，在追求凡人不可及的权力时，他们也有他们的苦闷情愫，他们也有他们的悲叹哀怨。细细品味诗词，靠近他们的心灵，与他们或同喜、或同怒、或同悲、或同叹。与汉高祖一起感受晚年帝王为了千秋江山的劳烦，与汉武帝一起感受晚年帝王对自我的怀疑，与汉少帝一起体验那种绝望的战战兢兢，与曹操一起悲叹时光荏苒未做的事情还很多，与曹丕一起在秋风下静思前进的凄苦，与曹髦一起血性奋起、以命抗争，与司马懿一起在藏巧守拙之中感受一次次隐忍的悲苦，与梁简文帝萧纲一起感受繁华过后的无尽萧瑟……23篇诗词，有

23个故事，每个故事里的帝王都是那么鲜活、那么生动，吸引着我用情感研读，走进他们的世界。

再次说说本书的选文，说起来我非常苦恼。在写本书前，我自己写过几篇有关古代帝王之悲的诗词解析探究。然而，当我开始任性地把古代帝王之悲定为这本书的主题后，才发现选文是本书最大的困难。历史上帝王诗词流传下来的很多，优秀的诗词也很多，然而真正流于纸面的悲情诗词却很少很少。同时，也许是历代帝王诗词都没有得到重视的缘故吧，历来诗评家分析、解析帝王诗词的文章也很少很少。尤其是本书选取的一些诗词，虽然好不容易流传下来，但除了诗词文本本身之外，其他皆无，甚至连注释都没有。翻阅史书，一个一个比对，每一次都把自己代入诗词中，用自己的思维去感受和挖掘诗词之中深藏的意义，这项工作让我非常苦恼。每当找见一篇诗词，我就把自己的全部心力都放在其中体会感受，但最后却发觉这首诗词并不适合本书的主题，只能无奈地放弃，那种不舍的感觉非常难受。还有就是心神的问题。每篇诗词都是某个帝王在这个人世间生活经历的照影，每当我把心神放空，通过诗篇把自己融入帝王的世界，感受他们的悲苦、无奈，长久下来，那种感觉让我身心疲惫，仿佛自己的脑海里突然涌入许多个生命，他们的悲苦让我涕泪，他们的无奈让我感同身受。这种复杂的情感一直交汇在我的脑海中，让我在后期的写作中头痛欲裂，甚至一度放弃了这本书的编写。

所幸，我坚持了下来。再次回看自己写下的这本书，里面虽然有许多不足之处，虽然有许多我自己都不甚满意的地方，但终究是完稿了。我把自己多年以来在研读那些诗词时所涌起的那股心潮澎湃写了下来，用自己的语言讲述着自己理解的故事，关于历史，关于诗词，关于那些隐约在我的脑海中的历代帝王……

最后要感谢太原师范学院的薛亚玲副教授帮助我一起选文、审校、统稿。本书有2万字是由薛亚玲撰写的。

薛　刚

2023年5月